Simone van der Vlugt
Pirat und Ehrenmann

Simone van der Vlugt

Pirat und Ehrenmann

Aus dem Niederländischen
von Siegfried Mrotzek

C. Bertelsmann

Die Übersetzung wurde gefördert von der Stiftung für
Produktion und Übersetzung
niederländischer Literatur, Amsterdam.

Umwelthinweis:
Dieses Buch wurde auf chlorfrei gebleichtem
Papier gedruckt. Die Einschrumpffolie
(zum Schutz vor Verschmutzung)
besteht aus umweltschonender und
recyclingfähiger PE-Folie.

Gesetzt nach den Regeln der Rechtschreibreform.

1. Auflage 1999

Die Originalausgabe erschien unter dem Titel »Bloedgeld«
bei Lemniscaat b.v. Rotterdam

Übersetzung: Siegfried Mrotzek
Lektorat: Dr. Sylke Hachmeister
Umschlagabbildung: Mareijke Meersman
Umschlaggestaltung: Klaus Renner
NB · Herstellung: Peter Papenbrok
Satz: Uhl + Massopust, Aalen
Druck: Graphischer Großbetrieb Pößneck
ISBN 3-570-12441-5
Printed in Germany

Für
Friso und Esmée

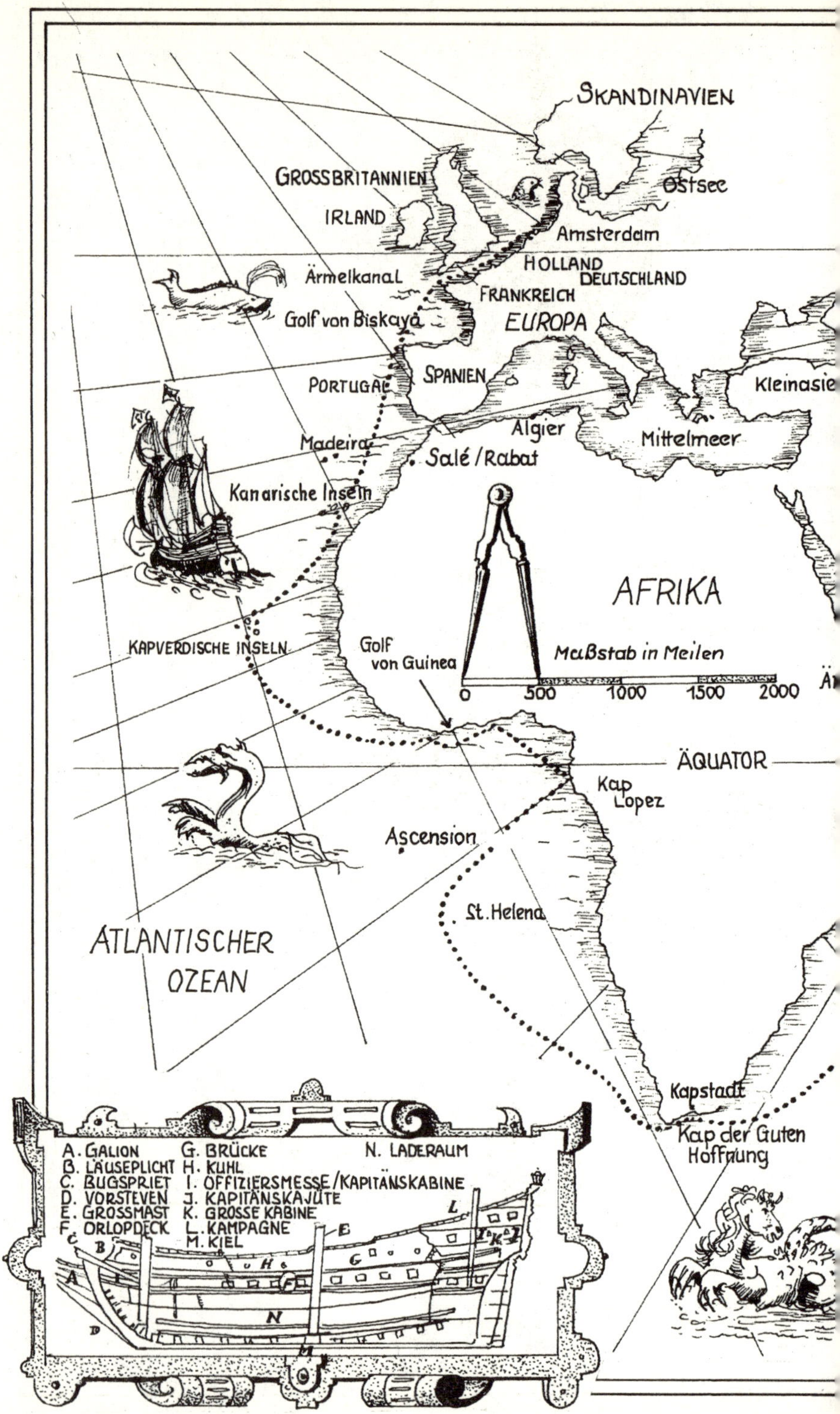
SKANDINAVIEN
GROSSBRITANNIEN
IRLAND
Ostsee
Amsterdam
HOLLAND
DEUTSCHLAND
Ärmelkanal
FRANKREICH
Golf von Biskaya
EUROPA
PORTUGAL
SPANIEN
Kleinasie
Algier
Madeira
Salé / Rabat
Mittelmeer
Kanarische Inseln
AFRIKA
KAPVERDISCHE INSELN
Golf von Guinea
Maßstab in Meilen
0 500 1000 1500 2000
ÄQUATOR
Kap Lopez
Ascension
St. Helena
ATLANTISCHER OZEAN
Kapstadt
Kap der Guten Hoffnung
A. GALION
B. LÄUSEPLICHT
C. BUGSPRIET
D. VORSTEVEN
E. GROSSMAST
F. ORLOPDECK
G. BRÜCKE
H. KUHL
I. OFFIZIERSMESSE/KAPITÄNSKABINE
J. KAPITÄNSKAJÜTE
K. GROSSE KABINE
L. KAMPAGNE
M. KIEL
N. LADERAUM

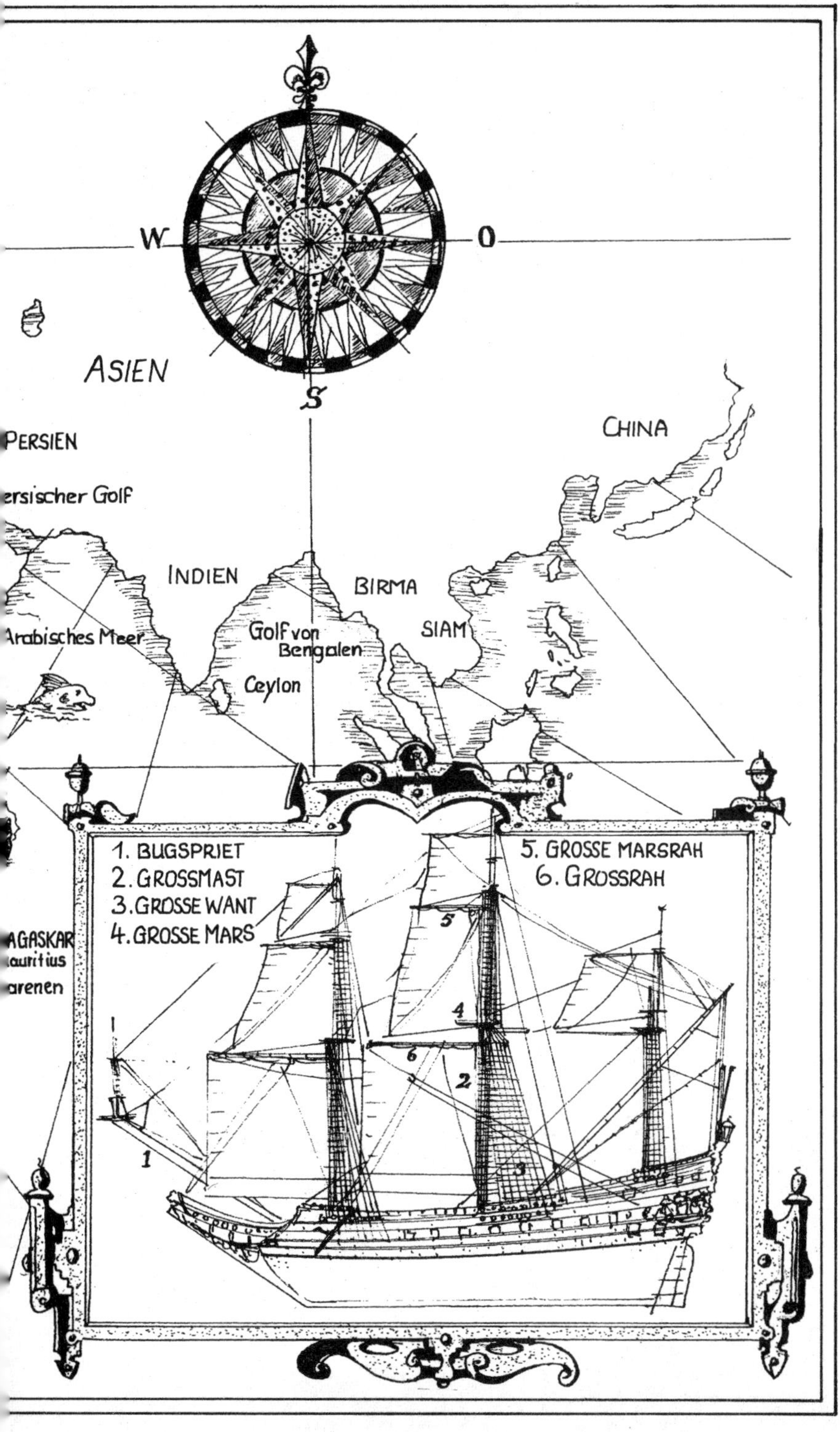
W
O
S
ASIEN
PERSIEN
ersischer Golf
CHINA
INDIEN
BIRMA
Arabisches Meer
Golf von Bengalen
SIAM
Ceylon
AGASKAR
lauritius
arenen
1. BUGSPRIET
2. GROSSMAST
3. GROSSE WANT
4. GROSSE MARS
5. GROSSE MARSRAH
6. GROSSRAH
1
2
3
4
5
6

Teil eins

Amsterdam, 1653

Das Meer nach Gottes Vermächtenis
verschlingt so manchen Mann
und alle werden sie dem Fisch
zum Fraße dann

Was doch dem Seemann Leid geschieht
bei Nacht und auch am Tag
wenn er den Tod vor Augen sieht
und nicht entfliehen mag

Gedicht eines anonymen Seemanns
aus dem Jahre 1639

1

Das Wasser steht ihm schon bis zu den Knien und noch immer strömt es beängstigend schnell in den Keller; schmutziges, stinkendes Grachtenwasser, das ihm schäumend an die Beine schwappt. Die Blasen an seinen Händen platzen auf und hinterlassen eine blutige Spur auf dem Pumpengriff.

Reinald pumpt, so schnell er kann, aber das Wasser gewinnt langsam die Oberhand. Es steigt höher und höher. Er keucht, schwitzt, seine Muskeln verkrampfen. Weiter pumpen oder er ertrinkt!

Wie viele Stunden steht er hier nun schon? Er hat jedes Zeitgefühl verloren und spürt nur noch seine schweren Arme, seine blutenden Hände und ein wachsendes Gefühl der Panik.

Seine Arme machen nicht mehr mit. Reinald stützt sich gebeugt an die Pumpe. Ihm platzt fast der Kopf vom Geräusch des strömenden Wassers; darum ist die Stille überwältigend, als das Strömen plötzlich aufhört. Im selben Moment wird oben an der Treppe die Kellertür knarrend geöffnet. Der Wärter erscheint. Seine dunkle Gestalt hebt sich scharf vom hellen Hintergrund ab.

»Ich hoffe, das war dir eine Lehre, van Veghel«, sagt er barsch. »Das nächste Mal lassen wir dich ersaufen.«

Reinald taumelt die Treppe hinauf und folgt dem Wärter durch die langen Gänge. Er hat Mühe, sich auf den Beinen zu halten.

Eine Tür wird geöffnet und er wankt hinein. Hinter ihm dreht sich der Schlüssel im Schloss, die Riegel knarren.

Reinald lässt sich auf seinen Strohsack fallen. Als er in den Wasserkeller gestoßen wurde, war es Mittag, jetzt ist es dunkel.

Er dreht sich auf den Rücken und starrt auf die Wasserflecken an der Wand gegenüber. Vor ihm taucht das verwitterte Gesicht seines Vaters auf, wie es kurz vor seiner letzten Fahrt aussah: lachend, doch in den Augen der Schmerz des nahen Abschieds. Und seine Mutter, mit ihrem kunstvoll geflochtenen Haar und ihrem fröhlichen Lachen. Seine Schwestern, die an seinem Vater zerrten und um Geschenke aus dem fernen Land bettelten, in das er fahren würde. Vertraute Bilder aus ferner Zeit…

Reinald dreht sich auf seinem Strohsack um. Er sollte lieber schlafen. Auch wenn er sich so fühlt, als habe er eine Tracht Prügel bekommen, beim ersten Morgenlicht wird er sich aufraffen und zur Arbeit gehen müssen.

Am nächsten Tag ist es auf dem Hof des Arbeitshauses brütend heiß. Die hohen Gefängnismauern halten jeden Windhauch ab und machen aus dem Hof einen Glutofen. Die Stille wird nur vom Geschrei der Wärter und vom Geräusch der Sägen durchbrochen, die sich durch steinhartes Holz fressen.

»Weiterarbeiten, faules Lumpengesindel!«, brüllt der Aufseher und lässt seine Peitsche mit Wucht auf den entblößten Rücken eines Gefangenen niedersausen, der erst seit kurzem in der Besserungsanstalt arbeitet. »Morden und stehlen kannst du schon, aber hier werden wir dich lehren, was es heißt, für das tägliche Brot zu arbeiten!«

Reinald kratzt sich den Rücken, der mit rotem Staub bedeckt ist. Der Schweiß rinnt ihm in die Augen. Um den Rücken zu strecken, bevor er weitersägt, richtet er sich kurz auf. Verstohlen beobachtet er den Neuling. Das wird nichts. Wieder so ein Trottel, der heilfroh ist, dem Galgen entkommen zu sein, aber noch nicht begriffen hat, wo er hier gelandet ist.

Zwei Männer müssen pro Tag fünfzig Pfund Holz zerspanen, hartes Tropenholz aus Südamerika, aus dem Farbe hergestellt wird. Wer das nicht schafft, bekommt nichts zu essen. Wer am nächsten Tag noch nichts gelernt hat oder aufsässig ist, auf den wartet der Wasserkeller.

Irgendwo im Gebäude ist ein Geräusch zu hören; eine schwere Holztür zum Hof wird knarrend geöffnet. Durch die Wimpern schielen die Gefangenen zu einer offensichtlich wohlhabenden Familie hinüber, die vom Direktor durch das Arbeitshaus geführt wird. Einen Blick hinter die Mauern des Arbeitshauses lässt sich manch Amsterdamer einen Stüver kosten.

Es ist schon ziemlich spät am Nachmittag, als Reinald überraschend abgeholt wird. Er muss sich waschen und gleich darauf geht er beunruhigt mit dem Aufseher zum Direktor.

Direktor Bensebroek schaut kaum auf, als Reinald hereingeführt wird. Er arbeitet an seinem Schreibtisch, vornehm von Kopf bis Fuß in einem schwarzen Anzug aus feinem Tuch, mit Spitzenbiesen und schwarzem Hut.

»Ah, van Veghel«, sagt er schließlich. »Wie lange sitzt du hier jetzt schon?«

»Gut zwei Jahre, Herr Direktor«, antwortet Reinald höflich.

»Gut zwei Jahre«, wiederholt der Direktor. »Tatsächlich, ja. In knapp einem Jahr hast du deine Strafe abgesessen, aber ich muss sagen, dass ich an dir zweifle. Die Ursache von Verbrechen ist die Unfähigkeit, Gut und Böse zu unterscheiden. Unsere Aufgabe ist es, Verbrechern ein arbeitsames, tugendhaftes Leben zu lehren. Aber immer wieder gibt es einige, die eine andere Behandlung herausfordern.«

Er sieht Reinald mit gerunzelter Stirn an. Reinalds Gesicht bleibt undurchdringlich.

»Wir möchten dir einen Vorschlag machen, van Veghel. In Kürze kannst du mit einem Kauffahrteischiff der Vereinigten Ostindischen Kompanie nach Java fahren. Du wirst feststellen, dass an Bord eiserne Disziplin herrscht, aber ein bisschen Zucht und Ordnung können dir nicht schaden. Du wirst die Gelegenheit haben, allmählich wieder ein vollwertiges Mitglied der Gesellschaft zu werden. Denke daran, dass nicht viele diese Chance bekommen. Du bist in einer bevorrechteten Position.«

Bevorrechtete Position! Reinald hat Mühe, nicht laut zu lachen. Jeder weiß, dass die Vereinigte Ostindische Kompanie mit großem Mangel an Seeleuten zu kämpfen hat. Nicht umsonst wird für jede Expedition die Besatzung in Herbergen und Waisenhäusern zusammengetrommelt. Nicht umsonst werden Bettler von der Straße aufgelesen und zum Anmustern gezwungen. Eine neue Expedition ist immer mit ausgedehnter Suche nach Arbeitskräften verbunden, wobei auch die Arbeitshäuser nicht ausgelassen werden. Zweifellos lassen sich die Direktoren für eine Gruppe zäher junger Männer gut bezahlen.

Reinalds Gesichtsausdruck verrät jedoch nichts von seinen Gedanken, denn der Vorschlag gefällt ihm. Die Seefahrt ist eine gefährliche Sache. Oft überlebt nicht mehr als die Hälfte der Besatzung die Fahrt nach Ostindien. Sein eigener Vater ist auf See geblieben. Aber hier im Arbeitshaus hält er es nicht länger aus.

»In ein paar Tagen wirst du abgeholt, um im Ostindischen Haus anzumustern. Hast du noch Fragen?«, sagt Direktor Bensebroek.

»Nein, Herr Direktor.«

»Gut. Du kannst gehen, van Veghel.«

Reinald hat Recht, er ist nicht der Einzige, der diese »Chance« bekommt. Am selben Tag versammeln sich in der Halle ungefähr zehn kräftige junge Männer, um dann unter der Begleitung von Soldaten und dem Quartiermeister der *Hollandia* die Besserungsanstalt zu verlassen. Schon vor ein paar Tagen hatten sie im Ostindischen Haus den Vertrag mit der V.O.C. unterschrieben und je eine Seemannskiste bekommen.

Reinald ruckt sich die Kiste auf der Schulter etwas zurecht, und als sie durchs Tor marschieren, atmet er tief die frische Luft ein. Umringt von den Soldaten, gehen sie über den Heiligeweg und biegen in die Kalverstraat Richtung Schreiersturm ein.

Reinald kennt hier jede Gasse und jede Schänke. Als Junge hat er sich jede freie Minute in diesem Viertel herumgetrieben. Hier, in der Warmoesstraat, auf dem Zeedijk und auf dem Oudezijds Achterburgwal konnte man Seeleute und leichte Mädchen beobachten. Hier sind alle die Läden, die irgendetwas mit der Seefahrt zu tun haben.

»Vorwärts, Mann, beweg die Beine! Wir werden dich nicht tragen, kapiert!« Der Quartiermeister stößt Reinald ungeduldig in den Rücken. Reinald stolpert, die Kiste rutscht ihm beinahe von der Schulter, aber er kann sich gerade noch an eine in Lumpen gehüllte Gestalt vor ihm festhalten.

»Behalt deine Pfoten bei dir!«, blafft ihn der Mann an.

»Halt die Schnauze, Mann«, ranzt Reinald zurück.

»Ruhe!«, schreit der Quartiermeister. »Zwei Mann nebeneinander und Klappe halten!«

Beim Landungssteg des Montelbaanturms bleiben sie stehen. Vier Leichter liegen bereit. Flaggen mit dem V.O.C.-Zeichen flattern im Wind.

»Runter mit euch.« Ein Mann in langem, liederlichem Kittel, der als Bootsmann Jaeger angesprochen wird, deutet auf die Holztreppe, die zum Bootssteg unter ihnen führt.

Reinald schaut sich um. Wenn er jetzt einfach losrennt …

»Runter, sagte ich!«, brüllt der Bootsmann.

Ein Tritt in den Hintern und Reinald fällt die Treppe hinunter.

Die Männer brüllen vor Lachen. Einer nach dem anderen poltert die Treppe hinunter.

Auf dem Kai ist es schwarz von Menschen. Möwen fliegen kreischend durch die Luft. Durch all den Lärm hindurch schlägt die Glocke des Montelbaanturms. Auf den Leichtern werden die braunen Segel gehisst.

»Dich muss ich ein bisschen im Auge behalten, glaube ich.« Unbemerkt ist Bootsmann Jaeger herangekommen, sein Gesichtsausdruck verheißt nichts Gutes. »Aus dem Arbeitshaus, stimmt's? Die Sorte kenne ich. Zu faul, einen Fuß vor den anderen zu setzen. Los, an Bord. Beeilung!«

Reinald wirft Jaeger einen giftigen Blick zu, hebt seine Kiste über die Reling und klettert an Bord. Wie die Heringe sitzen sie an Deck. Die Letzten finden ein Plätzchen im stickigen Laderaum. Reinald sitzt auf seiner Kiste und atmet tief die frische Luft ein. Jaeger steht breitbeinig neben ihm.

Jacob, einer der jungen Männer aus dem Arbeitshaus, wirft

einen verstohlenen Blick auf Jaeger und zieht die Augenbrauen hoch. Reinald tut es ihm nach. Die Leinen werden vom Bootssteg losgemacht, die Segel blähen sich im Wind und dann fahren sie langsam in Richtung IJ.

Reinald schaut unbewegt nach vorn. Vor ihm ist nichts als Wasser. Graue, sich kräuselnde Wellen unterwegs zur Zuiderzee.

Er schaut zu den Ufern, wo hier und da eine Baumreihe oder ein Kirchturm zu sehen ist. Auf der Volewijck baumeln halb verweste Leichen am Galgen. Reinald wirft einen letzten Blick auf die Stadt. Schweigend nimmt er Abschied vom Westerturm, von der Nicolaaskirche, von den Stadtmauern und den sich drehenden Windmühlen.

Sie segeln aus der Mündung des IJ. Vor Pampus liegen große Schiffe, die ihre Fracht auf kleinere Boote laden. Die Leichter schieben über die Sandbank und dann lassen sie Pampus hinter sich, halten Kurs Nord.

Drei imposante Schiffe der V.O.C. liegen auf der Reede von Tessel. Am Rumpf steht in vergoldeten Lettern der jeweilige Name: *Het Duyfken, Hollandia* und *De Gouden Haen.* Es sind schmucke Spiegelheckschiffe, die mit ihren Wimpeln und hohen Masten die kleineren Schiffe majestätisch überragen.

Voll Grauen denkt Reinald daran, dass er schon bald monatelang auf einem der Schiffe festsitzen wird. Nichts als endloses, tiefes Wasser wird ihn umgeben. Er schaut sich um. In der Flotte und darum herum herrscht rege Betriebsamkeit. Kisten und Fässer werden hochgehievt, sogar Ziegen und Hühner werden an Bord gebracht. Voll besetzt mit Männern, fahren Leichter auf die Schiffe zu.

Der Leichter mit Reinald an Bord hält Kurs auf die *Hollandia* und legt sich langsam längsseits. Reinald schaut an der Holzwand nach oben. Was für ein Schiff! So hoch wie der Westerturm. Ein paar Strickleitern baumeln am Rumpf; Reinald ergreift eine und arbeitet sich langsam am schlingernden Tau hinauf. Er zieht sich am Schanzkleid hoch und springt an Deck, gefolgt von vielen anderen. Die Seemannskisten werden hochgehievt.

»Los, da rein!« Der Quartiermeister jagt sie sofort durch eine Luke.

Reinald muss höllisch aufpassen, um nicht auf dem darunter liegenden Orlopdeck den anderen unter die Füße zu kommen. Es ist dunkel und feucht.

Die erfahrenen Seeleute stürzen sich auf die besten Plätze und die sind mittschiffs. Sie hängen ihre Hängematte auf und beginnen in ihren Sachen zu kramen.

Reinald und Jacob finden gerade noch einen Platz am Großmast. Sie stellen ihre Seemannskiste in einen Holzverschlag, wie es die anderen auch getan haben, und schauen sich um.

»Was für ein Gedränge«, sagt Jacob.

An der Bordwand stehen die Kanonen, darüber baumeln wie selbstverständlich die Hängematten. Überall liegen Taurollen, über die die Neuankömmlinge im Halbdunkel stolpern. Es wird geflucht und gedrängelt.

»Rutsch 'n Stück rüber, halbgarer Pimpel. Das Plätzchen hatte ich mir ausgesucht.« Ein verdreckter Kerl versucht Reinald von seinem Platz zu drängeln.

Reinald lässt sich nicht einschüchtern, schließlich hat er jahrelang auf der Straße gelebt. Mit einem Kopfstoß geht er sofort zum Gegenangriff über. »Verkrümel dich!«, schnauzt er den Mann an.

»Was soll das denn werden? Ein Pimpel mit großer Schnauze?« Drohend kommt der Kerl auf ihn zu.

Reinald hebt einen Tampen auf, in dem ein paar dicke Knoten sitzen. Mit blitzenden Augen wirbelt er den Tampen durch die Luft, aber da fasst ihn schon jemand beim Arm.

»Würde ich nicht tun, Macker«, erklingt eine ruhige Stimme. »Weißt du, was sie hier mit Raufbolden machen? Die werden tüchtig ausgepeitscht, als Warnung für alle anderen. Und dann darfst du die Arztkosten auch noch selbst bezahlen. Willst du das etwa?«

Reinald lässt das Tauende fallen und sieht einem kräftigen Kerl mit blonden Locken und hellblauen Augen ins Gesicht.

»Lass meinen Arm los«, fährt er ihn an.

Der Mann tut es grinsend und dreht ihm den Rücken zu.

Misstrauisch schaut sich Reinald um, aber niemand ist mehr scharf auf seinen Platz.

»Das kann ja heiter werden«, murmelte Jacob. »Können wir nicht über Bord springen und abhauen?«

»Wenn wir eine Chance hätten, täte ich es«, antwortet Reinald. »Aber die Soldaten schießen dir sofort eine Kugel in den Kopf.«

Er hängt seine Hängematte auf und öffnet den Deckel seiner Seemannskiste. Darin findet er ein Hemd, eine Mütze, eine Hose und eine Decke der Kompanie, außerdem seine kümmerlichen Habseligkeiten. Das Direktorium des Arbeitshauses hat auch noch eine Tabaksdose dazu getan, Pfeifen, ein Stück Seife, eine Bibel, einen Trinkbecher und Papier und Tinte.

Ohrenbetäubendes Trompetengeschmetter schreckt Reinald auf.

»Alle Mann an Deck!«, wird gebrüllt.

Den anderen folgend, klettert Reinald nach oben.

Kapitän Balthasar Ruygveen steht mit seinen Offizieren auf der Brücke. Der Kapitän ist ein hoch gewachsener Mann mit kerzengeradem Rücken und grauen Haaren. Er hat beide Hände auf den Rücken gelegt, streckt das Kinn in die Luft und schaut über die Besatzung hinweg zum Achtersteven des Schiffes.

Der erste Steuermann Jurriaens faltet die Musterrolle auseinander und liest die Namen laut vor. Auf jeden Namen ertönt ein »Ja« aus der Gruppe an Deck.

Als alle aufgerufen sind, sagt der erste Steuermann mit lauter Stimme: »Die Besatzung, Herr Kapitän!«

Der Kapitän sagt nichts. Sein Blick schweift über die Männer, die ungeordnet und ungeübt angetreten sind. Eine Ansammlung grauer Lumpen, langer Haare, Mützen voller Teerflecken und stoppelbärtiger Gesichter. Einige stehen sogar auf bloßen Füßen auf den Planken. Sie kratzen sich den Hintern, spucken über die Reling und wagen es, freche Bemerkungen zu machen.

»Einfach grandios, Steuermann«, sagt der Kapitän trocken.

Reinald muss dem Kapitän Recht geben. Wie sollen sie mit so einem wilden Haufen jemals Ostindien erreichen?

»Wir werden versuchen, etwas aus euch zu machen«, sagt Ruygveen laut. »Morgen seid ihr keine Landratten mehr. Dann erwarte ich Seeleute auf meinem Schiff! Was ich nicht nur erwarte, sondern *fordere*, ist unbedingter Gehorsam! Eine ungehorsame Besatzung ist eine gefährliche Besatzung. Wenn wir jemals Ostindien erreichen wollen, muss auf See alles nach festen Regeln vor sich gehen. Die Seefahrt ist kein Vergnügen, sondern harte Arbeit. Die See kennt keine Gnade, also ist eiserne Disziplin erforderlich. Verstanden?« Es wird etwas gebrummelt. Ruygveen gibt dem ersten Steuermann ein Zeichen. Laut und deutlich liest er ihnen die Artikel des an Bord geltenden Reglements vor. Die Strafen reichen vom Entzug der Heuer bis zu Körperstrafen wie Brandmarkung und Fell gerben, also auspeitschen. Mörder werden zur Strafe lebendig an ihr Opfer gebunden und über Bord geworfen. Prügelei kostet ein paar Tage bei Wasser und Brot. Messerstecher werden mit dem eigenen Messer durch die Hand an den Mast gespießt, bis sie sich selbst losgerissen haben. Und so geht es noch eine Weile weiter.

Reinald hört mit unbewegter Miene zu, aber innerlich kocht er vor Abscheu. Um Himmels willen, wo ist er gelandet? Hier ist es ja schlimmer als im Arbeitshaus!

Die Quartiere werden eingeteilt und Reinald hat sofort die erste Wache. In den ersten Stunden ist er vollauf damit beschäftigt, zu putzen, Meerwasser hochzuhieven und das Deck zu schrubben. Inzwischen nimmt der Wind zu.

»Wir fahren los«, hört Reinald eine Stimme neben sich. »Das geht ja schnell! Manchmal liegen wir tagelang rum und warten auf günstigen Wind.«

Reinald schaut auf. Es ist der Mann, der ihn vor einer Prügelei bewahrt hat. Als er Reinald angrinst, entblößt er die braun verfärbten Zähne.

»Ich bin Winand IJsbrants«, sagt er. »Dies ist meine dritte Reise.«

»Aha«, antwortet Reinald und schrubbt weiter.

Winand lässt sich dadurch nicht abwimmeln. Mit einem Kopfnicken deutet er auf ein paar Boote, die auf den Kai zufahren.

»Die holen Frischwasser«, sagt er. »Das muss als Letztes gemacht werden, bevor wir abfahren. Die See ist kabbelig, ich hoffe, du wirst nicht so schnell seekrank.«

»Keine Ahnung«, sagt Reinald.

»Ach, das wirst du schnell genug merken«, meint Winand grinsend.

Kaum eine Stunde später wird der Wind noch stärker. Die Befehle donnern über Deck.

»Rudergänger, ans Ruder!«, befiehlt der erste Steuermann Jurriaens von der Brücke. »Anker einholen! Fock fallen lassen!«

Die Männer rennen hin und her, klettern in die Wanten und schreien sich an. Das Focksegel rauscht laut klatschend hinunter. Kanonenschüsse donnern und in einer Rauchwolke setzt sich das Schiff in Bewegung.

Hoch in den Wanten kämpfen die Männer mit den Segeln. Das riesige Schiff richtet seinen Bugspriet in Richtung See und nimmt Fahrt auf. Links und rechts folgen ihnen *Het Duyfken* und *De Gouden Haen*. Reinald rennt zum Schanzkleid und schaut zum Festland.

»Mann, was fällt dir ein! Dies ist keine Vergnügungsfahrt!«, brüllt ihm eine Stimme ins Ohr. »Vorwärts, in die Want, oder ich tret dich da rein!«

Reinald weicht Jaegers Stiefelspitze aus und ergreift die Taue der Want, die im Wind flattert. Die Männer sitzen so weit oben, dass er sie kaum unterscheiden kann.

»Na, wird's bald? Am Schanzkleid rumhängen! Klettern, faule Sau! Nach oben mit dir! Glotz nicht so blöd, die anderen sagen dir schon, was du zu tun hast. Los, mach schon!«

Die Peitsche saust durch die Luft und klatscht auf Reinalds Bein. So schnell er kann, klettert er hinauf. Die Schimpfworte und Verwünschungen Jaegers verfolgen ihn noch eine ganze Weile. Je höher Reinald kommt, desto gefährlicher schlingert die

Want. Auf halber Höhe ruht er kurz auf der Rah des Großmastes aus. Um ihn herum ist alles grau. Grauer Himmel und graue Wellen. Über ihm kreisen kreischend die Möwen.

»He, Macker, hierher!«

Reinald schaut nach oben. Ganz oben, wo die Want am schmalsten ist, hängt Winand an der großen Marsrah und winkt ihm. »Nicht nach unten gucken!«, schreit er. »Wird schon werden! Beim ersten Mal ist es immer am schwersten!«

Reinald atmet tief durch und klettert weiter. Die Want schlingert gefährlich. Wenn er jetzt runterfällt ...

»Gut gemacht.« Mit festem Griff zieht Winand ihn auf die Marsrah. »Und jetzt genieße die Aussicht. Na los, guck schon! An einem Seemann, der Angst hat, sich umzusehen, haben wir nichts. Du bist aus gutem Holz geschnitzt, du bist schön flink. Sieh dir das mal an, wie der Maat die Stümper antreibt!«

Winand schaut mitleidig hinunter. Drei Schiffsjungen hängen heulend in den Wanten. Jaeger klettert ihnen hinterher und prügelt auf sie ein.

»Der Schuft«, sagt Reinald mit zusammengebissenen Zähnen.

»Der macht sich nicht so schnell Freunde«, gibt Winand ihm Recht. »Aber reden hilft auch nicht viel. Los, komm und hilf mir mit dem Bramsegel. Hier oben weht eine steife Brise!«

Mit vereinten Kräften machen sie das Segel fest. Reinald hängt in der Takelage und schaut sich um. Die Küste ist nicht mehr als ein undeutlicher Strich und sonst ist da nichts als Wasser, auf dem das Schiff heftig schaukelt. Ihn erfasst ein Gefühl großer Erregung. Er streckt die Hand aus, als wolle er die jagenden Wolken ergreifen, und Winand lacht.

»Auf der See ist es herrlich«, sagt er. »Für einen echten Seemann gibt es nichts Aufregenderes als das Meer. Und hier oben in der Want bist du wirklich frei von allem. Spürst du das?«

Und ob er das spürt! Reinald hält sich gut fest und trotzdem ist ihm, als schwebe er völlig frei in der Luft. Es ist schaurig und herrlich zugleich.

»Wir sind hier fertig«, sagt Winand. »Schnell nach unten, bevor wir unseren Rachenputzer verpassen. Die Glocke wird gleich schlagen.«

Irgendwo in der Tiefe bewegt sich das Deck hin und her. Reinald beißt die Zähne zusammen, klettert hinunter und springt an Deck. Jaeger steht mit verschränkten Armen da und schaut ihn an, sagt aber nichts.

Erst als sie gut auf Kurs liegen, läutet die Futterglocke. Sie stellen sich ans Ende der Reihe.

»Das ist Langes Leiden.« Winand deutet mit einem Kopfnicken auf den langen Kerl in der Kombüse. »War auf meiner letzten Fahrt auch schon Koch. Ein Scheißjob, Koch.«

Reinald mustert Langes Leiden. Mit seinem schütteren Haar und den mageren Armen und Beinen macht er trotz seiner Länge einen eher kümmerlichen, unscheinbaren Eindruck. Er ist die Zielscheibe spöttischer Bemerkungen über seine Kochkunst.

»Mann, Graupen sind Graupen! Da kann ich auch nichts draus machen!«, ruft der Koch beleidigt. »Wenn's dir nicht schmeckt, schmeiß es doch zurück in den Topf.«

»Könnte dir so passen, Langer. Hast du selbst eine Portion mehr. Nicht, dass du sie nicht brauchen könntest.« Einer der Männer mustert Langes Leiden von Kopf bis Fuß.

»Ich schlage vor, mir gibst du eine Kelle mehr.« Ein kräftig gebauter Kerl tritt herausfordern vor den Koch.

»Ich schlage vor, dass du Leine ziehst, Willem«, sagt Langes Leiden keck, aber in seinem Blick bemerkt Reinald eine gewisse Beunruhigung.

»Ein Koch mit einer großen Kelle ist prima, aber einen Koch mit einer großen Schnauze können wir nicht brauchen«, sagt Willem drohend. »Los, Mann, eine Kelle mehr oder ich steck dich mit dem Kopf in deinen eigenen Topf.«

Er schubst Langes Leiden gegen die Wand der Kombüse und geht mit geballter Faust auf ihn zu. In dem hilflosen Versuch, sich zu verteidigen, hebt Langes Leiden die Schöpfkelle.

In dem Moment streckt Reinald lässig einen Fuß vor und Willem knallt mit Wucht zu Boden.

»Wer zum Teufel war das?« Wütend rappelt Willem sich auf.

»Ich«, sagt Reinald gelassen. Ob es nun sein drohender Blick oder sein selbstbewusstes Auftreten ist, jedenfalls belässt Willem es bei einer Serie von Flüchen und Verwünschungen, die Reinald, ohne hinzuhören, von sich abprallen lässt.

»Du traust dich was«, murmelt Langes Leiden, als Reinald und Winand mit ihrer Back vor ihm stehen.

»Du hast dir nicht gerade einen Freund fürs Leben gemacht«, sagt Winand zustimmend.

»Hat er doch.« Langes Leiden sieht Reinald anerkennend an. »Wenn du mir Typen wie Willem Linken vom Leibe hältst, kriegst du die Kelle extra.«

»Abgemacht«, sagt Reinald.

Er geht mit Winand zum überfüllten Orlopdeck, wo die anderen Männer ihrer Backschaft schon ungeduldig warten.

In der Nacht liegt Reinald lange wach. Um ihn herum ist es stockdunkel. Mit weit geöffneten Augen liegt er in seiner schaukelnden Hängematte. Er hört das Wasser gegen die Bordwand klatschen. Ratten trippeln über die Holzplanken. Wegen des steifen Windes sind die Luken fest verschlossen. So bleibt der Gestank von faulendem Holz und den Ausdünstungen von zweihundert Männern in der feuchten Luft des Mannschaftslogis hängen. Reinald denkt an seinen Vater, der die besten Jahre seines Lebens im Vorunter von V.O.C.-Schiffen verbracht hat und viel zu jung starb. Er seufzt und versucht, nicht auf die Geräusche um ihn herum zu achten. Das Schnarchen und Röcheln ist unbeschreiblich. Ab und zu brummt einer im Schlaf oder es fällt einer mit lautem Krach aus seiner Hängematte.

Reinald fügt sich in sein Schicksal und schließt die Augen.

2

»Ein Almosen aus Liebe zu Gott. Ein Almosen aus Liebe zu Gott.«

Lutske steht im Kirchenportal, und um sich warm zu halten, tritt sie von einem Fuß auf den anderen. Es ist ein klarer, sonniger Sonntagmorgen, doch es weht ein schneidender Ostwind. Ihre Zehen sind so kalt, dass jede Bewegung wehtut, aber sie hört nicht auf, von einem Fuß auf den anderen zu treten. Der Gottesdienst ist gerade zu Ende und begleitet von Orgelklängen strömen die Leute ins Freie. Lutske geht auf die Kirchgänger zu, versucht ihren Blick zu erhaschen und hält die Hand auf. Ab und zu drückt ihr jemand etwas in die Hand, aus Mitleid oder um sie los zu sein.

»Ein Almosen aus Liebe zu Gott. Ein Almosen aus Liebe zu Gott.«

»Wie oft soll ich noch sagen, dass ich die Bettelei hier nicht haben will?« Lutske erschrickt, als sie fest bei der Schulter gepackt und herumgedreht wird. Jetzt schaut sie dem Pfarrer direkt ins Gesicht.

»Du wieder? Dich habe ich doch schon vor einer Woche weggejagt!« Der Pfarrer runzelt die Stirn.

»Ich habe nichts zu essen«, sagt Lutske schnell.

»Zu faul zu arbeiten, aber ohne Scham betteln«, sagt der Geistliche verärgert.

»Ich bin nicht zu faul, aber ich kann keine Arbeit finden. Wirklich nicht!«

Der Pfarrer seufzt. »Mein liebes Kind, dann kannst du zur Armenfürsorge gehen.«

»Aber das reicht nicht zum Leben!«, sagt Lutske flehentlich.

Der Pfarrer fasst in seinen Geldbeutel. »Kaufe hiervon etwas zu essen. Und bettel nicht mehr, mein Kind, sondern komme fortan zum Gottesdienst«, sagt er. »Versprich es mir.«

Lutske nickt ergeben, bedankt sich, hält die Münze fest in der Hand und läuft aus der Kirche. Wenn sie morgen bei der Nicolaaskirche bettelt, kann sie danach ohne weiteres hier zum Gottesdienst kommen.

Sie zählt das Erbettelte dieses Morgens. Es ist nicht viel.

Über die Oudekerksbrücke läuft sie auf den Oudezijds Achterburgwal, dann in die Monnikenstraat Richtung Nieuwmarkt.

Trotz des kalten Windes ist angenehm viel Betrieb auf dem Markt. Wie ein wildes Tier schnuppert Lutske die Essensgerüche: Austern, Heringe, Pökelfleisch, Wildbret. Sie schmeckt alles schon auf der Zunge. Immer mehr knurrt ihr schmerzhaft der Magen.

Den ganzen Tag treibt sie sich im Hafenviertel am Schreiersturm herum, bettelt und stiehlt. Erst als die Marktkaufleute ihre Stände abbrechen und die Bauern mit ihren leeren Wagen die Stadt verlassen, geht sie zurück nach Hause. Tante Ida wird sich schon fragen, wo sie bleibt. Sie wird schimpfen, dass ein ganzer Tag so wenig eingebracht hat. Sie verdienen zwar etwas mit Waschen und Flicken für die Reichen, aber sie bleiben aufs Betteln angewiesen. Lutske hat nie erzählt, wie sie ihr Brot »verdient«, obwohl die Tante natürlich etwas vermutet.

»Ich bin immer eine anständige Frau gewesen, die ihr eigenes Brot verdient hat. Ich würde mich in Grund und Boden schämen, wenn ich mich zum Betteln erniedrigen müsste«, sagt sie immer.

Lutske hat damit weniger Probleme. Stolz und Würde sind zwar gut und schön, füllen aber nicht den Magen. Und Hunger, richtiger Hunger, tut weh. Das ist schlimmer, als die Hand für ein Almosen aufzuhalten.

Im Viertel hinter der Oude Schans stehen zwischen den verfallenen Häusern und billigen Kaschemmen überall Huren. Inzwischen hat es angefangen zu schneien. In den fallenden Schneeflocken sehen ihre weiß geschminkten Gesichter noch blasser aus. Manche gehen als anständige Bürgermädchen gekleidet, andere haben sich vornehm herausgeputzt und tragen weiße Perücken aus Ziegenbockshaar.

»Hallo, Lutske!«

»Wie geht's dir, Mädchen?«

»Schrecklich kalt, nicht?«

Lutske hebt den Arm. Um nicht in Abfall, Fäkalien oder Gott weiß was zu treten, weicht sie auf eine Steinstufe aus. Ohne Warnung klatscht hinter ihr aus einem Fenster der Inhalt eines Nachttopfes auf die Straße. Etwas weiter bleibt Lutske vor der Tür eines baufälligen Hauses stehen und geht dann hinein.

Tante Ida sitzt eingemummt in ein geflicktes Umschlagetuch zusammengesunken auf ihrem Stuhl. Sie hält die Hände über ein Stövchen mit Torfglut und hat einen Schürzenzipfel darüber gehängt, um auch ihre lahmen Beine etwas zu erwärmen.

»Mach schnell die Tür zu«, sagt sie, als Lutske hereinkommt. Erwartungsvoll schaut sie auf die Münzen, die Lutske auf den Tisch wirft.

»Das wird nicht lange reichen«, seufzt sie dann. »Und du bist gerade erst wegen der Armenfürsorge beim Armenvogt gewesen. Das wird eine lange Woche.«

»Ich konnte keine Arbeit kriegen«, sagt Lutske. »Nur kurz am Vormittag, Schleppen auf dem Markt. Morgen versuche ich es wieder.«

»Wenn es einen Stüver zu verdienen gibt, werden zehn Hände ausgestreckt, die ihn haben wollen«, brummt Tante Ida. »Hilf mir lieber mit dem Berg Näharbeit. Das muss zurück in die Herengracht.«

Lutske schaut in den Torfkorb. Fast leer. Schnell hängt sie einen Kessel über das schon erlöschende Feuer und nimmt ein Stück Schwarzbrot vom Vortag vom Regalbrett. Sie kocht eine Kartoffel in saurer Milch und schneidet ein Stück Speck, das sie für den Sonntag aufgehoben hatte, in ganz kleine Stücke.

Plötzlich muss sie an ihre Mutter denken, wie sie auf dem Herd das Essen zubereitet hat. Wie sich durch den Qualm, den der Fisch verbreitete, im Haus alles so fettig anfühlte. Aber sie muss auch daran denken, wie gemütlich es war, wie warm, das Beieinandersein.

Lutske tut die kargen Zutaten hinein und rührt gut um, bis es warm ist. Sie stellt Tante Ida einen Napf Brotsuppe hin, dann essen sie schweigend. Tante Ida sagt nie viel. Früher war sie eine lebendige, aufgeweckte Frau, bis ihr Mann an Fieber starb. Der Tod ihrer Schwester und ihres Schwagers hat ihr die letzte Lebenslust genommen. Lutske ist alles, was sie noch hat. Tante Ida hat sie und ihren Bruder nach dem Tod ihrer Eltern zu sich genommen. Und für eine Frau, die gerade Witwe geworden war und die ohne den Verdienst ihres Mannes selbst kaum zurechtkam, war das sehr beachtlich. Zu dritt haben sie sich eine ganze Zeit lang über Wasser gehalten, bis Tante Ida ihre Stellung als Zugehfrau verlor. Und da Amsterdam von Habenichtsen und verkrüppelten Seeleuten überschwemmt ist, gelingt es Lutske nicht, eine Anstellung zu finden. Seitdem leben sie von heut auf morgen. Ihre einzige Hoffnung ist Lutskes Bruder. Er fährt zur See und mit seiner Heuer werden sie bald wieder ein paar Monate auskommen.

Das Feuer geht langsam aus und damit auch die Lichtquelle ihrer Wohnung. Lutske hilft Tante Ida auf ihren Strohsack und kriecht dicht an sie heran, sodass sie sich aneinander wärmen können.

Auf den vereisten Klinkersteinen schlitternd, bahnt sich Lutske ihren Weg durch die Prinsengracht. Auf dem Hof der Armenfürsorge steht schon eine lange Reihe von Menschen, die langsam, aber sicher ins Gebäude zottelt. Einer nach dem anderen kommen sie mit einem Korb voll Brot, Käse und Torf wieder heraus und verschwinden schnell. Es scheint Stunden zu dauern, bis Lutske endlich vor der Tür steht.

»Brr, ist das kalt, nicht?« Trine Simons, eine Nachbarin vom Haarlemmerdijk, geht gemeinsam mit Lutske ins Haus.

»Schrecklich«, sagt Lutske. »Wenn ich nachts auf dem Topf gewesen bin, ist morgens alles gefroren. Unser Torf war schon seit Tagen alle.«

»Ja, wir hatten auch keinen mehr«, nickt Trine. »Aber jetzt wird es bald Frühling, das spür ich in den Knochen.«

»Ich hoffe es«, sagt Lutske leise. »Ich mache mir Sorgen um Tante Ida. Sie klagt über Schmerzen in den Beinen. Ich meine, wie können die ihr wehtun, wo sie doch lahm ist?«

»Tja«, sagt Trine nur.

»Sie wird alt«, fährt Lutske fort. »Sie leidet immer mehr darunter, dass sie zu wenig zu essen kriegt. Aber vor allem ist es die Kälte. Hundert Reisigbündel kosten zwölf Stüver. Das ist ein halber Wochenlohn, Trine!«

»Tja«, sagt Trine wieder. »Ich komme heute Nachmittag mal eben vorbei. Vielleicht tut ein Schwätzchen ihr gut. Mal das Herz auszuschütten hilft manchmal ja schon.«

Lutske lächelt, hat aber nicht viel Hoffnung. Klagen sind nie Tante Idas Sache gewesen. Sie tut einfach, was sie für ihre Pflicht hält. Sie hat von ihnen auch nie Dankbarkeit erwartet. Doch Lutske ist ihr natürlich dankbar und sie weiß, dass ihr Bruder es auch ist. Nicht umsonst bringt er ihr von seinen Reisen immer etwas Schönes mit, Muscheln, getrocknete Pflanzen, und einmal sogar eine ausgestopfte Schildkröte. Aber die hat Tante Ida im letzten Winter verkaufen müssen. Für so eine Seltenheit, mit der er sein Raritätenkabinett vervollständigen kann, zahlt Jan Jakobs Swammerdam, der Apotheker auf der Oude Schans, gutes Geld.

Als Trine am Nachmittag kommt, ist sie schon bald genauso besorgt wie Lutske. Tante Ida ist teilnahmslos, sie will nichts essen und nichts trinken und redet unzusammenhängendes Zeug. Trine legt ihr die Hand auf die Stirn und flüstert: »Ich fürchte, sie hat Fieber. Soll ich den Arzt holen?«

Lutske schüttelt den Kopf. »Ruf lieber Rote Barbara.«

Rote Barbara hat ein gut gehendes Bordell an der Ecke Haarlemmerdijk und weiß für alles Rat. Ihre Hausmittel sind im ganzen Viertel bekannt und Leute, die sie kennen, fragen lieber sie um Rat als den Arzt. Dass mit dem Rat der Roten Barbara keine Kosten verbunden sind, ist natürlich mindestens genauso wichtig.

Lutske geht nicht mehr aus dem Haus, sie bleibt bei ihrer Tante. Rote Barbara lässt Catalyn, eines ihrer Mädchen, einen Kräutertrank bringen.

»Es tut ihr Leid, aber im Haus ist viel Betrieb. Sie kann jetzt nicht weg.«

Catalyn keucht vom Laufen durch die Kälte und stellt sich dicht ans Feuer. »He, hast du wieder Torf?«

»Ja, heute Morgen geholt«, nickt Lutske. »Hätten wir ein paar Tage früher haben müssen, dann wäre Tante Ida nicht krank geworden.«

»Wenn du willst, bringen wir deine Tante zu uns. Da haben wir ein schönes Bett für sie«, sagt Catalyn.

»Nein«, antwortet Lutske entschlossen. »Ich weiß genau, dass sie das nicht will.«

»Ach, wer will das schon«, meint Catalyn nüchtern. »Aber von irgendwas muss der Mensch ja leben. Männer können wenigstens noch zur See fahren.«

»Ja«, sagt Lutske. »Wie mein Bruder.«

»Wann kriegen wir deinen Bruder wieder mal zu sehen?«

»Wenn ich das wüsste«, antwortet Lutske betrübt. »Ich weiß ja selbst nicht, wann ich ihn wieder sehe. Er ist schon zwei Jahre weg! Man sollte doch meinen, dass die Flotte bald wieder einlaufen müsste.«

»Zwei Jahre? Wohin ging die Reise denn?«, fragt Catalyn.

»Ostindien«, antwortet Lutske.

»Na ja, das ist ja auch weit weg«, meint Catalyn aufmunternd. »Aber ich muss gehen. Alles Gute für deine Tante, Mädchen.«

Um so wenig Kälte wie möglich hereinwehen zu lassen, öffnet sie die Tür nur einen Spaltbreit und huscht hinaus.

Lutske steht auf und wirft noch etwas Torf ins Feuer. Wenn sie so weitermacht, hat sie morgen schon nichts mehr, aber Tante Ida muss es warm haben.

»Lutske?«, ertönt es plötzlich heiser.

Lutske schaut auf ihre Tante, die mit geschlossenen Augen auf ihrem Strohbett liegt, und kniet sich neben sie. Sie nimmt Tante Idas Hand, die unsichere Bewegungen macht. Die Hand ist kalt, Lutske reibt sie warm.

»Tante, ich habe einen ganzen Korb voll Torf geholt«, sagt sie. »Jetzt ist es hier schön warm, oder?«

Es kommt keine Antwort und Lutske bleibt bei ihrer Tante sitzen, bis sie schläft.

Der Torf der Armenfürsorge reicht nur zwei Tage. Es muss etwas geschehen.

Lutske stellt kurz den Korb mit den Flickarbeiten ab und streckt den schmerzenden Rücken. Es ist ein weiter Weg über die Herengracht, aber hier liegen wenigstens Klinkersteine, sodass man nicht bis über die Knöchel im Dreck watet. Hohe, vornehme Häuser spiegeln sich im Grachtenwasser, Häuser mit Treppengiebeln voller Schnörkel und Fresken.

Das Bartolotti-Haus steht in einer lang gezogenen Kurve der Herengracht. Lutske ist noch nie drinnen gewesen, sie tauscht die Wasch- und Flickarbeit immer mit der Magd an einer niedrigen Küchentür für das Dienstpersonal. Für die hohe Tür muss man erst die Vortreppe hinauf, aber die ist nur für vornehmen Besuch.

Lutske klopft an die Tür und wartet, bis die Magd den oberen Teil öffnet.

»Du kommst spät«, sagt Clara und runzelt die Stirn.

»Meine Tante ist krank«, sagt Lutske. »Ich habe den ganzen Tag genäht, um fertig zu werden. Hast du irgendwas gehört?«

»Gehört? Ich? Was denn?«

»Über eine Stellung für mich«, sagt Lutske.

»Wir brauchen niemand, Lutske.«

»Auch kein Mädchen für alles? Kein Küchenmädchen?«

»Wirklich nicht. Und ich habe auch von niemand sonst etwas gehört.«

Clara drückt Lutske ein paar Stüver für die Flickarbeit in die

Hand. »Versuch es doch mal in der Keizersgracht. Vielleicht hast du da mehr Glück.«

»Danke.« Lutske lässt die Stüver in einen Lederbeutel gleiten, der unter ihrem Rock an einer Schnur hängt. Clara schließt die Oberklappe der Tür, Lutske dreht sich um und geht über eine Querstraße zur Keizersgracht. Beim erstbesten vornehmen Haus klopft sie an. Es dauert eine Weile, bis jemand öffnet, und der schlägt ihr auch sofort wieder die Tür vor der Nase zu. Noch einmal lässt Lutske den Klopfer an die Tür fallen.

»Verschwinde, Straßenmädchen! Hier gibt es keine Almosen!«, schreit sie der Diener an. Und wieder fällt die Tür krachend ins Schloss.

Ungerührt versucht es Lutske beim nächsten Haus, dann dem nächsten, dann dem Haus daneben. Beim einen hört man sie wohlwollend an, beim nächsten bekommt sie einen Stüver in die Hand gedrückt, ein dritter jagt sie von der Vortreppe.

»Beim nächsten Mal kriegst du einen Eimer Wasser auf den Kopf!«, wird ihr nachgerufen.

So arbeitet sich Lutske fast die ganze Gracht entlang und dabei sind ein paar Stunden vergangen. Ihr ist kalt, sie ist müde und sie hat immer noch keine Arbeit. In ihrem Magen zwickt und rumort es. Die Buden mit warmer Suppe und Bratfisch an den zugefrorenen Grachten verbreiten so herrliche Düfte, dass sie schnell weitergeht. Niedergeschlagen schlendert sie über den Dam zur Warmoesstraat. Vor einem neuen Haus bleibt sie kurz stehen. An dieser Stelle hat sie früher gewohnt, jetzt hat sich hier ein Glasbläser niedergelassen. Das neue Haus hat keine Ähnlichkeit mit ihrem Elternhaus, das in Flammen aufging, als sie sieben Jahre alt war. Der Glasbläser hat das Vorderhaus kunstvoll mit kleinen Bleiglasfenstern verziert. Sehr schön, aber ihr Vater war ein genauso guter Handwerker: der beste Möbeltischler von Amsterdam.

Plötzlich beginnt Lutske zu rennen, rein in den Oudezijds Armsteeg, in die eine Straße, in die andere Straße, bis hinter die Oude Schans. Beim Montelbaansturm bleibt sie keuchend stehen. Gerade werden die Besatzungen der Weihnachtsflotte der V.O.C. eingeschifft. Eine Gruppe zerlumpter Männer, die aussehen, als wären sie nicht ganz klar im Kopf gewesen, als sie anmusterten. Sie tragen schwere Kisten auf den Schultern und werden brutal zur Eile angetrieben.

Lutske starrt ihnen nach. Sie muss an eine andere Einschiffung denken, die fast zwei Jahre zurückliegt. Die Erkenntnis, dass sie nun wirklich ganz alleine vor allen Problemen steht, drängt sich ihr mit aller Heftigkeit ins Bewusstsein.

»Oh, David«, flüstert sie. Ihr Blick wandert zum Wirrwarr von Masten und Wimpeln auf dem IJ. Sie schaut den Leichtern nach, die sich zwischen den vielen Schiffen ihren Weg suchen. Wie oft hat sie die Leichter nicht schon abfahren sehen? Sie denkt immer wieder daran und ihr kommt es so vor, als kämen immer weniger Männer zurück, als gebe es im Viertel um die Oude Schans immer mehr Seemannswitwen.

Langsam wendet sich Lutske ab. Sie geht zurück durch die schmutzigen Straßen, in denen die Mauern der Häuser tiefe Risse haben und in denen unter den Fenstern abgetragene Wäsche hängt.

An der Ecke Haarlemmerdijk flutet Licht und Lärm auf die Straße. Im Schutz der Häuser eilt Lutske zum *De Swaen*, dem Bordell der Roten Barbara. Es ist der einzige Ort, von dem sie weiß, dass sie dort jederzeit willkommen ist, wenn sie sich kurz aufwärmen will. Die Tür steht einen Spaltbreit offen. Sie huscht hinein und setzt sich in eine Ecke des Zimmers. Einige Mädchen stolzieren herausfordernd vor den Herren auf und ab. Sie haben die Röcke hoch gerafft und wackeln mit den bloßen Hintern. Wenn sie auf den Schoß gezogen werden, kreischen sie laut.

»Und wen haben wir hier?« Ein Mann hat ein Auge auf Lutske geworfen und zieht sie aus der dunklen Ecke. Vergebens versucht sie sich loszureißen. Hilfe suchend sieht sie Rote Barbara an. Die Bordellwirtin kommt sofort herbei und schubst den Gast entschlossen zurück.

»Hände weg von diesem Mädchen!«

»Warum? Ist doch ein niedliches Ding. Ich zahle das Doppelte für sie!« Der Mann gibt nicht auf.

»Hast du Scheiße in den Ohren? Ich sagte, Hände weg von diesem Mädchen!«, wiederholt Rote Barbara gebieterisch.

Der Mann zuckt mit den Schultern und sucht sein Glück bei einem bereitwilligeren Mädchen. Sie verschwinden zu zweit nach oben in die Bettnischen und Rote Barbara setzt sich zu Lutske.

»Wie geht es dir? Du siehst todmüde aus.«

«Ich bin den ganzen Tag an den Grachten rumgelaufen«, sagt Lutske. »Weißt du, da ist wirklich nirgends Arbeit zu finden. Nichts!«

»Ich weiß«, sagt Rote Barbara. »Amsterdam ist einfach überfüllt. Alle suchen hier Arbeit. Alle kommen hierher.«

»Ich weiß nicht mehr, was ich machen soll«, flüstert Lutske.

»Dir bleibt immer noch eine Möglichkeit«, sagt Rote Barbara.

Lutske schaut sie an. »Für dich arbeiten, meinst du.«

»Wird nicht schlecht bezahlt. Du kannst jedenfalls davon leben«, stellt Rote Barbara nüchtern fest. »Und du bist vierzehn, ein schönes Alter.«

»Ich weiß nicht. Ich darf gar nicht daran denken, die fremden Kerle hautnah an mir dran«, meint Lutske beklommen.

»Hör zu, Mädchen, das findet niemand schön. Hier ist kein Mädchen, das es zum Spaß tut! Aber wenn du die Wahl hast zu verhungern oder so etwas wie eine Existenz aufzubauen… Sei ehrlich, du hast keine Wahl!«

»Tante Ida würde es mir nie verzeihen. Und mein Bruder auch nicht«, antwortet Lutske.

»Tja, du musst es selbst wissen«, sagt Rote Barbara. »Wenn du meinst, du kannst auf andere Art dein Brot verdienen, musst du es eben versuchen.«

Sie starrt eine Weile nachdenklich vor sich hin. »Vielleicht weiß ich etwas«, sagt sie endlich. »Kennst du Malle Kees?«

Malle Kees ist der Wirt einer Schänke auf dem Zeedijk. Dort verkehren Seeleute, ungelernte Arbeiter und Verbrecher. Malle Kees kennt alle, weiß alles, doch über seine Lippen kommt kein Wort. Selbst ein enges Netz von Einbrechern, Betrügern und Taschendieben kann nicht ohne die Hilfe von Wirten funktionieren, ohne zuverlässige Nachbarn und hübsche Mädchen, die die Aufmerksamkeit ablenken.

Malle Kees lehrt Lutske, wie sie zu Geld kommen kann.

»Weißt du, man kann betteln oder betteln«, sagt er, während er einen Schemel ans Feuer zieht. »Du kannst dich vor die Kirche stellen und hoffen, dass dir jemand etwas gibt. Das ist eine Art. Oder du kannst dich mitten in der Nacht vor irgendeine Haustür legen und heulen und jammern, bis die Leute verrückt werden, und du gehst erst dann weg, wenn sie genug Geld aus dem Fenster geworfen haben. Und es gibt noch viel mehr Möglichkeiten.«

Er schaut auf, als ein altjüngferliches Mädchen mit strubbeligem Haar hereinkommt.

»Briga, zeig Lutske hier doch mal was.«

Briga wirft einen gleichgültigen Blick auf Lutske und kommt mit einem Brettchen vor sich her auf Malle Kees zu.

»Ein Örtgen, der Herr! Ein Örtgen, bittebitte!« Sie drückt Malle Kees das Brettchen an den Bauch, während sie darunter mit der Hand nach einem Geldbeutel sucht.

»Verschwinde, dreckige Schlampe!« Mit Widerwillen schubst Malle Kees sie von sich und Briga hat in der einen Hand ihr Brettchen und in der anderen den kleinen Dolch, den Malle Kees immer in seiner Kleidung versteckt hat.

»Gut so!« Malle Kees brüllt vor Lachen. »Ich hab nichts gemerkt! Jetzt du, Lutske!« Er hängt sich einen Beutel an den Gürtel.

Zögernd steht Lutske auf und nimmt Brigas Brett. Etwas ungeschickt macht sie nach, was Briga vorgemacht hat.

»Als hätte man eine junge Katze unter dem Hemd!« Malle Kees schüttelt tadelnd den Kopf. »Schnelligkeit ist das Geheimnis! Schnell abtasten, eine Verdickung in der Kleidung suchen und dann nur die Finger benutzen, um es herauszuziehen. Noch einmal!«

Wieder und wieder versucht Lutske, Malle Kees zu bestehlen, ohne dass er es merkt. Sie lernt die Kunst des Taschendiebstahls, während Briga die Aufmerksamkeit ablenkt. Sie wird in verschiedene Geheimnisse der Betrügerei eingeweiht. Wenn man sich mit Pferdemist, vermischt mit Wasser, einschmiert, sieht man so aus, als leide man an Gelbsucht. Man kann sich auch mit blutigen Lappen um Arme und Beine in eine Gasse legen und jammern. »Kennst du Jack?«, fragt Malle Kees. »Der hat sich eines Sonntagmorgens mit blutigen Schweinedärmen auf dem Bauch vor die Kirche gelegt. Alle, die vorbei kamen, haben sich zu Tode erschrocken. Bis ein Hund kam und die Därme fraß. Dann geschah ein Wunder. Jack war wieder kerngesund.« Malle Kees kichert.

»Du machst es schon recht gut, Mädchen«, sagt er ein paar Tage später. »Ich kann dich morgen auf dem Botermarkt brauchen. Das ist eine feine Sache für dich, ohne großes Risiko und mit Aussicht auf ein paar Geldbeutel.«

Am nächsten Tag steht Lutske in einer Gruppe von Menschen. Sie stehen alle auf Zehenspitzen oder recken die Hälse, um zu sehen, woher das ohrenbetäubende Kreischen kommt.

»Die muss bestimmt ins Irrenhaus«, sagt ein Mann dicht neben Lutske. Lutske schaut auf die alte, wahnsinnige Frau, die sich kreischend und beißend gegen ihre Begleiter wehrt. Hausfrauen und Dienstmädchen drängeln, um etwas von dem Spektakel sehen zu können. Sie stoßen sich an und lachen über die verrückte alte Frau. Andere sehen etwas mitleidig zu.

Lutske dreht sich um und drängelt sich unauffällig in die dichte Menge. Sie bleibt nirgends lange stehen, und als die alte Frau abgeführt ist und die Menge sich auflöst, geht sie ruhig zur Schänke von Malle Kees. In einem kleinen Hinterzimmer holt sie einen Beutel unter ihren Röcken hervor und legt den Inhalt auf den Tisch. Noch mehr Taschendiebe kommen mit ihrer Beute herein.

»Nicht schlecht!«, sagt Malle Kees anerkennend. »Du kriegst aus jedem Beutel deinen Anteil, das hatten wir abgemacht. Aha, da kommt Antje.«

Die wahnsinnige Frau vom Botermarkt kommt herein. Sie ist jetzt sehr viel ruhiger. Sie grinst mit ihrem zahnlosen Mund und grabscht sich ihren Anteil der Beute vom Tisch.

»Wie kommst du immer wieder an so viel Geld?«, fragt Tante Ida misstrauisch. Sie schaut auf den Korb voller Lebensmittel, den Lutske auf den Tisch stellt.

»Ich habe Arbeit gefunden«, antwortet Lutske. »Sieh nur, frischen Fisch, das beste Stück, das ich finden konnte. Und Obst und Gemüse. Das haben wir lange nicht gegessen, Tante!« Lachend nimmt sie ihre Tante in den Arm.

»Woher hast du das?«, fragt Tante Ida wieder.

»Hab ich doch gesagt, ich habe Arbeit gefunden«, wiederholt Lutske.

»Was für Arbeit?«

»Na ja, eine Stellung in der Herengracht.«

»Und da gehst du so angezogen?« Tante Ida mustert Lutkes Röcke, die so abgetragen sind, dass man an einigen Stellen hindurchsehen kann.

»Ich bin doch nur ein Putzmädchen«, sagt Lutske. »Ich wisch die Küche auf, wasch das Geschirr ab und andere solche Arbeiten.«

»Hm.« Tante Ida glaubt es nicht so richtig. »Du hast doch nicht die Hurerei angefangen?«

Entrüstet schaut Lutske sie an. »Natürlich nicht! Wirklich nicht! Das schwöre ich bei allem, was mir heilig ist.«

Tante Ida packt nun mit etwas mehr Interesse den Korb aus.

»Iss nur alles schön auf«, schmeichelt Lutske. »Es wird dir gut tun.«

3

Nach ein paar Tagen kennt Reinald die *Hollandia* und ihre Besatzung, vor allem aber die Männer seiner Backschaft, als wäre er sein Lebtag auf See gewesen.

Er wird von Winand ins Schlepptau genommen, denn, so sagt der: »Jede Teerjacke braucht auf See einen Macker.« Winand ist es auch, der Reinald zu Hilfe kommt, als er in eine Prügelei verwickelt wird. Und Winand macht ihn auch mit der Takelage vertraut und lehrt ihn, Gefallen an der Seefahrt zu finden.

Die Schwindel erregende Höhe der Wanten macht Reinald nicht mehr Bange. Mehrmals am Tag setzt er sein Leben aufs Spiel, nicht nur in der Want, sondern auch, wenn er hoch über den Wellen gemütlich ganz vorn auf dem Galion sitzt. Bei unruhiger See spritzt ihm das Wasser an die Beine und muss er sich gut festhalten, um nicht über Bord zu fallen.

»Das ist doch mal was anderes als ein Plumpsklo über einem Graben«, sagt Reinald grinsend, als er klatschnass über die Läuseplicht zum Backdeck klettert.

»Ich hab früher immer Steine in den Graben geworfen, wenn ich jemanden auf dem Donnerbalken sitzen sah«, sagt Winand. »Ich bin auf dem Land aufgewachsen und da waren viele Gräben, also gab's auch viel zu lachen.«

Reinald schmunzelt. »Soso, du bist ein Bauernsohn!«

»Unverfälscht und ungeschliffen«, bekräftigt Winand. Er schaut aufs Meer. Bis an den Horizont ist kein Land zu entdecken.

»Als ich klein war, dachte ich, dass die Welt nur aus Weiden besteht«, sagt er. »Weiden und Bauernhöfe. Heute besteht die Welt aus Holzplanken und Wasser.«

»Warum bist du zur See gegangen?«, fragt Reinald.

Winand zuckt mit den Schultern. »In einer Familie mit zehn Kindern hat jeder sein Scherflein beizutragen. Wir konnten vor Hunger nicht kacken. Wir wohnten in der Nähe von Vlissingen, also gingen wir fast alle zur See.«

»Vlissingen«, wiederholt Reinald. »Kommt Michiel de Ruyter nicht daher?«

»Und ob! Ein echter Seeländer, genau wie ich«, antwortet Winand stolz. »Er hat es nur etwas weiter gebracht. Aber er hat auch ganz unten angefangen, also ist da noch Hoffnung.«

Reinald setzt sich und lehnt sich mit dem Rücken an eine Kiste.

»Du willst es also weit bringen«, sagt er. »Wie weit? Bootsmann? Kapitän?«

»Es muss nicht unbedingt auf einem Schiff sein«, antwortet Winand. »Eigentlich bin ich lieber eine ganz normale Landratte, mit etwas Eigenem. Etwas, wovon ich gut leben kann, ohne mich krumm arbeiten zu müssen.«

»Ja, ja«, sagt Reinald schmunzelnd. »Das möchten wir alle.«

»Das Problem ist nur, dass die Heuer schon alle ist, wenn du einen Fuß an Land setzt«, sagt Winand. »Was glaubst du, warum ich zum dritten Mal angeheuert habe?«

Sie fahren an der Küste von Spanien entlang. Es ist Anfang Juni und mit jedem Tag wird es wärmer. Auf den Kanarischen Inseln wird frisches Wasser eingenommen und dann segeln sie einen weiten Weg übers offene Meer auf die Kapverdischen Inseln zu.

Reinald hängt mit Samuel Valckenier, einem Mann seiner Back, und mit Jacob in der Want. Wegen der Hitze haben sie nur die Hosen an. Reinald atmet tief die salzige Luft ein.

»Tut's dir Leid?«, will Jacob wissen.

»Was?«, fragt Reinald.

»Dass du angeheuert hast«, meint Jacob.

»Ach«, sagt Reinald, »ob man nun vom einen oder vom anderen angetrieben und ausgebeutet wird …«

»Hier kann man wenigstens noch so tun, als wenn man frei

wäre«, meint Jacob. Er sitzt auf der Rah und breitet die Arme aus. »Sieh nur, welch eine Weite! Ist doch was anderes als der Hof vom Arbeitshaus!«

»Halt dich fest!«, schreit Reinald.

Ganz schnell ergreift Jacob die Rah.

»Wofür hast du eigentlich gesessen?«, fragt Reinald.

»Betrug. Ich habe ein paar Mal in einer Herberge gegessen und bin abgehauen, sobald mein Napf leer war. Das ging eine Weile gut, aber eines schönen Tages haben der Schulze und seine Schergen draußen auf mich gewartet.« Er macht eine wegwerfende Handbewegung. »Und du?«

Reinald starrt über das ruhige Meer.

»Das ist eine lange Geschichte«, sagt er schließlich. »Mein Vater fuhr auch für die V.O.C., aus purer Not, denn er war kein Seemann. Er hat es dann doch viele Jahre ausgehalten, aber schließlich bekamen wir die Nachricht, dass er auf dem Weg nach Java gestorben war und ein Seemannsgrab bekommen hat. Meine Mutter war schwanger, als sie das hörte. Deshalb kam wohl das Kind viel zu früh. Ich war ungefähr vierzehn und ich weiß noch, dass ich mir die Beine aus dem Leib gelaufen habe, um eine Hebamme zu holen. Aber das Kind, ein Junge, hat es nicht geschafft und meine Mutter ist nie wieder die Alte geworden. Die Kompanie hat zwar eine Regelung für Seemannswitwen, aber wir waren einfach bettelarm. Ich verdiente etwas bei einem Schauerbetrieb auf der Peperwerft, aber ach, was bringt das schon ein. Viel zu wenig für eine ganze Familie. Also bin ich Einbrecher geworden.«

Samuel und Jacob nicken, als wäre es ein logischer Schritt, vom Schauermann auf der Peperwerft zum Einbrecher zu werden.

»Und du wurdest erwischt«, vermutet Jacob.

»Ja. Ich war sechzehn, als ich im Arbeitshaus landete. Und ich saß da kaum ein halbes Jahr, als meine Mutter und meine beiden Schwestern an Pocken starben. Können wir jetzt über etwas anderes reden?«, fragt Reinald in bitterem Ton.

»Ja, natürlich«, sagt Samuel, aber es bleibt eine ganze Weile still. Sie sitzen auf der Rah und lauschen den Wellen, die sich am Bug brechen, dem Kreischen der Möwen und dem Geschrei Jaegers unter ihnen. Sie sitzen hoch genug, um so zu tun, als arbeiteten sie und könnten ihn nicht hören.

»Mein Vater war Schuhmacher«, sagt Samuel plötzlich, als habe er das Gefühl, seinen Freunden noch seine Geschichte schuldig zu sein. »Er hoffte, ich würde den Betrieb übernehmen, aber ich trieb mich lieber im Hafen herum, als in der staubigen Werkstatt zu hocken. Ich wollte zur See! Wir hatten dauernd Streit darüber. Schließlich gab er nach. Er wird es jetzt wohl mit meinem Bruder versuchen.«

»Es ist natürlich verständlich, dass dein Vater einen Nachfolger haben möchte«, meint Reinald.

»Ja, aber nicht mich!« Samuel wirft lachend den Kopf in den Nacken, sodass der Wind an seinen roten Haaren zerrt. »Ich will nichts als das hier, so hoch über den Wellen sein. Um mich herum nur Wind und Wolken. Zur See zu fahren ist phantastisch!«

»Ach ja, wenn man sich das miserable Essen wegdenkt«, sagt Reinald.

»Wenn man Olle Sam glauben kann, kriegen wir jetzt noch fürstliches Essen. Wartet nur, bis wir über den Äquator sind, sagt er«, entgegnet Jacob.

»Mann, der Alte hat auch immer was zu meckern! Ich hoffe nur, dass ich nicht so alt werde«, sagt Samuel verächtlich.

Ende Juni nähern sie sich den Kapverdischen Inseln. Reinald schaut aufs Meer.

»Woher wissen sie, dass da die Kapverdischen Inseln liegen?«, fragt er. »Ich sehe nichts!«

»Keine Ahnung«, antwortet Jacob. »Für mich ist es schon ein Wunder, dass sie genau wissen, in welche Richtung wir fahren müssen.«

»Dafür gibt es die Navigationsinstrumente, du Esel«, ertönt die Stimme von Jan Wasmoet hinter ihnen. Er steht neben dem

Ersten Steuermann Jurriaens und macht ein überhebliches Gesicht. »Oktanten, Kompasse, Armillarsphären, Gradmesser.«

»Das fände ich großartig, damit umgehen zu können«, sagt Reinald. »Das würde ich auch gerne lernen.«

»Wir haben genug Steuermannslehrlinge an Bord. Pelgrom kann keine Jungen mehr brauchen«, sagt der Erste Steuermann.

Aber Reinald gibt sich damit nicht zufrieden. Jedes Mal, wenn der Zweite Steuermann Pelgrom von den Kadetten umringt ist, sorgt er dafür, in der Nähe zu sein. Er spleißt und knotet Taue, er schrubbt endlos dasselbe Stückchen Deck, er näht seine zerrissene Hose und dabei spitzt er die Ohren und schaut interessiert zu.

Adriaen Pelgrom bemerkt das sehr wohl. Er schätzt Reinalds Wissbegierde und in seiner Freizeit erzählt er ihm etwas mehr über den Gebrauch von Atlanten, Stundengläsern, Senklot und Kompass. Durch ihn lernt Reinald die Welt von Joan und Cornelis Blaeu kennen.

»Die besten Kartenmacher, die es je gegeben hat, bis auf ihren Vater«, sagt Pelgrom.

Sie sitzen in Pelgroms Kajüte, wo es nach saurem Wein und ledergebundenen Atlanten riecht.

»Kennst du ihr Geschäft nicht? Erst war es auf dem Dam, bei der Oude Brug, aber dann sind sie in die Bloemgracht im Jordaan umgezogen. Ich kenne die Familie gut. Zu meinem dreißigsten Geburtstag habe ich von ihnen diesen Weltatlas bekommen. Schön, nicht? Ein wertvolles Geschenk. Ich gehe sehr sorgsam damit um.« Pelgrom streicht liebevoll über den ledernen Einband.

»Wunderschön«, bekräftigt Reinald.

»Du musst unbedingt mal hingehen, wenn wir wieder in Amsterdam sind. Sag nur, dass ich dich geschickt habe, dann zahlst du bestimmt etwas weniger, wenn du etwas kaufst«, rät ihm Pelgrom. »Aber jetzt werde ich dir zeigen, wie man Karten liest. Siehst du, auf dieser findest du nicht nur alle Längen- und Breitengrade, sondern auch die Wassertiefen und Klippen.«

An einem warmen Nachmittag, als Reinald aus der Want steigt, weht der Wind ihm Gesprächsfetzen des Ersten Steuermanns und des Kapitäns ins Ohr.

»Ich verstehe nicht, warum Sie St. Helena nicht anlaufen wollen«, hört er die erregte Stimme des Ersten Steuermanns Jurriaens.

»Nicht nötig«, erwidert Ruygveen. »Wir nehmen Wasser am Kap Lopez ein und segeln dann ohne Stopp zum nächsten Kap.«

»Das ist unmöglich. Um den Passat auszunutzen, müssen wir unter der Küste bleiben und dann ist es kein großer Umstand, gleich St. Helena anzulaufen«, sagt Jurriaens kühl.

»Darf ich Sie darauf hinweisen, dass ich hier das Kommando habe?«, weist ihn der Kapitän zurecht. »Wir liegen gut im Plan und ich möchte nicht unnötig Zeit verlieren. Sagen Sie dem Furier, er soll mit dem Wasser etwas sparsamer umgehen.«

»Es ist sehr heiß«, sagt Jurriaens kurz angebunden. »Wir werden bald immer mehr Wasser nötig haben.«

»Dann werden wir eben noch sparsamer sein müssen«, sagt der Kapitän. Er dreht sich um und verlässt die Brücke.

Als auch Jurriaens sich umdreht und geht, sieht Reinald gerade noch sein zornrotes Gesicht.

»Wir nähern uns jetzt schnell dem Äquator«, sagt Langes Leiden. Er dreht sich um und sieht zu Reinald hinüber, der an die Holzwand gelehnt auf dem Boden sitzt.

Die Kombüse ist nicht der komfortabelste Ort an Bord. In dem ziemlich kleinen Raum ist es stets heiß, was man auch anfasst, ist fettig und bei all den herumstehenden Körben und Fässern kann man sich kaum umdrehen.

Langes Leiden ist mit dem Abendessen beschäftigt und schwitzt tüchtig über den dampfenden Töpfen. Unter seinen Achseln bilden sich große, nasse Flecken.

Ein Koch auf See hat ein schweres Leben. Bei starkem Seegang läuft er Gefahr, sich an seinen glühend heißen Töpfen zu verbrennen oder vom kochenden Inhalt überschüttet zu werden. Wenn er aus verdorbenen Vorräten noch etwas zu machen versucht ist die Besatzung ihm dafür nicht dankbar. Sie sieht in ihm eher den Sündenbock. Immer wieder muss er sich wütender, schimpfender Männer erwehren.

»Der Äquator? Wie sieht der aus?«, fragt Reinald, ohne aufzuschauen.

Langes Leiden schüttelt betrübt den Kopf. »Willst du das wirklich wissen?«

»Nein, aber ich nehme an, dass du es mir gerne erzählen möchtest.«

»Der Äquator«, sagt Langes Leiden geheimnisvoll, »ist ein gewaltiger Feuerwall, durch den wir hindurch müssen.«

»Feuer?«, fragt Reinald mit hochgezogenen Augenbrauen. »Auf dem Wasser, wie?«

Langes Leiden sieht ihn ernst an. »Ich hab es selbst gesehen! Ich wollte es auch nicht glauben, aber ich habe mich überzeugt. Und wie! Was glaubst du denn, warum ich fast kahl bin? Ich blieb mit meinem sturen Kopp an Deck, während alle anderen im Logis verschwanden. Und dann konnte ich gerade noch runterkommen, aber meine Haare waren weggesengt. Und meine Stimmbänder sind geschmolzen. Was meinst du denn, warum ich so eine hohe Stimme habe?«

»Ein Schiff aus Holz, mitten durch ein Flammenmeer und nur deine Haare versengen?«, sagt Reinald spöttisch.

»Und meine Stimmbänder! So wahr ich hier stehe!«

»Und warum geht das Feuer dann bei all dem Wasser nicht aus?«, will Reinald wissen.

»Die Sonne berührt das Wasser doch auch, ohne zu erlöschen?«, antwortet Langes Leiden.

»Das ist was anderes«, sagt Reinald.

»Das sagst du! Bist du schon mal so dicht bei der Sonne gewesen? Warte nur, bis wir in den Tropen sind, da wirst du dich noch wundern!«

Reinald schmunzelt nur und steht auf. »Feuer! Aber ja doch!« Immer noch lachend verlässt er die Kombüse.

Langes Leiden zuckt bedauernd die Schultern.

Zur allgemeinen Überraschung fahren sie an St. Helena vorbei. Schon wenige Tage später fängt das Trinkwasser an zu stinken und schwimmen kleine Würmer darin.

»Das Grachtenwasser in Amsterdam ist gesünder«, brummt Reinald. »Soll ich das hier trinken? Sieh doch nur, was alles darin schwimmt!« Angeekelt schaut er in seinen Becher.

»Du musst es mit den Zähnen filtern«, rät ihm Winand. »Wenn du nicht trinkst, bist du in zwei Tagen hin. Mit etwas Glück schaffst du es, bis wir frisches Wasser kriegen.«

Er reckt den Hals und schaut auf die Kette von Joris Riesen, einem Mann mit pockennarbigem Gesicht. »Was hast du da um den Hals hängen?«, fragt er verblüfft.

»Haifischzähne, für meinen faulen Zahn«, antwortet Joris. »Von dem Hai, den wir neulich gefangen haben. Bakhuys meint, das hilft.« Er deutet auf den Arzt, der ihm gegenüber sitzt.

Arent Bakhuys nickt. »Und vergiss nicht, danach mit Pisse zu gurgeln«, erinnert er ihn.

»Das glaube ich gern, dass man dann seine Zahnschmerzen vergisst«, brummelt Böhnchen.

Böhnchen ist ein kleiner, buckliger Mann, der seinen Namen Heiliges Böhnchen seiner Frömmigkeit verdankt, obwohl er die nur zeigt, wenn es ihm gerade passt.

Mit seiner Bemerkung hat er sofort alle Lacher auf seiner Seite. Arent sieht ihn verärgert an und raunzt: »Seit wann hast du ein Arztexamen gemacht?«

»Was heißt das denn schon. Das Examen kann doch jeder machen, der schnell sägen kann«, meint Böhnchen kichernd.

Olle Sam sitzt da und starrt finster vor sich hin. »Der Lumpenhund hätte St. Helena anlaufen müssen«, sagt er plötzlich. »Ich hab's doch gewusst. Das ist ein verfluchter Profitjäger. Die Hälfte von uns wird Ostindien nicht zu sehen kriegen.«

»Was hat er denn davon?«, meint Jacob verständnislos. »Er braucht uns doch, um das Schiff zu segeln? Oder klettert er dann selbst in die Wanten?« Bei dem Gedanken daran muss er lachen.

»Aber nein. Am Kap shanghait er sich eine neue Besatzung zusammen. Ein paar Kaschemmen und er hat gratis und franko das Logis wieder voll«, sagt Olle Sam.

»Wenn ich an Land bin, zieht es mich wieder auf See, aber wenn ich dann an Bord bin, frag ich mich, was mich dazu gebracht hat, wieder anzuheuern«, mault Samuel und fährt sich mit der Hand durch das feuerrote Haar.

»Die Heuer, die du in ein paar Wochen durchgebracht hast.« Böhnchen grinst ihn mit zahnlosem Mund an. Er schaut aufs Meer und sein Blick trübt sich. »Ich hasse das Meer«, sagt er. »Es ist mir zu tief. Da sitze ich lieber auf einem alten Karren auf der Heide. Aber etwas muss der Mensch ja machen, oder? Ich kann nicht lesen, sonst wäre ich wohl Priester geworden. Haben ein schönes Leben, die Pfaffen. Den ganzen Tag ein bisschen beten. Das macht nicht müde und in den Himmel kommt man auch.«

»Damit rechne du lieber nicht«, sagt Jacob. »Du betest nur, wenn du etwas brauchst, und sonst verfluchst du Himmel und Hölle in einem Atemzug.«

»Gott weiß, dass ich es gut meine«, sagt Böhnchen unbeirrt. »Ich bekenne jeden Abend meine Sünden.«

»Darum siehst du morgens auch immer so müde aus«, meint Jacob grinsend.

Alle lachen.

»Bilde dir nur nicht ein, dass ich für dich ein gutes Wort einlege, wenn ich in den Himmel komme«, droht Böhnchen.

»Wir werden schon sehr bald erfahren, wer in den Himmel kommt und wer nicht, wenn wir nicht schnellstens frisches Wasser kriegen«, wirft Olle Sam ein.

Sein verwittertes Gesicht und seine jahrelange Erfahrung als Seemann lassen Olle Sam älter aussehen, als er wirklich ist. Die Jan Maaten haben Respekt vor ihm, weil er ein tüchtiger Seemann ist und die Welt kennt. Er hat viele Reisen unter Abel Janszoon Tasman gemacht, der 1642 Australien kartiert und als erster Weißer seinen Fuß auf den Boden Neuseelands gesetzt hat. Darüber kann er wunderschöne Geschichten erzählen.

»Die Stimmung hier an Bord taugt nichts«, fährt Olle Sam fort.

»Die Vorräte sind knapp und darüber streiten sich nun die hohen Herren. Unser guter Kapitän will sich bei der Kompanie lieb Kind machen. Auf meiner vorigen Reise nach Ostindien bin ich auch unter Ruygveen gefahren und da lief die Sache nicht so gut, wir hatten ziemlichen Zeitverlust. Und damit waren die Herren der Kompanie gar nicht glücklich. Zeit ist Geld, weißt du, auch für Schiffer. Wer die Reise schnell schafft, kriegt 'ne Prämie von rund sechshundert Gulden, und regelmäßig Land anlaufen, das kostet Zeit. Und du läufst auch noch das Risiko, dich mit fremden Krankheiten anzustecken. Ich glaube übrigens, dass im Laderaum allerhand Sachen für Ruygveens eigenen Handel sind.«

»Im Arbeitshaus war ich verdammt noch mal besser dran«, brummt Reinald.

Jacob stößt ihn an und Olle Sam schweigt.

»Probleme?« Jaeger kommt an und bleibt vor ihnen stehen.

»Aber nein, Bootsmann. Wir sprachen gerade von den hübschen Mädchen am Kap«, sagt Winand aufgeräumt.

»Die können auf euch verzichten«, sagt der Bootsmann spöttisch und geht weiter.

Keine Woche später ist das Trinkwasser nur noch eine grüne, schäumende Flüssigkeit. Es gibt keinen Mann an Bord, der nicht über Bauchschmerzen klagt. Lambert Dirksz wird sogar so krank, dass er stirbt. Sein Tod verursacht große Unruhe unter der Besatzung. Unter den dumpfen Trommelschlägen und dem unheilvollen Läuten der Sterbeglocke zieht der Trauerzug über das Deck und stellt sich hinter der Planke auf, auf der in einer zugenähten Hängematte der Verstorbene liegt. Um ganz sicher zu sein, dass er nicht mehr lebt, ist der letzte Stich durch Lamberts Nase gezogen worden.

Kapitän Ruygveen nimmt seine Bibel und liest einen Psalm vor. Mit der Mütze in der Hand haben sich die Männer aufgestellt.

»Das wäre nicht nötig gewesen«, murmelt Olle Sam.

»Lambert Dirksz hinterlässt eine Frau und ein Baby. Möge der Herr ihnen gnädig sein«, schließt der Kapitän.

Er nickt dem Konstabel Hendrick Geelvinck zu, der Pulver aus seinem Horn in eine Kanone schüttet und die Lunte entzündet. Ein ohrenbetäubender Knall und dann gleiten die sterblichen Überreste von Lambert Dirksz über das Schanzkleid. Ein paar Schiffsjungen schauen zu, wie er in den Wellen verschwindet.

»He, ihr da! Schert euch fort! Wisst ihr nicht, dass es Unheil bringt, einer Leiche nachzuschauen? Ihr könntet die Nächsten sein!«, donnert Gelvincks Stimme.

Die Jungen weichen erschrocken zurück.

Ruygveen geht die Treppe zur Brücke hinauf und ruft nach unten: »Furier! Schenk den Männern ein Glas ein!«

Die Männer jubeln.

»Die haben Lambert schnell vergessen«, meint Reinald abfällig.

»Das ist nun mal so.« Winand zuckt mit den Schultern.

»Pflichtgemäßes Jubeln über einen Schnaps, egal aus welchem Anlass. Es könnte sonst als Undankbarkeit ausgelegt werden. Komm, holen wir uns das Gläschen, bevor Ruygveen es sich anders überlegt.«

»Geh nur schon«, sagt Reinald. Er sieht, dass Jaeger ihm winkt und geht zu ihm.

»Du sollst zum Kapitän kommen. Und zwar ein bisschen flott«, sagt der Bootsmann mit einer Kopfbewegung zum Achterschiff. Er dreht sich um und geht.

»Was hast du denn auf dem Kerbholz?«, will Jacob wissen.

Reinald zuckt die Schultern. Er ist sich keiner Schuld bewusst.

Er geht die Treppe zur Brücke hinauf und durch den schmalen Gang zur Kajüte des Kapitäns. Die Tür steht offen und gibt den Blick auf das samtbespannte Sofa frei, das in die Heckrundung des Schiffes eingebaut ist. Durch die hohen Fenster fällt das Sonnenlicht herein. Kapitän Ruygveen sitzt an einem mit Karten übersäten Tisch, aber Reinald hat nur Augen für den Römer mit Wein, der vor ihm steht.

»Van Veghel!« Ruygveen steht auf und winkt ihn herein. »Ich habe etwas mit dir zu besprechen.«

Reinald sieht ihn abwartend an.

»Vor kurzem habe ich erfahren, dass du darum gebeten hast, Navigationsunterricht zu bekommen. Das kam nicht in Frage, weil wir genug Seekadetten hatten.« Ruygveen geht ein paar Schritte hin und her und bleibt vor den hohen Fenstern stehen. Mit dem Rücken zu Reinald schaut er hinaus auf die See. »Der Tod von Lambert Dirksz hat die Sache verändert. Wir haben zwar nicht zu wenig Kadetten, aber Steuermann Pelgrom hat mich davon überzeugen können, dass mehr in dir steckt als nur immer Taue teeren. Wenn du noch Interesse hast, kannst du von mir aus Lamberts Stelle übernehmen.«

Ruygveen dreht sich um und schaut Reinald an.

Verblüfft und erfreut erwidert Reinald seinen Blick.

»Gerne, Herr Kapitän«, sagt er.

»Das ist dann geregelt«, sagt der Kapitän. »Aber bilde dir nicht ein, du hättest jetzt ein gemütliches Leben, denn das ist bestimmt nicht der Fall. Du hast noch viel nachzuholen, also würde ich mich an deiner Stelle weniger mit deinem Kumpanen abgeben, vor allem mit Olle Sam. Der hat einen schlechten Einfluss. Du kannst gehen, van Veghel.«

Reinald taumelt durch den Gang. An Deck, in der frischen Luft, atmet er tief durch. Steuermannslehrling!

Ausgelassen springt er in wenigen Sätzen den Niedergang zur Kuhl hinunter.

»Und?«, fragt Winand. »Wie viel hat er dir von der Heuer abgezogen?«

»Nichts«, antwortet Reinald lachend. »Ich bin befördert worden! Wie findest du das?«

»Das glaube ich nicht«, sagt Willem Linken neidisch.

Reinald lacht nur.

»Steuermannslehrling, stimmt's?«, rät Olle Sam.

Verblüfft schaut Reinald ihn an. »Ja! Woher weißt du das?«

»Lambert ist tot und du hast Interesse an der Navigation«, sagt Olle Sam nüchtern. »Du hast es in dir.«

Winand schlägt Reinald lachend auf die Schulter. Willem schnauft nur.

»Ich geh mal eben zu Pelgrom«, sagt Reinald.

Er geht wieder die Treppe hinauf und dann zur Steuermannskajüte auf dem Achterdeck. Er hat sich mit Pelgrom gut angefreundet und darf jederzeit ohne Genehmigung seine Kajüte betreten. Gerade will er die Kajütentür öffnen, da hört er vom Ende des Ganges laute Stimmen. Er spitzt die Ohren und bleibt stehen. Er erkennt die Stimmen vom Zweiten Steuermann Crispin Bols und von Kapitän Ruygveen. Sie streiten sich heftig.

Reinald geht in die Kajüte und setzt sich an den Arbeitstisch. Geistesabwesend dreht er an der Armillarsphäre. Navigation fesselt ihn, aber in letzter Zeit schweifen seine Gedanken stets ab zu den Problemen an Bord.

Reinald schaut auf, als er Schritte hört. Er schiebt den Stuhl zurück, sodass er in den Gang sehen kann. Es ist Pieter Bouwman. Er macht ein so besorgtes Gesicht, dass Reinald aufsteht und ihm zum Proviantraum gegenüber der Kombüse folgt. Es dauert eine Weile, bis er sich an den Fäulnisgeruch gewöhnt hat, der ihm dort entgegenschlägt.

Pieter öffnet ein paar Fässer und schaut hinein.

»Wie sieht es denn aus?«, fragt Reinald.

Pieter richtet sich erschrocken auf. »Oh, van Veghel, du bist es. Ich hab dich nicht kommen hören! Was hast du mich erschreckt!«

Reinald schiebt Pieter zur Seite. Er beugt sich über ein Fass und weicht vor dem Fäulnisgestank zurück. Das Fleisch hat eine seltsame blaugrüne Farbe und ist von unzähligen Maden bedeckt. Schweigend sehen sie sich an.

»Und der Käse?«, fragt Reinald.

Pieter deutet auf einen Stapel auf einem Lattenrost. »Auch Maden. Und dabei war der geteert!«

»Was ist denn noch essbar?«, fragt Reinald.

»Der Schiffszwieback. Jedenfalls wenn man gut klopft.«

Pieter nimmt einen Schiffszwieback und klopft damit auf ein Brett. Die Maden fallen heraus, aber das ist für Reinald nichts Neues. Erfahrene Seeleute klopften mit festen Nahrungsmitteln immer erst auf den Tisch, selbst wenn sie an Land sind.

»Damit schaffen wir es nie«, sagt Reinald. Abrupt dreht er sich um. An Deck trommelt er ein paar Waghalsige zusammen, um sich abwechselnd mit einer Harpune vorm Galion an den Stampfstock zu hängen. Hin und wieder springen große Fische vor dem Bug aus dem Wasser und mit ein wenig Mut und Geschick kann man sie erwischen. Aber es ist ein Wagnis und die paar Fische, die sie herausholen können, reichen kaum für die Besatzung. Für eine kurze Zeit steigt zwar die Moral, aber schon bald beginnt wieder das Murren.

»Ich kann mich kaum noch in der Want festhalten, so zittern mir die Hände!«, sagt Joris und streckt seine Pranken aus.

»Ich bin immer dick gewesen und jetzt sieh dir das mal an, die Hose schlabbert mir am Leib!«

»Ich musste heute Morgen nach dem Essen kotzen. Ich weiß nicht, was der Schweinehund von Koch da reingetan hat, aber wenn das noch mal passiert, bring ich ihn um!«

Langes Leiden hat es schwer. Mit erhitztem Gesicht steht er über den dampfenden Töpfen, aus denen ein ekelhafter Geruch aufsteigt, und schöpft den Männern die Back voll. Reinald steht am Ende der Schlange, aber er kriegt mit, dass der Koch dauernd angepöbelt wird.

»Was ist das?« Mit einem Gesicht, als wären es seine eigenen Eingeweide, betrachtet ein Mann den Brei in seiner Back. »Soll das was zu essen oder zu trinken sein? Ich weiß es nicht, aber es scheint Füße zu haben!«

»Hier riecht es nach toten Hunden«, sagt ein anderer angeekelt.

»Hör zu, es gibt nichts anderes«, sagt Langes Leiden. »Aus verdorbenen Vorräten kann ich auch nichts zaubern.«

»Du könntest ja nicht einmal aus einem fetten Huhn etwas machen!«, ist die wütende Antwort. »Was für ein Stümper! Weißt du, dass sie auf manchen Schiffen den Koch auffressen, wenn es nichts Besseres gibt?«

Es wird höhnisch gelacht.

»Willst du den in deiner Back haben? Das magere Gerippe?«

»Mann, da kannst du Gewicht zulegen, bestimmt!«

»He, Koch, lass mich mal in deinen Hintern kneifen!«

»Hat der überhaupt Speck an den Batzen? Lasst uns mal nachgucken!«

Plötzlich wird Langes Leiden von allen Seiten bedrängt. Er wird geschubst, geknufft und bedroht.

Reinald drängt sich vor, stößt den Mann, der Langes Leiden an der Hose zerrt, zur Seite. Ein paar andere reißt er an den Haaren zurück und stößt sie die Treppe hinunter. Als die Aufmerksamkeit sich auf ihn richtet, kommen ihm ein paar andere Männer zur Hilfe.

»He, und mein Essen?«, schreit einer der Angreifer wütend. »Ich glaube, ich sollte den Bootsmann holen, van Veghel! Es wird Zeit, dass du mal dein Fett abkriegst!«

Reinald nimmt die Schöpfkelle und schenkt die letzten Backen voll. »Nehmen und ab damit«, sagt er schroff. »Und wenn du ein kluges Kerlchen bist, dann hältst du die Schnauze, denn wenn sich zwei prügeln, dann haben auch zwei Schuld, sagt Jaeger.«

Die Männer verkrümeln sich und es wird wieder ruhig in der Kombüse. Langes Leiden klopft Reinald auf die Schulter. »Das wird eine lange Reise«, seufzt er.

Nach dem Mittagessen hat Reinald Wache. Es ist schon spät am Nachmittag, als er zu seinen Männern ins Backdeck geht. Als sie seine Schritte hören, wird es still, aber als sie sehen, dass er es ist, unterhalten sie sich weiter.

»Wieder zwei Tote und das Hospital ist voll«, sagt Jacob.

»In der Offiziersmesse trinken sie Wein«, meldet sich Samuel zu Wort.

»Davon hätt ich auch gern ein Schlückchen«, seufzt Böhnchen. »Mir würden sogar Weihwasser und Hostien schmecken.«

»Ruygveen taugt nichts«, sagt Olle Sam. »Ich kenn ihn. Seine Sachen nehmen Platz im Laderaum weg. Der will auf Java ein eigenes Geschäft aufziehen. Ein paar solcher Reisen und man ist ein gemachter Mann. Wisst ihr, ich habe Lust, den Weinvorrat an

Deck zu bringen und ein paar Fässer mit dem grünen Wasser in die Offiziersmesse zu rollen. Dann sollt ihr mal sehen, wie schnell wir Land ansteuern!«

Die Männer murmeln zustimmend.

»Probleme?«, ertönt eine Stimme hinter ihnen.

Ruckartig dreht sich Olle Sam um. Es entsteht eine angespannte Stille. Alle sehen Jaeger an, der sich mit der Peitsche an die Stiefel schlägt.

»Wir machen uns nur Sorgen um unsere Kameraden, Bootsmann. Immer mehr gehen ins Hospital«, sagt Winand.

»Darüber braucht ihr euch keine Gedanken zu machen«, antwortet Jaeger. »Für die Männer wird gesorgt. Wir versuchen so schnell wie möglich das Kap zu erreichen.«

»So schnell wie möglich könnte auch mal zu spät sein«, brummt Olle Sam.

»Halt du dich da raus«, schnauzt ihn der Bootsmann an. »Geh jetzt an deine Arbeit.«

»Solange es noch geht«, erwidert Olle Sam schroff. »Ich esse keinen Bissen mehr von dem Zeug. Ich gehe jede Wette ein, dass ihr was ganz anderes auf den Teller kriegt. Ausbeutung nenne ich das!«

»Was hast du da gesagt?«, schreit Jaeger außer sich. »Du sprichst mit einem Vorgesetzten, du Schwein!«

Der Kapitän erscheint auf der Brücke. Von der Brüstung schaut er hinunter auf die Männer in der Kuhl.

»Höre ich Klagen?«, will er wissen.

Jaeger schaut auf. »Ich glaube, wir haben hier einen kleinen Aufstand, Kapitän«, sagt er vor Wut schnaubend.

»Das höre ich«, sagt Ruygveen beherrscht. Sein Blick ist fest auf Olle Sam geheftet. »Wir haben es alle gehört. Ruf den Schiffsrat zusammen, Bootsmann. Aufrührer können wir auf diesem Schiff nicht gebrauchen. Schließ ihn krumm in Eisen, bevor er die Moral noch mehr verdirbt.«

Totenstill sehen alle zu, wie Olle Sam abgeführt wird. Ein paar Stunden später wird er aus den Eisen befreit. Mit gebeugtem

Rücken und gegen die grelle Sonne blinzelnd erscheint er an Deck.

Am Großmast haben sich alle versammelt und starren betreten auf die Decksplanken. Olle Sam bekommt einen Knebel in den Mund und sein Hemd wird auf dem Rücken aufgerissen.

»Vierzig!«, sagt Ruygveen barsch.

Reinald sieht, wie Winand erstarrt. »Das wird sein Tod«, murmelt er.

Der Zuchtmeister nimmt das Tau, an dem ein nasses Stück Filz befestigt ist. Er schwingt es durch die Luft und Olle Sam schreit erstickt auf. Nach ein paar Schlägen ist sein Rücken schon offen. Nach zwanzig Schlägen hängt er bewegungslos am Prügelpfahl und reagiert kaum noch.

Als er endlich losgemacht wird, fällt er zu Boden. Die Planken färben sich rot.

Reinald spürt Übelkeit aufkommen. Ein schwerer Geruch von Schweiß und Blut hängt in der Luft. Es ist der gleiche Geruch wie auf dem Hof des Arbeitshauses.

Arent Bakhuys eilt herbei, richtet sich aber sofort wieder auf. Gleich darauf verschwindet die Leiche von Olle Sam an Steuerbord in den Wellen.

4

Später am Tag sitzen sie auf dem Orlopdeck beieinander. Olle Sams Tod hat sie tief getroffen. Es ist brütend heiß und es stinkt nach Erbrochenem und Kot. Bis auf ein paar Ratten sind sie allein.

»Was hat er denn schon gesagt«, sagt Samuel bitter. »Ein bisschen über das Essen geklagt, mehr nicht.«

»Uns Psalmen vorlesen lassen, das wird uns bald mehr Zeit kosten, als unsere eigentliche Arbeit«, sagt Winand grimmig.

Reinald fummelt mit verbissener Miene an einem selbst gebastelten Schiffchen. »Ein feiner Kapitän, den wir haben«, sagt er. »Wenn der über Bord fiele, um den zu retten, würde ich keine Hand ausstrecken.«

Nach diesen Worten bleibt es still. Verstohlen schauen sie sich an. Plötzlich liegt eine seltsame Spannung über ihnen.

»Tja«, meint Jacob schließlich bedachtsam, »hätte er doch einen Unfall!«

Samuel schnaubt. »Der Kerl kommt nicht weiter als bis zur Kampagne. Ich frage mich, was der den ganzen Tag in seiner Kajüte macht. Ich würde mich zu Tode langweilen.«

»Eine gute Flasche Wein langweilt nicht so schnell.« Reinald lehnt sich an eine Kanone und begutachtet sein Schiffchen. »Na ja«, sagt Jacob, »vielleicht passiert ihm ja noch was während der Reise. Er könnte schwer krank werden.«

»Oder wir segeln ab, wenn er am Kap an Land geht«, meint Winand kichernd.

»Keine schlechte Idee.« Reinald sagt es so grimmig, dass die heitere Stimmung sofort wieder weg ist. Unsicher schaut Jacob seinen Macker an, aber Reinald hüllt sich in Schweigen.

»Mir geht es nicht so gut«, klagt Evert Harmzoon.

»Kein Wunder, du hast schon wieder verloren«, sagt Winand grinsend.

Sie sitzen auf dem Backdeck und spielen Karten. Zum Schutz gegen die pralle Sonne haben sie sich Tücher um den Kopf gebunden. Nirgendwo ist ein Fleckchen Schatten, aber im Orlopdeck stinkt es nun so erbärmlich, dass keiner auch nur daran denkt, sich dort länger als nötig aufzuhalten.

Böhnchen wirft seine Karten hin und seufzt. »Du gewinnst aber verdammt oft, IJsbrants«, sagt er misstrauisch.

»Die Sterne stehen günstig«, sagt Winand. »Sei nur froh, dass wir nicht um Geld spielen, so verlierst du nur dein Gesicht. Komm, noch ’ne Runde?«

»Ich nicht mehr.« Evert Harmzoon rutscht zurück und lehnt sich mit dem Kopf an die Schiffswand. »Mir geht’s wirklich nicht gut.«

»Ein Sonnenstich«, vermutet Winand.

Reinald mustert den Furiersknecht aufmerksam. »Was hast du?«

»Bauchschmerzen«, sagt Evert.

»Dann musst du zum Arzt gehen«, sagt Winand.

»War ich schon. Er sagt, dass mein Körper voller Exkremente und Fäulnis ist«, sagt Evert.

»Wenn das so ist, kannst du heute Abend deine Back besser mir geben«, schlägt Böhnchen vor. »Ich hab gerade abgeprotzt, da kann also wieder was rein.«

Evert zieht lustlos die Schultern hoch und kratzt sich am Bein. Winand schaut hin und sein Gesicht bekommt einen besorgten Ausdruck.

»Was sind das für Flecken?«, fragt er.

»Weiß ich nicht. Die waren auf einmal da«, antwortet Evert. »Siehst du, der ganze Oberschenkel ist voll davon.« Er streift die Hose hoch.

Angeekelt betrachtet Böhnchen die Flecken. »Du wirst wohl Skorbut kriegen«, prophezeit er. »Fühl mal deine Zähne, sind die schon locker? Pass auf, dass du sie nicht runterschluckst, dann erstickst du womöglich.«

Evert starrt Böhnchen erschrocken an und befühlt seine Zähne, die zum Glück noch fest sitzen.

»Wird wohl nicht mehr lange dauern.« Böhnchen sammelt die Karten ein. »Auf meiner letzten Reise haben wir die halbe Besatzung wegen Skorbut über Bord werfen müssen. Hätte nicht viel gefehlt und sie hätten mich auch in meine Hängematte eingenäht. Seht ihr, das hab ich davon übrig behalten.« Grinsend zeigt er den anderen seinen zahnlosen Mund.

»Ich glaube, du solltest lieber noch mal zum Arzt gehen«, sagt Reinald zu Evert.

»Ich bin doch nicht verrückt! Der Mann ist im Stande, mir das Bein abzusägen!«, sagt Evert erschrocken.

»Denk daran, dass du rechtzeitig deine Zähne ausspuckst«, warnt ihn Böhnchen.

Evert lacht säuerlich. Er steht auf und sagt: »Gut, in Ordnung, ich geh zum Arzt.«

»Tu das«, sagt Böhnchen aufmunternd. »Aber denk dran, dass du nicht tust, was er dir rät, und wenn du wirklich etwas tun musst, mach genau das Gegenteil.«

Evert taumelt über das Deck und Böhnchen springt auf. »Ich werde dich hinbringen«, sagt er und stützt den Jungen. Gemeinsam gehen sie über das Deck und die Treppe hinunter.

Es bleibt eine Weile still zwischen Reinald und Winand. »Was wolltest du gestern eigentlich sagen?«, fragt Winand dann, während er die Karten mischt.

»Nichts«, antwortet Reinald. »Vergiss es.«

Winand schaut seinen Freund an und Reinald wirft die Karten hin. »Es muss etwas geschehen, Winand«, sagt er.

Am Abend liegt Evert mit hohem Fieber in der Hängematte. Die Hitze, nehmen alle an. Doch zwei Tage später liegen zehn weitere Kranke neben ihm und alle haben blaue Lippen und Flecken am Körper.

»Wie steht es mit Evert?«, fragt Reinald besorgt den Arzt, als der an Deck kommt.

Arent Bakhuys zuckt die Schultern. »Nicht so gut. Sein Zahnfleisch ist verfault.«

»Skorbut! Sagte ich doch.« Böhnchen bekreuzigt sich. »Möge die Heilige Jungfrau uns beistehen.«

Innerhalb weniger Tage hat sich die Anzahl der Kranken verdoppelt. Ihre Glieder schwellen an, ihre Körper sind mit eiternden Wunden bedeckt. Sie ringen nach Atem und jede Wellenbewegung lässt sie vor Schmerzen aufstöhnen.

»Ich glaube, meine Zähne werden locker«, sagt Reinald. Er steckt einen Finger in den Mund und befühlt vorsichtig seine Zähne.

»Das geht uns allen so«, sagt Winand. »Bei manchen sitzen sogar schon die Nägel lose. Solange du kein Fieber hast, besteht keine Gefahr.«

»Und wenn ich doch Fieber bekomme? Kann man dann etwas dagegen tun?«, fragt Reinald.

Er steht mit Winand am Schanzkleid und lässt sich die Sonne auf den Rücken scheinen.

»Ja. Apfelsinen und Zitronen sollen sehr gut helfen. Aber die haben wir nicht«, antwortet Winand. »Wir werden warten müssen, bis wir am Kap sind.«

Reinald trifft seine Macker auf der Läuseplicht. Dort können sie nicht unbemerkt beobachtet oder belauscht werden.

»Mann, was tust du so geheimnisvoll«, sagt Jacob. »Man könnte glatt annehmen, das war dein Ernst gestern.«

Reinald zieht nur die Augenbrauen hoch. Samuel sieht ihn scharf an. »Es war sein Ernst«, sagt er.

»Hört zu«, sagt Reinald, »wie es jetzt aussieht, werden es nur ein paar von uns schaffen, auf Java an Land zu gehen. Die anderen verfaulen inzwischen auf dem Meeresboden. Wenn du erst einmal in deine Hängematte eingenäht wirst, hast du deine Chance verspielt. Darum müssen wir etwas tun. Jetzt!«

»Ich sag es nicht gern, aber er hat Recht«, bekräftigt Winand.

»Das hatte ich schon befürchtet«, murmelt Jacob.

»Warum fürchtest du dich davor?«, fragt Reinald.

»Herrgott, Mann, ich weiß doch auch, dass du Recht hast, aber weißt du, was mit uns passiert, wenn es danebengeht?«, zischt Jacob.

»Ungefähr das Gleiche, wie wenn wir nichts tun«, sagt Reinald.

»Was hast du vor, van Veghel?«, will Samuel wissen.

»Lasst uns doch erst einmal vorsichtig überlegen, wer eventuell mitmachen würde«, sagt Reinald. »Lasst hin und wieder eine Bemerkung fallen und achtet auf die Reaktion. Passt aber auf, dass ihr so wenig wie möglich sagt.«

»Wie viele willst du ansprechen?«, fragt Winand.

»Nicht zu viele«, wirft Jacob sofort ein. »Wir sollten lieber eine kleine Gruppe bleiben, sonst sickert zu viel durch.«

»Wir sprechen nur die an, denen wir absolut vertrauen können«, sagt Reinald. Er wendet sich an Samuel: »Was meinst du, Sam? Von dir habe ich noch nichts gehört.«

»Du hast Recht, mit Ruygveen als Kapitän fahren wir unserem Tod entgegen«, sagt Samuel. »Aber wir müssen verdammt vorsichtig sein.«

»Gut!« Reinald sieht einen nach dem anderen an. »Jacob, wem von deiner Back kann man trauen?«

Jacob denkt angestrengt nach. »Ich denke, zwei könnte ich ansprechen«, sagt er.

»Rede mit ihnen, aber mit jedem einzeln«, sagt Reinald. »Ich werde Jan Wasmoet und seinen Macker aushorchen. Wie heißt der Junge doch gleich? Andries Griffioen. Und vielleicht kann Pelgrom bei den Offizieren etwas für uns erreichen.«

Winand macht ein bedenkliches Gesicht. »Die sitzen aber ziemlich nah an der Quelle«, sagt er.

»Jurriaens ist nicht gerade ein Freund des Kapitäns und davon wird es noch mehr geben«, entgegnet Reinald.

»Wie rechnen wir mit Ruygveen ab? Und mit denen, die nicht mitmachen wollen?«, fragt Samuel.

»Heimlich absegeln ist mit so einer kleinen Gruppe natürlich Unsinn, aber ich will kein Blut an meinen Händen haben«, wirft Jacob sofort ein.

»Es muss auch nicht unbedingt Blut fließen«, sagt Reinald. »Wir setzen sie irgendwo an Land.«

»Sollen wir Böhnchen mit reinnehmen?«, fragt Jacob.

Sie sehen sich an. »Zu unzuverlässig«, sagt Samuel. »Böhnchen ist ein prima Kerl, aber er quatscht zu viel.«

»Pass auf, da kommt Jaeger«, warnt Winand leise.

»Was hockt ihr denn da rum?«, brüllt der Bootsmann schon von weitem.

Sofort kratzen sich alle vier den Kopf und betrachten eingehend ihre Fingerspitzen.

»Wenn ihr alle Läuse loswerden wollt, sitzt ihr da noch bis Java«, höhnt Jaeger. Argwöhnisch mustert er die Gruppe, sodass sie von der Läuseplicht gehen und sich trennen.

»Ich behalte dich im Auge, van Veghel«, sagt Jaeger, als Reinald an ihm vorbeigeht. »Du hockst mir ein bisschen zu oft hinter dem Großmast. Na los, beeil dich, fauler Hund!«

Als Reinald mit Pelgrom allein in dessen Kajüte ist, fragt er ihn vorsichtig nach dem Verhältnis zwischen Ruygveen und den Offizieren aus. »Ich gebe zu, dass oft gestritten wird«, sagt Pelgrom. »Vor allem Jurriaens hat ständig Probleme mit dem Kapitän. Aber das ist nichts Neues.«

»Das ist nicht irgendein Streit«, entgegnet Reinald. »Floris hat mir erzählt, dass er beim Bedienen der Offiziere deutlich merken kann, dass der Führungsstil des Kapitäns abgelehnt wird.«

»Worauf willst du hinaus?« Pelgrom sieht seinen Schüler fest an.

»Auf eine bessere Schiffsführung«, sagt Reinald vorsichtig.

»Soso«, sagt Pelgrom, »eine bessere Führung.«

Reinald schweigt.

»Ich werde dich bestimmt nicht verraten, falls du davor Angst hast«, brummt Pelgrom. »Aber ich muss dir sagen, dass schon aufrührerisches Denken eine ernste Sache ist.«

»Ich pass schon auf!« Reinald lehnt sich zurück und streckt sich. »Aber mal angenommen, jemand hat was vor, würdest du dann mitmachen?«

Pelgrom schweigt. Er denkt an Gerrit, einen seiner Schüler, dem sie gestern die letzte Ehre erwiesen haben. Reinald kann ihm die Gedanken vom Gesicht ablesen.

»War ein guter Junge, der Gerrit«, sagt er wie beiläufig. »Stand treu zum Kapitän und jetzt ist er Haifischfutter.«

»Andries Griffioen ist heute Morgen auch ins Hospital gebracht worden«, sagt Pelgrom.

»Ja, Pel, dir bleiben nicht viele Schüler«, sagt Reinald.

Pelgrom seufzt. »Wer weiß denn alles davon?«, fragt er.

»Wovon?«

»Komm schon, van Veghel, ich habe dich durchschaut, du hast doch was vor. Bei mir kannst du mit offenen Karten spielen«, sagt Pelgrom.

»Das reicht mir nicht«, sagt Reinald.

»Du traust mir nicht«, stellt Pelgrom fest.

»Ich bin vorsichtig«, hält Reinald dagegen.

»Gut, ich werde darüber nachdenken«, sagt Pelgrom.

Reinald steht auf und klopft ihm anerkennend auf die Schulter.

»Darüber nachdenken!«, wiederholt Pelgrom mit Nachdruck.

Reinald schmunzelt. »Wie du schon sagtest: Daran zu denken ist schon eine ernste Sache.«

Als er zurück an Deck kommt, stößt Böhnchen ihn an. Mit viel sagendem Blick flüstert er: »Hast du auch das Gefühl, dass da was im Busch ist?«

»Etwas im Busch? Was denn?«

»Weiß ich doch nicht. Da brodelt was«, sagt Böhnchen.

»Wirklich?«

»Tu nicht so, Mann, das musst du doch bemerkt haben«, sagt Böhnchen. »Da wird geflüstert und getuschelt. Ihr haltet mich wohl für blöd! Ich seh doch die Zeichen, die ihr euch gebt. Ich sag das schon mal für den Fall, dass ihr mir einen Streich spielen wollt.«

»Böhnchen, ich weiß von nichts«, sagt Reinald.
»Wenn du's sagst«, meint Böhnchen misstrauisch.

Jan Wasmoet ist Seekadett, aber gewöhnlich läuft er herum, als sei nur er im Stande, die *Hollandia* ans andere Ende der Welt zu segeln. Er ist angeberisch und unausstehlich eingebildet, aber er ist auch drauf und dran, ein hervorragender Steuermann zu werden.

Reinald geht zu ihm, als Jan in seiner Kajüte sitzt und arbeitet.

»Hallo, Jan.«

Jan schaut auf und nickt ihm kurz zu. »Van Veghel.«

»Du, ich wollte dich etwas fragen.« Reinald geht in die Kajüte und schließt die Tür hinter sich.

»Du suchst meinen Rat?«

»Das nicht gerade. Ich frage mich nur, ob dir in letzter Zeit an Bord etwas aufgefallen ist.«

Jan zieht die Augenbrauen hoch. »Ist was im Gange?«

»Ich glaube schon. Aber wenn du nichts bemerkt hast...« Reinald zuckt beruhigend die Schultern und macht Anstalten, die Kajüte zu verlassen.

»Was ist denn los? Sag schon! Ich habe nichts bemerkt, aber wenn du meinst, dass da was im Gange ist, glaube ich das gerne«, hakt Jan nach.

»Ach, ich bin mir nicht so sicher. Hat wohl etwas mit Ruygveen zu tun, glaube ich«, sagt Reinald ausweichend.

»Mit dem Kapitän?« Jan rümpft die Nase und sieht Reinald aufmerksam an. »Glaubst du das oder weißt du das?«

Vorsicht!, denkt Reinald. »Ich höre dauernd, wie sein Name genannt wird.«

»Na und? Er ist der Kapitän! Natürlich wird über ihn geredet!«

»Du hast Recht. Ich seh Gespenster.« Reinald geht zur Tür.

»Van Veghel!« Jans Stimme hält ihn zurück.

»Was ist los?«, will Jan wissen. »Versuchst du mir etwas zu sagen?«

»Hör zu!« Reinald schiebt einen Stuhl heran und schaut Jan ernst an. »Da brodelt etwas. Das spüre ich in den Knochen, dass da was im Gange ist. Und ich habe Angst, dass es etwas mit Ruygveen zu tun hat.«

»Das überrascht mich überhaupt nicht«, sagt Jan. »Jurriaens und Bols überwerfen sich dauernd mit ihm. Und zu Recht.«

»Ja, ich glaube, sie sind es satt.«

Jan schaut ihn aufmerksam an. »Es oder ihn?«

Reinald wiegelt ab. »Was weiß ich. Ich hab da so was munkeln gehört.«

»Du willst mir doch nicht sagen, dass Jurriaens und Bols meutern wollen?«, zischt Jan.

Reinald zuckt mit den Schultern.

Jan klappt seinen Atlas zu und steht auf. »Wenn wir das dem Kapitän melden, streichen wir eine schöne Prämie ein!«, sagt er erregt.

Reinald zerrt ihn am Arm zurück auf den Stuhl. »Wir melden überhaupt nichts«, sagt er drohend.

Jan Wasmoet starrt Reinald an. »Was ist mit dir los, Mann?« Ein misstrauischer Ausdruck erscheint auf seinem Gesicht. »Sag mal, van Veghel, du willst doch nicht sagen, dass du …«

»Ich sage überhaupt nichts und das wirst du auch nicht tun. Schwör es! Sofort!«, zischt Reinald.

Jan starrt auf die Spitze eines scharfen Messers, das plötzlich auf seine Kehle gerichtet ist.

»Du… du darfst an Bord keine Waffen haben«, stottert er.

Reinald drückt die Messerspitze an seine Kehle.

»Ja, ja, ich schwöre es! Von mir erfährt niemand etwas. Nimm das Messer weg!«, sagt Jan ängstlich.

Reinald lässt das Messer sinken. »Ich dachte, du seiest auf der Seite von Jurriaens und Bols«, sagt er.

»Ja, bin ich, aber Meuterei…«

»Das Wort habe ich nicht gebraucht«, sagt Reinald. »Und ich werde auch standhaft leugnen, wenn du damit zu Ruygveen läufst. Aber das wäre sehr unvernünftig für einen, der so klug und viel versprechend ist wie du.«

Jan starrt das Messer an.

»Ich sage nichts. So begeistert bin ich nun auch wieder nicht von Ruygveen«, sagt er.

»Fein«, sagt Reinald. »Ich wusste doch, dass ich mit dir rechnen kann.« Er lässt das Messer in den Stiefel gleiten.

Jan lächelt gequält. Reinald verlässt die Kajüte, und als er durch den Gang geht, schaut er sich noch einmal um. War das wohl vernünftig?

Ein paar Tage später wird Evert Harmzoon, fünfzehn Jahre alt, nach einem würdigen Abschied den Wellen übergeben. Am Tag darauf folgen Wouter Reynouw, Seekadett, und Hendrick Lambertsz, Schiffszimmermann.

Der Arzt probiert alle Mittel aus, die er zur Verfügung hat, auch wenn es nicht viele sind. Er untersucht den Urin der Kranken und mischt Gurgelwasser, aber sie genesen nicht. Ihre Zunge wird schwärzer und schwärzer, ihre Zähne fallen aus und am nächsten Morgen sind wieder ein paar Tote zu beklagen.

Hans Reyerzoon bricht wortlos über seiner Back zusammen und stirbt am selben Abend.

Über Meuterei wird nicht mehr gesprochen.

»Wir hätten viel eher eingreifen müssen«, sagt Reinald. Er stützt den Kopf in die Hände und leckt sich die trockenen Lippen. »Olle Sam hatte Recht, so erreicht nicht einmal die Hälfte von uns Java.«

Als die *Hollandia* eine plötzliche Schlingerbewegung macht, hält er sich an der Reling fest. Benommen hängt er halb darüber.

»Du wirst doch nicht etwa auch noch krank?«, fragt Winand besorgt.

»Aber nein«, antwortet Reinald missmutig.

»Du hast aber einen ganz schön roten Kopf«, meint Winand.

»Mann, quatsch nicht so dumm! Es ist brütend heiß«, schnauzt Reinald ihn an.

Er torkelt über das Deck zum Hospital. Arent Bakhuys hat viel zu tun. Auf seinem Tisch liegen alle möglichen scharfen Instrumente, umringt von Töpfchen mit rätselhaftem Inhalt.

Reinald wirft einen schnellen Blick auf die Kranken, die sich auf ihren Strohbetten wälzen. Der Geruch von Krankheit, entzündeten Wunden, Schweiß und stinkenden Salben nimmt ihm den Atem.

»Van Veghel! Du bist doch etwa nicht auch krank, oder?«, sagt der Arzt, als er Reinald erblickt.

»Nein«, antwortet Reinald, »aber vielleicht werde ich es.«

Bakhuys mustert ihn scharf. »Du siehst in der Tat etwas benommen aus. Setz dich, dann lasse ich dich zur Ader.«

Reinald schaut auf die blutbespritzte Schürze des Arztes. »Ich dachte eher an ein Puder oder einen Saft«, sagt er.

»Das kann schon sein, aber wenn du dich schlapp fühlst, solltest du am besten etwas unreines Blut abfließen lassen.«

»Na, dann mach mal«, seufzt Reinald und streckt den Arm aus.

Der Arzt bindet ihm mit einem Tuch den Arm ab. Mit einem scharfen Messer macht er einen kleinen Schnitt in Reinalds Ader und das Blut fließt in ein Schälchen. Erst als Reinald schwindelig wird, sagt Bakhuys: »Das muss reichen. Wenn du dich nicht besser fühlst, musst du wiederkommen.«

Reinald bleibt noch einen Moment sitzen und drückt sich mit einem Lappen die Ader zu.

»Wie viele waren es heute, Bakhuys?«, fragt er.

»Wieder zwei«, antwortet der Arzt kurz.

Reinald mustert ihn aufmerksamer. Arent sieht schlecht aus. Die Linien in seinem Gesicht sind tiefer geworden und die Augen sind trübe. Wie viel Elend hat der Mann in der letzten Woche gesehen?

»Wie kann man nur Schiffsarzt werden?«, sagt er.

»Du brauchst nicht auf mich herabzusehen, van Veghel«, sagt Arent scharf. »Ich bin gut ausgebildet, viel besser als die Quacksalber, die normalerweise die Arbeit an Bord verrichten. Als Stadtarzt war ich sehr angesehen!«

»Warum bist du das dann nicht geblieben?«, will Reinald wissen.

»Weil das genauso schlimm war«, brummt Arent. »Ich war im Gerichtsdienst und musste nach der Folter das Opfer versorgen, wenn der Folterknecht etwas zu weit gegangen war. Ich habe viel Leid gesehen. Nachts habe ich kein Auge mehr zugekriegt. Hast du schon mal einen erwachsenen Kerl heulen gehört, weil ihm die Nägel einzeln rausgerissen werden? Hast du schon mal eine Frau mit einem Stahlband um den Kopf gesehen, einem Band mit eisernen Spitzen, das immer enger gezogen wird? Ich durfte ihr das Blut vom Gesicht waschen und ihre Wunden behandeln.«

Reinald schweigt.

»Als ich hörte, dass Schiffsärzte gesucht werden, habe ich mich sofort gemeldet. Das schien mir von zwei Übeln das geringere zu sein«, sagt Arent.

»Schreckliche Arbeit, die du hast«, sagt Reinald mitfühlend.

»Ach, es geht. Man kann ja auch viel Gutes tun, weißt du?«, sagt Arent. »Wie sieht's mit deinem Arm aus?«

Reinald nimmt vorsichtig den Lappen vom Arm und schaut nach, ob es noch blutet.

»Behalte den Lappen noch eine Weile drauf. Moment, ich binde ihn fest.«

Während Arent es tut, sagt er: »Bei der geringsten Bewegung kann es wieder bluten, also halte den Arm erst einmal ruhig.«

»Darf ich dich etwas fragen?«, sagt Reinald.

»Nur zu.«

»Warum müssen wir einen nach dem anderen über Bord werfen?«

Arent schaut verärgert auf. »Hier, sieht dir das an!« Zornig öffnet er seinen Instrumentenkasten. »Eine Zange zum Zähneziehen, einen Schädelbohrer und was soll ich damit, wenn Skorbut ausgebrochen ist? Obst und Gemüse brauchen wir! Da sind die richtigen Säfte drin. Das ist bei Skorbut ein Zaubermittel! Ich habe schon so oft gesagt, dass wir den Männern lieber jeden Tag einen Schluck Apfelsinensaft geben sollten als den Schnaps, aber glaubst du, auf mich hört einer? O nein! Ein Schluck Genever ist gut für die Moral, aber davon hast du verdammt wenig, wenn dir das salzige Essen in den Därmen brennt. Wenn Ruygveen rechtzeitig neue Vorräte eingeschlagen hätte …«

Er stützt sich an den Operationstisch und ballt machtlos die Fäuste.

»Bis wir das Kap erreichen, kann ich nichts tun«, sagt er niedergeschlagen. »Ich kann nur versuchen so zu tun, als ob ich den armen Schluckern eine Medizin gäbe. Vielleicht kann ich mit ein wenig Hoffnung ihr Leben verlängern, bis wir am Kap sind.«

»Es tut mir Leid«, sagt Reinald betroffen. »Du kannst nichts dafür.«

»Nein«, sagt Arent. »Nur einer ist schuld an alldem.«

Arent wäre einer der Richtigen gewesen, den man für die Meuterei hätte gewinnen können. Aber was hat das noch für einen Zweck, wenn alle eigentlich schon zu schwach sind, in die Wanten zu klettern? Niedergeschlagen geht Reinald die Treppe hinauf.

Viel besser fühlt er sich nicht, aber Reinald geht nicht wieder in das stinkende Hospital. Gemeinsam mit Jan Wasmoet versucht er sich auf Landkarten und Navigationsinstrumente zu konzentrieren.

»Du hast absolut Recht, dass du da nicht mehr hingehst. Der Quacksalber hat mir zu viel Krimskrams in seiner Kiste«, sagt Jan. »Tut dir der große Zeh weh, setzt er dir den Schädelbohrer an den Kopf.«

»Arent tut, was er kann«, entgegnet Reinald.

»Stimmt, aber das Problem ist, dass er nichts kann. Ein Säftchen von Arent tut dir genauso gut wie ein Schlag auf den Kopf«, sagt Jan.

»Andries ist tot.« Unverhofft steht Pelgrom neben ihnen. Er sieht übermüdet aus, hat dunkle Ringe unter den Augen und farblose Lippen.

»Was!« Jan springt auf und starrt Pelgrom an. »Aber so krank war er doch gar nicht!«

»Leider doch«, sagt Pelgrom. »Es tut mir Leid, Junge, ich weiß, Andries war dein bester Freund.«

»Armer Teufel«, murmelt Reinald. »Aber du siehst auch nicht besonders gut aus, Pel.«

»Hör auf, Mann«, sagt Pelgrom gereizt. »Als ob du gut aussiehst! Nein, ich schaffe es bis zum Kap. Ich habe nicht vor, unten in dem Gestank zu liegen. Solange meine Beine mich tragen, mache ich meine Arbeit.«

»So ist's richtig«, stimmt Reinald ihm zu.

Doch als er am nächsten Morgen aufwacht, hat er Mühe, aus der Hängematte zu kommen. Seine Beine und Arme sind bleischwer und er ist so benommen, dass er kaum Luft kriegt. Er lässt sich aus der Hängematte fallen und taumelt hinaus aufs Deck. Dort muss er erst einmal Halt suchen. Das Schanzkleid, Masten und Segel sind in grauem Nebel verschwunden. Der geringste Wellenschlag lässt das Deck um ihn herum auf und nieder tanzen. Ihm bricht der Schweiß aus und trotzdem klappern ihm die Zähne vor Kälte. Er taumelt zurück zum Gang und rempelt auf halbem Wege Winand an. Dem genügt ein Blick.

»Verflucht!« Winand spuckt aus. »Das hatte ich schon befürchtet!«

Reinald schwankt, aber Winand fängt ihn auf, nimmt ihn auf die Schulter und trägt ihn ins Hospital.

»Noch ein Kranker, Bakhuys«, meldet er ihn an. »Mach ihn schnell gesund, denn es ist mein Macker.«

Der Arzt beugt sich über Reinald und sieht sich sein faulendes Zahnfleisch an. Er schneidet mit einem scharfen Messer hinein und schabt die Zunge ab.

»Skorbut«, konstatiert Arent. »Ich fürchte, ich kann nicht viel für ihn tun, bis wir am Kap sind.«

»Verflucht!« Hatte Winand eben noch einen besorgten Gesichtsausdruck, sprühen seine Augen nun vor Zorn. Er stampft die Treppe hinauf und geht schnurstracks zur Kajüte des Kapitäns.

Ruygveen sitzt über eine Karte gebeugt an seinem Tisch.

»Ja«, sagt er mit hochgezogenen Augenbrauen.

»Wir haben schon fünfzehn Maaten über Bord gekippt, Kapitän. Und da liegen noch dreißig im Hospital«, sagt Winand. »Wir müssen schnell an Land, bevor wir mit denen auch die Haie füttern.«

Ruygveens Stirnfalten vertiefen sich. »Dein Ton gefällt mir nicht, IJsbrants«, sagt er schroff.

»Die Kranken gefallen mir genauso wenig, Kapitän«, entgegnet Winand. Er weiß, dass er rotzfrech ist und dass es ihn den Kopf kosten kann, aber er nimmt an, dass der Kapitän andere Sorgen hat.

»Wir segeln aufs Kap zu«, sagt Ruygveen kurz angebunden. »Da werden wir frische Nahrungsmittel einschlagen.«

»Das ist zu spät«, erwidert Winand scharf.

Ruygveen steht auf und sagt eiskalt: »Dies ist mein Schiff, IJsbrants, und auf meinem Schiff bestimme ich! Hast du das gut verstanden?«

Winand lenkt ein. »Mein Macker liegt im Sterben, Kapitän«, sagt er so ruhig wie möglich.

»Ach, van Veghel!« Ruygveen stützt die Hände auf den Tisch und sieht Winand scharf an. »Hör zu, IJsbrants, van Veghel ist ein lästiger Geselle und ein Aufwiegler. Trotzdem möchte ich ihn nicht gerne verlieren, denn er ist auch eine tüchtige Kraft. Einer der wenigen Gewinne an Bord. Aber das heißt nicht, dass ich für ihn den Kurs ändere! Ich habe unmissverständliche Order, dieses Schiff innerhalb einer bestimmten Zeit nach Ostindien zu bringen, und diese Aufgabe werde ich auch erfüllen. Und jetzt verschwinde! Und sei froh, dass ich dich nicht kielholen lasse!«

Du hast schon zu viele Männer verloren, denkt Winand. Er dreht sich um und verlässt die Kajüte. Er hat plötzlich das dringende Bedürfnis nach frischer Luft.

Auf halbem Wege zum Deck stößt er mit Jurriaens zusammen, der ihn ungeduldig zur Seite schiebt. Mit großen Schritten verschwindet er in der Kapitänskajüte. Winand bleibt im Gang stehen und lauscht.

»Ich bleibe dabei, dass wir auf dem Kap neue Männer für die Besatzung anheuern müssen«, hört er Jurriaens sagen. »Die

Fahrt über den Indischen Ozean wird noch Monate dauern und wir können es uns nicht erlauben, noch mehr Männer zu verlieren. Und wer weiß, was uns noch passieren wird!«

»Sie sind Erster Steuermann, Ihre Aufgabe ist es, den Kurs zu berechnen. Mit dem Geschehen an Bord haben Sie nichts zu tun«, sagt der Kapitän ungeduldig.

»Wenn es Ihnen lieber ist, dass der Flottenkommandeur ...«

»Dem Kommandeur ist heute Morgen schlecht geworden. Sie sehen, ich bin hier derjenige, der die Entscheidungen trifft!«

»Und zwar sehr unvernünftige Entscheidungen!«, platzt es aus Jurriaens heraus. »Genau wie alle anderen Entscheidungen, die Sie getroffen haben! Dass wir drauf und dran sind, die Hälfte der Besatzung zu verlieren, ist nur einem Mann anzurechnen!«

Es bleibt einen Moment still in der Kajüte. Winand kann sich vorstellen, dass es dem Kapitän schwer fällt, sich zu beherrschen. »Herr Jurriaens, das Maß ist voll!«, hört er ihn mit verhaltener Wut sagen. »Ich werde hiervon Bericht erstatten bei den Herren Siebzehn und Sie brauchen nicht damit zu rechnen, dass Sie jemals wieder einen Fuß auf ein Schiff der Kompanie setzen.« »Tun Sie das!«, erwidert Jurriaens schneidend. »Dann werde ich die Herren über Ihre Führung unterrichten. Es kann doch bestimmt nicht richtig sein, dass wir selbst in die Wanten steigen müssen, weil die ganze Besatzung umgekommen ist.«

»Raus!«, brüllt Ruygveen.

Lange bleibt es totenstill. Winand fragt sich, was da drinnen vor sich geht. Er will sich gerade in Bewegung setzen, als er Jurriaens in seltsamem Ton sagen hört: »Sie gehen zu weit.«

»Nein, *Sie* gehen zu weit, mein Herr! Und ich zögere nicht, diese Pistole zu gebrauchen, wenn Sie mich noch länger provozieren! Und jetzt raus!«, sagt Ruygveen mit gefährlichem Unterton in der Stimme.

Der Erste Steuermann kommt so plötzlich in den Gang, dass er mit Winand zusammenstößt. Sie sehen einander an, aber keiner von beiden sagt etwas.

Auch auf *De Gouden Haen* und *Het Duyfken* sind viele Tote zu beklagen. Die Flaggen hängen ständig halbmast.

Zwischen den Wachen, die wegen der vielen Kranken an Bord verdoppelt worden sind, wacht Winand bei seinem Macker. Aber er kan nicht viel mehr tun, als ihm den Schweiß von der Stirn zu wischen und ihm unablässig Wein in die Kehle zu gießen, sodass Reinald die halbe Zeit im Rausch liegt.

Machtlos sieht Winand, wie tief Reinalds Augen in den Höhlen liegen, wie ihm der Schweiß über die Stirn rinnt und sein Gesicht immer mehr die Farbe einer Leiche annimmt.

»Lass mich nicht im Stich, Macker«, sagt Winand heiser. »Ich habe keine Lust, dich in die Hängematte einzunähen.«

Pelgrom ist der Nächste, der in seine Hängematte eingenäht wird. Ohne große Umstände wird er über das Schanzkleid gekippt. Die Besatzung wird dafür nicht einmal mehr zusammengetrommelt.

Winand sitzt im Krähennest, als tief unter ihm der Leichnam in den Wellen verschwindet. Er sieht das Platschen der Haie und wie sich das Wasser langsam rot färbt. Schnell schaut er weg.

Seine Wache wird gerade übernommen, als er einen schmalen Landstreifen sichtet. Wie ein Affe klettert Winand wieder hinauf ins Krähennest.

»Land in Sicht!«, brüllt er.

Viele Füße trampeln die Treppe hinauf, die Maaten strömen zum Schanzkleid.

Böhnchen klettert in die Want zu Winand, der gespannt zum Horizont starrt. Dort in der hellblauen Bucht liegt das Kap der Guten Hoffnung. Im Hintergrund liegt der Tafelberg im ersten Sonnenlicht, ein ausgestrecktes Plateau mit steilen Bergflanken. So weit das Auge reicht, ist alles grün. Frisches Wasser strömt von den Bergen, der Wind führt den Duft von Kräutern und Blumen mit sich.

»Das Kap«, sagt Winand mit glänzenden Augen.

»Das Kap!«, wiederholt Böhnchen. »Der Herr ist uns gnädig. Wir sind gerettet.«

5

Fürs Erste arbeitet Lutske unter der Aufsicht von Briga, die auch Flinkfingerchen genannt wird. Die Mädchen reden nicht viel. Zwar ist Briga es gewöhnt, dass Neulinge mit ihr gehen, doch froh ist sie nicht darüber.

»Jeder ist für sich selbst verantwortlich«, macht sie Lutske sofort klar. »Wenn du eine Dummheit machst, bin ich verschwunden, so schnell kannst du gar nicht gucken.«

Sie schlendern durch die Straßen in ein etwas besseres Viertel.

»Der da.« Briga deutet mit einem Kopfnicken auf einen vornehm gekleideten Herrn, der sich kurz umschaut und dann in eine Gasse geht, um zu pieseln.

Briga und Lutske eilen hinterher, und noch bevor er seine Hose hochziehen kann, nehmen sie ihm den Hut ab, ziehen ihm den eleganten Mantel aus, finden seinen Geldbeutel und stecken den auch sofort ein.

»Ja verdammt, verfluchte Huren! Gebt sofort meinen Mantel her!« Vor Wut schäumend zieht sich der Mann die Hose hoch und setzt zur Verfolgung an.

Lutske und Briga verschwinden ohne große Eile in einem Haus an der Ecke Haarlemmerdijk. Es dauert nicht lange und der wütende Herr kommt hereingestürmt. Sie sehen, wie er sich suchend umschaut, bis sein Blick überrascht auf den Mädchen der Roten Barbara hängen bleibt.

»Ja, mein lieber Herr Bicker! Welche Ehre, Sie hier empfangen zu dürfen!« Breit lächelnd geht Rote Barbara auf ihn zu. »Wenn Sie mir sagen, welche Wünsche Sie haben, werde ich …«

»Ich bin bestohlen worden!«, schnauzt der Mann sie an. »Und ich will mein Eigentum wiederhaben. Ich gehe hier nicht weg, bevor ich es wiederhabe.«

»Einen schönen guten Abend, Herr Bicker.« Im Eingang steht plötzlich ein älterer Herr mit breitkrempigem Hut, der sich höflich verbeugt. »Von allen Menschen sind Sie der Letzte, den ich hier erwartet habe.«

Verstört schaut Herr Bicker sich um.

»Hallo, Wessel«, sagt Rote Barbara. »Wie läuft's denn?«

»Kaum Neuigkeiten.« Der Mann hält den Blick fest auf Bicker gerichtet. »Schlechte Zeiten für die Zeitung. Ach, es passiert genug, wirklich, das schon. Leute, die ins Eis einbrechen, und so was. Ist aber kaum von Interesse.« Sein Gesicht nimmt einen nachdenklichen Ausdruck an.

»Sie sind von der Amsterdamer Zeitung?«, fragt Bicker unsicher.

»Wessel Gorriaans, zu Ihren Diensten«, antwortet der Mann mit einer Verbeugung.

»Dann können Sie ja ausführlich darüber berichten, wie ich von zwei Frauen bestohlen worden bin und…«

»In einem Hurenhaus landete«, unterbricht Wessel Gorriaans ihn mit nicht gerade nachsichtigem Lächeln. »Ich glaube, Sie müssten mir einiges erklären. Ein Mann in Ihrer Position, das Vorbild der Stadt!«

»Sie sehen das falsch. Ich habe die beiden Frauen verfolgt und sie sind hier hineingegangen!«, verteidigt sich Bicker verärgert.

»Das gibt einen Skandal«, prophezeit Wessel und ignoriert Bickers Worte. »Es sei denn, wir können die Sache an Ort und Stelle regeln.«

Bicker starrt ihn an. Ihm ist anzusehen, dass er plötzlich begreift. »Sie glauben, mich erpressen zu können? Mann, ich kann dafür sorgen, dass Sie Ihre Stellung verlieren und nirgendwo mehr eine finden!«, bricht es wütend aus ihm heraus.

»Einen Skandal«, wiederholt Wessel. »Das Unangenehme an Skandalen ist, dass es nicht darauf ankommt, wer die Wahrheit sagt und wer nicht. Ein guter Name ist schnell verloren.«

»Wie viel?«, fragt Bicker frostig.

Nach längerem Hin und Her einigen sie sich auf zweihundert

Gulden, die Bicker am nächsten Tag zahlen darf, da ihm ja gerade sein Geldbeutel gestohlen worden ist. Als er mit großen Schritten verschwindet, hat Lutske einen Moment Mitleid mit ihm, bis sie sich sagt, dass die hohen Herren sich eher in ihrer Würde als an ihrer Börse angetastet fühlen.

Sie schaut zu, wie Wessel alias Malle Kees schon mal mit der Roten Barbara abrechnet.

»Gut gemacht, Mädchen. Ihr könnt euch den Geldbeutel teilen«, sagt Malle Kees zu Lutske und Briga. »Der sieht gut gefüllt aus!«

Lutske schaut hinaus auf das rege Treiben auf dem Haarlemmerdijk. Es hat wieder angefangen zu schneien, sodass eine dünne weiße Schicht auf den Dächern und den Rändern der Aushängeschilder liegt. Sie schaut auf ihre Schuhe, die voller Löcher und Risse sind. Eigentlich sind sie schon seit ein paar Jahren zu klein. Ihre Zehen ragen aus den Löchern heraus, aber in einem Viertel, in dem sich die meisten Leute Lappen um die Füße binden, ist sogar dieses Paar Schuhe ein beachtlicher Besitz.

Malle Kees folgt ihrem Blick. »Wenn du neue Schuhe haben willst, musst du in den Jordaan gehen. Da sitzen die besten Handwerker«, rät er ihr.

Lutske schaut auf die Münzen, die Briga aus dem Beutel holt und unter ihnen verteilt.

»Ich brauche das Geld für Miete, fürs Essen und für Torf.«

»Du kannst doch schnell laufen«, sagt Malle Kees.

Lutske schaut wieder hinaus, wo ein scharfer Wind die Flocken durch die Straße treibt.

»Ich gehe dann«, sagt sie. »Bis heute Nachmittag, Kees.«

»Wiedersehen, Mädchen«, sagt Malle Kees. Und als sie schon fast an der Tür ist: »He, wenn du zufällig in den Jordaan kommst, geh doch mal zu Mucksche Klaas, der hat ein Hinkebein.«

Lutske hebt einen Arm und geht nach draußen ins Schneetreiben. Im Laufschritt eilt sie den Zeedijk entlang. Es ist so kalt, dass ihr Atem gefrorene Wölkchen zurücklässt.

Der Jordaan ist gleich neben den vornehmen Grachten. Es ist

ein Wohnviertel einfacher Leute mit vielen in aller Eile angelegten Straßen und Gassen; es ist ein unordentliches Viertel voller schiefer Holzhäuschen, Werkstätten und Schweineställe.

Schuster Klaas van der Strick, auch Mucksche Klaas genannt, hat seine Werkstatt in der Anjeliersstraat. Er ist ein verdrießlich dreinschauender Mann und vom unentwegten Starren auf die Schuhe, an denen er gerade arbeitet, tränen ihm ständig die Augen.

Als Lutske hereinkommt, schaut er kaum auf, sondern beendet erst seine Arbeit. Schließlich legt er das Stück Leder auf einen Tisch am Fenster und sagt ohne sie anzusehen: »Ja?«

»Ich möchte gerne ein Paar Schuhe anprobieren«, sagt Lutske.

»Erst bezahlen«, antwortet Mucksche Klaas.

»Ich habe Geld!« Lutske klimpert mit den Stüvern im Beutel. »Zeig erst einmal, was du hast.«

Mucksche Klaas schaut vom Geldbeutel auf Lutskes ärmliches Aussehen und zuckt die Schultern. »Na ja, wenn du Geld hast.« Er schlurft nach hinten und kommt mit ein Paar leichten, aber stabilen Damenschuhen wieder. »Zieh diese mal an.« »Wie viel kosten die?« Lutske streift das weiche Leder über die Füße und geht ein paar Schritte.

»Zwanzig Stüver.«

»Das ist ein ganzer Wochenlohn!«

»Zwanzig Stüver«, wiederholt Mucksche Klaas verärgert. »Das ist Qualitätsleder, das sieht man doch.«

»Schnall sie mal etwas fester«, sagt Lutske.

Mucksche Klaas kneift die Augen zu. »Zeig mir erst die zwanzig Stüver.«

Lutske öffnet den Geldbeutel und lässt Mucksche Klaas einen Blick hineinwerfen. Sofort verändert sich sein Verhalten. »Man kann heutzutage gar nicht vorsichtig genug sein«, sagt er. »Die klauen einem das Hemd vom Leibe. Na, wie sitzen sie?«

»Gut«, antwortet Lutske. Sie wirft ein Örtgen auf den Tisch, dreht sich um, läuft zur Tür und dann auf die Straße.

Mucksche Klaas eilt ihr schreiend und fluchend hinterher, aber mit seinem lahmen Bein hat er gegen Lutskes junge Beine keine Chance.

»Haltet den Dieb! Haltet den Dieb!«, kreischt Mucksche Klaas.

Einige Passanten versuchen Lutske aufzuhalten, aber sie weicht blitzschnell aus, rennt in eine Gasse, kommt zu einer schmalen Gracht, rennt über die Brücke und läuft auf der anderen Seite dem Schulzen und seinen Schergen genau in die Arme.

Wer es so eilig hat, muss etwas ausgefressen haben. Als Mucksche Klaas bald darauf mit einigen Nachbarn keuchend ankommt, wird Lutske mit eisernem Griff festgehalten.

»Her mit den Schuhen!«, kreischt Mucksche Klaas. »Verfluchtes Mädchen. Dich soll der Teufel holen!«

»Was ist hier los?«, fragt der Schulze streng.

»Das Mädchen hat ein Paar Schuhe anprobiert und ist damit fortgerannt!«, schreit Mucksche Klaas völlig außer sich.

Die Herbeigeeilten nicken bekräftigend. Der Schulze gibt seinen Schergen ein kurzes Zeichen. Mucksche Klaas bekommt seine Schuhe wieder und Lutskes Füße berühren kaum den Boden, so energisch wird sie mitgeschleift. Sie schaut starr zu Boden, bis sie unter sich die Klinker des Dam sieht. Dann geht's die Treppen des Rathauses hinauf, durch einen Gang, eine Treppe hinunter. In einem feuchten, dunklen Gang wird eine knarrende Tür geöffnet, Lutske wird hineingeschubst und dann fällt hinter ihr die Tür ins Schloss.

Reglos bleibt Lutske stehen und hört, wie die Riegel vorgeschoben werden und die Schritte der Wachen langsam verhallen.

Es ist dunkel im Kerker. Von draußen dringt das Schreien eines Fischverkäufers auf dem Dam und der Arbeiter auf dem Gerüst herein, die an der Fertigstellung des Rathauses arbeiten. Lutske geht zur Wand und tastet die Steine ab. Wassertropfen rinnen daran herunter. Und dann sieht sie in einer Ecke des Kerkers noch drei Gestalten sitzen. Eine davon stiert einfach vor sich hin, die andere kratzt sich am ganzen Körper und die andere, eine Frau, mustert Lutske von Kopf bis Fuß.

»He, das ist ja noch ein Mädchen!«, sagt sie überrascht.

Lutske reagiert nicht. Sie bleibt steif an der Wand stehen und starrt auf die geschlossene Tür.

Die Frau kratzt sich den Kopf. »Läuse«, sagt sie. »Kannst dich hier nicht davor retten. Was hast du ausgefressen?«

»Das geht dich doch nichts an«, klingt eine Stimme aus dem Halbdunkel. Aber die Frau lässt Lutske nicht aus den Augen. »Ich kenn dich!«, sagt sie triumphierend. »Du bist eines der Mädchen vom Haarlemmedijk!«

Lutske wirft einen schnellen Blick auf die Frau, sagt aber nichts.

»Stimmt doch?« Die Frau rappelt sich auf und stellt sich vor Lutske. Aus ihrem Mund schlägt ihr ein widerlicher Geruch entgegen. »Mach dir keine Sorgen, Kind, die Zeiten, wo man dir sofort die Hand abgehackt oder ein Ohr abgeschnitten hat, sind vorbei. Du kommst höchstens für 'ne Weile ins Spinnhaus. Hab ich selbst auch gesessen. So oft, dass ich jetzt wohl verbannt werd. Ich hoff nur, dass sie mit dem Urteil nich so lange warten, denn noch eine Nacht in diesem eiskalten Loch überleb ich nich.«

Die Frau übertreibt nicht. In der Nacht ist es so kalt, dass Lutske mit den Zähnen klappert. Und obwohl ihre Mitgefangenen ekelhaft stinken, kriechen doch alle eng zusammen, um sich gegenseitig zu wärmen. Tagelang sitzt Lutske hier, abgeschlossen von der Außenwelt, eingesperrt in ein Loch, stinkend nach Schweiß. Als sie endlich zum Verhör geholt wird, zwingt sie sich, mit erhobenem Kopf so zu tun, als gebe es zwischen ihr und den vornehmen Schöffen gar keinen großen Unterschied.

Sie widersteht den durchdringenden Blicken des Bürgermeisters Andries de Graeff und der Schöffen, aber ihr Herz schlägt schnell und schmerzhaft. Ihr Verfahren erledigen die Schöffen im Eiltempo.

Der Gerichtsschreiber schreibt an den Rand des Protokolls, dass Lutske Martensdochter am 23. Dezember des Jahres 1653 *»wegen bösartigen Verhaltens dazu Dieberei zu verbüßen haben* *wird drei Jahre im Spinnhaus, um dort gebracht zu werden zu Bußfertigkeit und Umkehr des Lebens zum Besseren.«*

Das Spinnhaus ist voller Huren, Betrügerinnen und Ehebrecherinnen. Den ganzen Tag sitzen sie mit adretten Mützchen auf dem Kopf in einem großen Saal hinter Gitter und spinnen und nähen. Mitten im Saal ist ein Podest, von dem aus die Aufseherin kontrolliert, ob auch fleißig genug gearbeitet wird. Dabei liest sie die ganze Zeit aus der Bibel auf dem Pult vor. Lutske kann die monotone Stimme und das Hin- und Herrutschen auf den harten Bänken nicht mehr hören.

Vor dem Gitter am Ende des Saals drängeln sich täglich Besucher. Sie zahlen gerne ein paar Stüver, nur um die verurteilten Frauen zu begaffen.

Rote Barbara kommt Lutske besuchen. »Wie geht es dir, Lutske?«, fragt sie leise.

»Geht so«, antwortet Lutske. »Wenn man schnell genug arbeitet, wird man nicht geschlagen und kriegt einigermaßen zu essen. Es ist nur …« Sie zieht die Schultern hoch und schaut sich um. »Ab und zu habe ich das Gefühl, dass ich ersticke. Immer die kahlen Wände, die hohen Fenster. Und ich sitz hier erst ein paar Monate! Wie ist das eigentlich, wenn man den Wind in den Haaren spürt?«

Durch das Gatter streichelt Rote Barbara Lutskes Hand.

»Wird Frühling, stimmt's?« Lutske schaut zum Fenster hoch.

»Ach, es ist noch ziemlich kalt«, sagt Rote Barbara. Sie wirft einen Blick in die Runde und fragt dann plötzlich: »Sag mal, läuft hier ein Mann rum? Wie ist das denn möglich?«

Lutske folgt ihrem Blick. »Das ist Jacominchen Hasselaar. Die ging schon immer als Mann gekleidet. Die war sogar drei Jahre in der Armee! Jetzt muss sie ihre Strafe auch in Männerkleidung absitzen.«

»Drei Jahre in der Armee und niemand hat bemerkt, dass sie eine Frau ist?«, fragt Rote Barbara verblüfft. »Das gibt's doch nicht! Na ja, sie wird wohl keine großen Brüste haben. Die Frau da hinten, mit den dunklen Haaren, die hätte das nicht geschafft.«

»Das ist Anna van Leyen, die Frau von Jan van Leyen. Sie wurde beim Ehebruch mit ihrem Knecht erwischt«, sagt Lutske. »Und die Frau neben ihr ist…«

»Bate, die Trödlerin«, ergänzt Rote Barbara. »Ja, die kenne ich. Eine Betrügerin der übelsten Sorte. Soso, die ist endlich auch erwischt worden. Sieh mal einer an!«

Bate die Trödlerin ist aufgestanden, um den Besuchern auf ihrem bloßen Hintern die Narben zu zeigen, die sie von einer Prügelstrafe zurückbehalten hat. Sie nimmt die Münzen, die die Besucher dafür spendieren, und schaut sich nach mehr Interessenten um.

In einer Ecke des Saales liegen sich zwei Frauen kreischend in den Haaren. Gleich darauf prügelt die Aufseherin mit aller Kraft auf sie ein. Und sofort strömen auch die Besucher herbei.

Rote Barbara sieht Lutske an. »Ich muss gehen«, sagt sie leise. »Alles Gute, Mädchen.«

Die Tage kriechen dahin und reihen sich aneinander zu Wochen und Monaten. Immer im gleichen Trott, jeden Tag aufs Neue, bis Lutske jegliches Zeitgefühl verloren hat.

Rote Barbara hat die Sorge für Tante Ida übernommen. Eines Tages, als sie Lutske besucht, sagt sie ernst: »Deiner Tante geht es nicht gut. Sie ist sehr krank. Ich kümmere mich um sie, so gut ich kann, aber es sieht schlecht aus.«

Als Lutske dann ein paar Wochen später vom Tod ihrer Tante erfährt, ist sie traurig, aber nicht überrascht.

Das Wetter schlägt um, Regen klatscht an die Fenster, und als der erste Schnee fällt, weiß Lutske, dass sie schon ein Jahr im Spinnhaus sitzt. Wie ist es möglich, dass ihr das Jahr genauso lang vorgekommen ist wie ihr ganzes Leben davor? Sie sieht sich selbst immer nur auf der harten Bank bei der Näharbeit sitzen. Nur die Mitgefangenen wechseln hin und wieder. Manche sind entlassen worden, sind aber kaum einen Monat später wieder da.

Das wird mir nicht passieren, nimmt Lutske sich vor. Nie, nie mehr will ich eingesperrt sein!

»Ich habe das Weib, das bei mir sauber macht, rausgeworfen«, erzählt Rote Barbara eines Tages. »Die hat gedacht, sie könnte mich unbemerkt bestehlen, was sagst du dazu? Jetzt muss ich selbst wieder sauber machen und Gott weiß, dass ich schon genug zu tun habe, wenn erst einmal Pferdemarkt ist!«

»Barbara, ich muss dir was sagen«, fällt Lutske ihr ins Wort. »Ich werde wahrscheinlich eher entlassen.«

»Was? Ist das wahr? Das ist ja großartig!«, ruft Rote Barbara erfreut. »Wann denn?«

»Das steht noch nicht fest«, antwortet Lutske schnell. »Die Aufseherin ließ so etwas durchschimmern. Weil ich mich die ganze Zeit so gut geführt habe, sagt sie.«

Rote Barbara lacht. »Weil der Knast aus allen Fugen platzt, meint sie wohl!«

»Das ist mir doch egal, warum«, sagt Lutske. »Ich habe nur Angst, dass es nicht klappt.«

Aber an einem warmen Julitag bekommt Lutske ihre Freiheit wieder. Rote Barbara steht schon in der Spinnhausgasse und wartet auf sie. Sie liegen sich in den Armen. »Endlich«, sagen sie gleichzeitig und lachen.

Schnell verlassen sie die dunkle Spinnhausgasse. Im hellen Sonnenlicht atmet Lutske tief durch. Sie hatte vergessen, wie kräftig die Strahlen der Sonne sein können, wie die Grachten riechen und wie belebt die Straßen an Sommertagen sind. Es war Winter, als sie ins Spinnhaus kam und seitdem sind die Jahreszeiten hinter hohen Glasfenstern an ihr vorübergezogen.

»Ich geh nicht wieder zu Malle Kees«, sagt Lutske. »Ich will nie mehr eingesperrt werden.«

»Du kommst zu mir ins Haus«, sagt Rote Barbara energisch. »Nein, sag nichts! Die gewisse Arbeit verlange ich nicht von dir, aber ich brauche jemand, der für mich wäscht und sauber macht. Dafür gebe ich dir Unterkunft und Verpflegung. Na, was sagst du dazu?«

Lutske drückt ihr dankbar den Arm. »Aber du hoffst natürlich, dass ich für dich arbeiten werde. Die andere Arbeit, meine ich«, sagt sie dann nüchtern.

»Das würde mich tatsächlich freuen. Du hast ein hübsches Gesicht. Ein bisschen blass und eingefallen, aber das lässt sich ja ändern. Und wenn wir dir das rote Haar ein bisschen bleichen, wirst du sehr begehrt sein! Ja, hoffentlich überlegst du es dir noch. Ich könnte viel Geld mit dir verdienen«, sagt Rote Barbara.

Lutske lacht. Sie weiß es zu schätzen, dass Rote Barbara so ehrlich ist.

»Ich habe Musiker eingestellt«, erzählt Rote Barbara, als sie auf dem Haarlemmerdijk angekommen sind. »Klavizimbel, Violine und Flöte. Die Kunden sind begeistert! Seit dem Pferdemarkt im Mai ist schrecklich viel Betrieb und es wird noch schlimmer, wenn bald die Kirmes und der Jahrmarkt beginnen. Du wirst ein paar neue Gesichter sehen, denn ich habe ein paar Mädchen von außerhalb der Stadt eingestellt.«

Während Rote Barbara weiterplappert, schweifen Lutskes Gedanken ab. Da wäre sie also wieder. Als wären keine zwei schweren, einsamen Jahre vergangen. Nach der strengen Zucht und Ordnung im Spinnhaus ist sie wieder auf dem Haarlemmerdijk mit den herumtrippelnden Huren, den farblosen Türen und rissigen Mauern.

Als sie an dem Haus vorbeigehen, in dem sie mit Tante Ida gewohnt hat, beschleunigt Lutske den Schritt. Sie richtet den Blick auf das Aushängeschild mit dem Schwan über der Tür des Bordells.

Rote Barbara öffnet die Tür. Außer dass da ein paar neue Mädchen herumlaufen und Musiker für Stimmung sorgen, hat sich in *De Swaen* wenig verändert. Lutske wird wie eine alte Bekannte empfangen.

»Hallo, Lutske! War's denn schlimm im Spinnhaus?«, fragt Catalyn mitleidig.

»Ach, ich kann jetzt gut spinnen. So hat das auch sein Gutes«, sagt Lutske.

Es wird gelacht. Rote Barbara bringt Brot und Dünnbier auf

den Tisch. Sie blinzelt Lutske zu und plötzlich begreift sie es: Sie ist frei!

»Habt ihr was von meinem Bruder gehört?«, fragt Lutske.

»Überhaupt nichts«, sagt Catalyn. »Die Flotte ist noch nicht zurück.«

»Sie ist spät, sehr spät«, findet Hester.

Es werden Blicke getauscht und Rote Barbara wechselt schnell das Thema.

Lutskes Freude über ihre Freiheit ist getrübt. Sie sieht ihren Bruder vor sich, wie er losfuhr, groß und stark, ein breites Lächeln auf dem Gesicht, mit dem er verbergen wollte, wie schwer ihm der Abschied fiel.

»Sorge gut für Tante Ida, Lutske«, hatte er gesagt. »Sie gibt sich wohl sehr stark, aber sie wird alt. Ich habe für euch einen Vorschuss auf meine Heuer genommen, versteck das Geld gut.«

Er hatte sie an sich gedrückt und war dann die Treppe zum Landungssteg hinaufgegangen, wo die Leichter lagen.

Lutske beschleicht ein ängstliches Vorgefühl. Warum dauert es so lange, bis die Flotte zurückkommt? Was kann alles passiert sein mit einem Schiff aus Holz, das ans andere Ende der Welt gesegelt ist?

Das Bordell ist auch tagsüber geöffnet. Nach dem Essen kommen hin und wieder Kunden, deren Aufmerksamkeit Lutske nicht entgeht. Aber sie verbringt so viel Zeit wie möglich in der Küche, denn da gibt es genug zu tun.

»Ich bin Marritgen.«

Lutske wischt den Flur und erschrickt über die Stimme hinter ihr. Am Türpfosten lehnt ein dunkles Mädchen.

»Barbara hat viel von dir erzählt«, fährt das Mädchen fort. »Und sie hat es geschafft. Da bist du also«, sagt Marritgen.

»Ich bin keine Hure«, sagt Lutske.

»Aber du könntest eine werden«, entgegnet Marritgen. »Und du würdest sogar gut verdienen. Willst du wirklich für den Rest deines Lebens den Küchenboden wischen?«

Lutske wringt das Wischtuch aus. »Hat Barbara dich geschickt, um mich zu überreden?«

»Ja«, antwortet Marritgen.

»Dann geh und sag ihr, dass ich tatsächlich den Rest meines Lebens den Küchenboden wischen werde. Und sag ihr dann auch gleich, dass ich enttäuscht von ihr bin!«, sagt Lutske wütend.

Marritgen schaut sie nachdenklich an. »Das verstehe ich nicht«, sagt sie freundlich. »Ich verstehe deinen Widerwillen gegen dieses Leben sehr gut, aber du brauchst es ja nicht für immer zu tun! Du bist jung, siehst gut aus, du kannst in kurzer Zeit viel Geld verdienen. Glaubst du denn, ich will für immer Hure bleiben? Ich denk nicht dran! Weißt du, Frauen wie Hester und Catalyn haben keine andere Wahl. Sie hoffen, eines Tages einen guten Mann kennen zu lernen, der sie heiratet, aber sie sind nicht hübsch, also können sie es vergessen. Aber du und ich können dieses Leben nutzen als Tür zu etwas anderem. Sag mir, was erwartest du vom Leben?«

Lutske starrt sie an. »Heiraten, denke ich.«

»Gut, heiraten. Aber nicht den erstbesten Flickschuster, nehme ich an.«

»Wenn ich ihn liebe…«

»Unsinn«, sagt Marritgen heftig. »Such dir einen, der dir ein gutes Leben bieten kann. Er muss nicht steinreich sein, nur ein Mann mit einem guten Handwerk oder so. Jetzt bist du noch jung und schön, also warte nicht, bis du in fünf Jahren selbst wie ein alter Wischlappen aussiehst. Das wollte ich dir nur sagen.«

Sie dreht sich um, verschwindet und lässt Lutske verwirrt zurück.

Es ist ein warmer Tag, in *De Swaen* hängt eine brütende Hitze. Einige gut situierte Kunden nehmen die Mädchen mit zu einer Bootsfahrt oder einer Wanderung außerhalb der Stadtmauern.

»Manchmal darf man sogar mit auf die Kirmes«, vertraut Hester Lutske an. »Und Geld gibt es außerdem!« Sie lacht einem hereinkommenden älteren Herren zu, einem Stammkunden, und geht mit wiegenden Hüften auf ihn zu.

Lutske dreht sich um und macht weiter mit dem Waschen der Bettwäsche. Das muss jeden Tag getan werden. An Sommertagen wie heute ist es über den Bottichen mit dampfendem Wasser kaum auszuhalten. Sie ist froh, als Rote Barbara sie zu sich ruft.

»Ännchen ist an den Pranger gestellt worden«, sagt sie kurz. »Die dumme Gans hat auf der Prinsengracht getippelt. Bring ihr von Zeit zu Zeit etwas zu trinken.«

Mit einem Krug Dünnbier geht Lutske auf die Straße. Ihr ist, als falle eine Decke aus Hitze und Gestank auf sie herab. So gut es geht, hält sie sich im Schatten und weicht den von Fliegen umschwärmten Kothaufen aus.

Ännchen ist auf dem Dam an einen Giebelpfeiler des Rathauses gekettet. Mit eisernem Halsband und Ketten an Armen und Beinen wartet sie, bis der Tag vorbei ist. Ein paar Jungen kneifen ihr in den Hintern und singen Spottverse, aber als Lutske einem tüchtig eine runterhaut, sind sie schnell verschwunden.

Den ganzen Tag läuft sie zwischen *De Swaen* und dem Dam hin und her, sodass sie mit ihrer Arbeit am späten Nachmittag noch längst nicht fertig ist. Erst als die Sonne untergeht und die Straßen kühl und dunkel werden, geht sie ins Bett.

Ein paar Tage später putzt Lutske gerade mit erhitztem Gesicht den Herd, als Catalyn vorbeikommt. Sie hat ein neues Kleid an.

»Oh, siehst du aber gut aus«, sagt Lutske.

»Heute Nachmittag kommt ein alter Bekannter.« Catalyn blinzelt ihr zu. »Er hat eine Frau und vier Kinder, sonst würde ich glauben, er ist verliebt in mich!«

»Vielleicht ist er es ja.«

»Wer weiß. Wenn er die Kinder nur bei seiner Frau lässt«, meint Catalyn.

»Sag mal, was machst du eigentlich mit dem Geld, das du hier verdienst?«, fragt Lutske.

»Ach, was alle damit machen. Neue Kleider kaufen. Manchmal gehe ich ins Theater. Und dann brauche ich es ja auch schon bald für die Kirmes, wenn ich keinen zahlenden Freier finde.«

»Legst du denn nichts zurück?«

»Wofür?«, fragt Catalyn verblüfft.

»Na ja, einfach so. Falls mal was passiert. Oder für etwas, was du gerne haben möchtest«, antwortet Lutske.

»Wenn ich ihn bezahlen könnte, möchte ich wohl gerne einen Seidenrock haben«, sagt Catalyn betrübt. »Aber das ist nur was für reiche Damen. Was würdest du denn machen, wenn du viel Geld hättest?«

»Ich würde selbst etwas anfangen«, sagt Lutske entschieden.

»Selbst was anfangen!« Catalyn lacht ungläubig. »Einen Laden oder so was?«

»Ja, warum nicht? Es gibt viele Frauen, die ihr Brot verdienen!«

»Ja, Witwen!«, ruft Catalyn aus.

»Na und? Das sind doch auch Frauen! Und oft stehen sie ihrem Mann in nichts nach«, sagt Lutske.

»Nein, das tun sie wohl nicht. Aber sie haben einen großen Vorteil: Sie können das Geschäft ihres Mannes weiterführen. Etwas von Anfang an aufbauen, das ist was ganz anderes. Dafür musst du ein Handwerk gelernt haben«, sagt Catalyn.

»Und Geld haben«, ergänzt Lutske.

»Du hast es dir also überlegt?« Die Rote Barbara sieht Lutske überrascht an. »Darf ich fragen, warum?«

»Du hast gesagt, ich könnte einen hohen Preis verlangen«, sagt Lutske, ohne auf die Frage einzugehen. »Wie viel?«

»Nun ja, sechs Taler für den Anfang. Du bist natürlich unerfahren, obwohl das vielleicht auch wieder als Vorteil gesehen werden kann«, antwortet Rote Barbara.

»Und wie viel kriegst du davon?«

»Die Hälfte«, antwortet Rote Barbara sofort.

Lutske schüttelt den Kopf. »Die Hälfte! Komm, das ist nicht dein Ernst!«

»Vier Taler für dich, zwei für mich«, sagt Rote Barbara einlenkend. »Ausnahmsweise. Du hast bei mir schließlich einen Stein im Brett. Aber jetzt sag mir, warum hast du es dir überlegt?«

»Weil ich dir vertraue.« Lutske schaut Rote Barbara in die Augen. »Keine alten Schweinigel, abgemacht?«

»Alte Schweinigel kommen nicht hierher«, sagt Rote Barbara. »Du hast einen vernünftigen Entschluss gefasst, Mädchen.«

Sie mustert Lutske mit Kennerblick. »Eine Perücke wirst du wohl nicht brauchen. Du bist nur ein bisschen blass. Reib dir die Wangen mit spanischem Papier ein, dann werden sie schön rot. Lysbette, hol doch mal ein paar Kleider für Lutske aus der Kiste. Komm, Mädchen, hier kannst du dich umziehen.«

Sie nimmt Lutske mit in ein Nebenzimmer. Gleich darauf kommt Lysbette, legt die Kleider auf einen Stuhl und verschwindet sofort wieder.

Rote Barbara hilft Lutske beim Umkleiden. Inzwischen erzählt sie ihr kurz und sachlich, was sie wissen muss, was sie von den Kunden erwarten kann und was die Kunden von ihr erwarten. Lutske hört Dinge, von denen sie keine blasse Ahnung hatte. Das Blut steigt ihr ins Gesicht. Worauf lässt sie sich da ein?

Verstohlen schaut sie hinunter auf ihre Kleider. Rote Barbara legt großen Wert auf die Kleidung und gibt auch viel Geld dafür aus, und hätten die Kleider nicht so einen gewagten Ausschnitt, könnte man ihre Mädchen für reiche Bürgertöchter halten. Wenn Tante Ida sie so sehen würde!

Zögernd setzt sie sich zu den anderen Mädchen und lässt sich einen Krug Dünnbier einschenken. Es wird dunkel. Rote Barbara schürt das Kaminfeuer und zündet die Öllampen an.

»Vielleicht lernst du ja einen netten Mann kennen, der dich heiratet. Gott weiß, dass ich jeden Tag darauf hoffe«, sagt Catalyn aufmunternd.

Einen Hurengänger heiraten? Lutske schaut zweifelnd in ihren Krug.

»Mensch, nur weil du das Pech hast, dass du Martensdochter heißt und nicht Bicker oder Trip oder wie die reichen Leute alle heißen, musst du dich doch nicht als etwas Geringeres fühlen! Ihre Töchter könnten doch neben uns sitzen, wenn sie nicht einen so reichen Papa hätten.«

»Oder sie wären Dienstmädchen, wie ich früher«, stimmt Lysbette ihr zu.

Lutske schaut ihr ins Gesicht. Sie kennt alle Mädchen der Roten Barbara, aber Lysbette ist gekommen, als sie im Spinnhaus war. Sie weiß nichts von ihr, nur dass sie noch nicht zwanzig ist, denn ältere Mädchen stellt Rote Barbara nicht ein. Die Linien in Lysbettes Gesicht und der strenge Zug um den Mund, den sie zeigt, wenn keine Kunden da sind, verraten aber, dass das Leben für sie nicht leicht gewesen ist.

Lysbettes und Lutskes Blicke treffen sich. »Ich habe einen kleinen Sohn«, erklärt Lysbette kurz.

Später am Abend hat Lutske so viel getrunken, dass ihr Kopf immer leichter zu werden scheint. Plötzlich sehen ihre Probleme nicht mehr so unüberwindlich aus und sie traut sich, die hereinkommenden Männer anzusehen. Solide Familienväter, ab und zu sogar ein reicher Kaufmann, denn das Bordell der Roten Barbara hat einen guten Ruf.

In einer Ecke sitzt neben Hester ein ganz nett aussehender junger Mann. Lutske hat ihn schon ein paar Mal dabei ertappt, wie er zu ihr herüberschaute. Ein Lächeln und er wird aufstehen und zu ihr kommen. Also, sei es drum.

Sie lächelt. Der junge Mann erwidert das Lächeln, lässt Hester allein und setzt sich zu Lutske. Rote Barbara blinzelt ihr zu. Er sitzt viel zu dicht neben ihr. Sie fühlt die Wärme seines Beines an ihrem und unterdrückt die Neigung, zur Seite zu rutschen. Sie hatte erwartet, dass man sich erst irgendwie bekannt macht, ein Gespräch beginnt oder vorschlägt, gemeinsam etwas zu trinken. Stattdessen beginnt er sofort, ihren Hals zu küssen und seine Hand unter ihren Rock gleiten zu lassen.

Über seine Schulter sieht Lutske, dass Hester ihr wütende Blicke zuwirft. Sie sieht auch eine alte Bekannte hereinkommen, Briga Flinkfingerchen. Das überrascht sie so sehr, dass sie sich kerzengerade aufrichtet, wobei sie ihrem Freier mit der Schulter an die Nase stößt.

Briga schaut sich suchend um. Ihr Blick fällt auf Lutske und sie winkt ihr. Froh über die Ausrede steht Lutske auf und geht zu ihr.

»Ich habe gute Nachricht für dich«, sagt Briga. »Die Flotte ist da. Dein Bruder sucht dich!«

6

Es ist ein Wunder zu sehen, wie schnell frisches Obst und Gemüse die kranke Besatzung der *Hollandia* gesund macht.

In einem halbdunklen Saal kommt Reinald wieder zu sich. Er liegt nackt im Bett, hat nur ein Tuch um den Kopf. Er will sich aufrichten, muss den Versuch aber aufgeben. Schwer atmend bleibt er liegen. Fenster und Türen sind fest verschlossen. Es ist so schwül im Saal, dass er nur mühsam atmen kann.

»Na, Macker, geht's wieder einigermaßen?« Ein Schatten gleitet über ihn. Es ist Winand.

Reinald lächelt seinen Freund matt an und schaut sich um. An den Wänden stehen Betten mit stöhnenden Kranken.

»Wo bin ich?«

»Dies ist der Kirchhof«, sagt Winand. »So nennen sie das Hospital auf dem Kap.«

»Was für ein aufmunternder Name.« Reinald hustet. »Warum habe ich ein Tuch um den Kopf?«

»Gegen den Zug und die Kälte«, antwortet Winand.

»Zug?«, wiederholt Reinald. »Wir sind hier doch in den Tropen!«

»Na ja, so machen sie es in Holland, also machen sie es hier auch so.« Winand zuckt die Schultern. »Jedenfalls geht es dir besser, Macker. Ich hatte die Hoffnung schon aufgegeben.«

»Bald können wir wieder Arm drücken«, sagt Reinald und schließt müde die Augen. »Üb schon mal.«

Winand schmunzelt.

Innerhalb weniger Tage sind die meisten Maaten wieder auf den Beinen. Erleichtert nimmt Reinald seine Kleidung und seine Habseligkeiten in Empfang und geht hinaus in die afrikanische

Sonne. Aber die trockene Hitze draußen ist nicht zu vergleichen mit der dumpfen Luft im Krankensaal. Die frische Luft und der Duft der Blumen tun ihm gut.

Sie bleiben noch ein paar Tage auf dem Kap, um allen die Gelegenheit zur Erholung zu bieten. Die meisten Männer hängen nur herum und versuchen mit viel Alkohol ihre toten Macker zu vergessen.

Reinald sitzt mit Winand und ein paar anderen Freunden in einer der vielen Schänken. Es ist voll. Alkoholdunst und Lärm schlagen ihnen entgegen. Alle Tische sind von Seeleuten besetzt, der Rest hängt betrunken an der Theke. Branntwein und Bier! Welch ein Freudenfest nach all den Wochen mit grün schäumendem Wasser!

»Verträgt dein Magen das denn?«, fragt Winand.

»Verlass dich drauf!«, sagt Reinald und nimmt einen tüchtigen Schluck.

Die Nachricht von Pelgroms Tod hat ihn sehr mitgenommen. Seit er aus dem Hospital entlassen ist, trinkt er nur noch.

»Weißt du, dass du dein Leben mir verdankst? Ich habe für dich gebetet«, sagt Böhnchen.

»Hättest lauter beten sollen, dann hätte ich die Zähne nicht verloren«, brummt Reinald.

»Mann, was beklagst du dich! Zwei Backenzähne und ein Schneidezahn, das ist doch so gut wie nichts!«, braust Böhnchen auf. »Der Herr war dir gnädig.«

Reinald befühlt die Lücken im Gebiss. Genauso gut hätten ihn die Haie fressen können, das stimmt. Er sieht Jacob an, der ein paar Vorderzähne verloren hat und trotzdem grinst.

»Ruygveen ist doch bestimmt nicht krank geworden«, vermutet Reinald.

Samuel lacht spöttisch. »Von frisch geschlachteten Hühnern und gutem Wein würde ich auch nicht krank werden.«

»Wenn ich ein Schiff hätte, würde ich gut für meine Besatzung sorgen«, sagt Reinald. »Schließlich ist sie es, die die schwere Arbeit macht.«

»So ist es«, stimmt Jacob zu. »Aber das sehen die hohen Herren ganz anders.«

»Ruygveen wird dafür büßen«, sagt Reinald grimmig.

»Sobald wir auf See sind«, stimmt Jacob ihm zu.

Mit einem Laderaum voller Zitronen und Apfelsinen wagen sie die Fahrt über den Indischen Ozean. Es ist jeden Tag glühend heiß und an Kartenspielen und Knobeln ist gar nicht zu denken. Der Skorbut hat die halbe Besatzung das Leben gekostet und das heißt für die Überlebenden, dass sie doppelt so viel arbeiten müssen.

Es ist Mitternacht und die Verschwörer sitzen in der Kajüte des Ersten Steuermanns Jurriaens und besprechen die Lage. Aus Wut über den Tod von Freunden haben sich noch ungefähr fünfzehn Mann den Meuterern angeschlossen. Hendrick Geelvinck zum Beispiel, ein wichtiger Zugewinn, denn als Konstabel hat er Zugang zur Waffenkammer. Der Erste Steuermann Jurriaens war schon von Pelgrom für die Sache gewonnen worden. Dessen Tod hat ihn noch entschlossener gemacht. Das gilt auch für Jan Wasmoet, der seinen Freund Andries Griffioen sehr vermisst.

»Ich verstehe nicht, dass der Lump nicht hören wollte«, sagt Jurriaens verbissen. »Der denkt wohl nur daran, dass die Kompanie Geld spart, wenn sie keine Heuer mehr zu zahlen braucht.«

»Vielleicht ist das auch alles, was die Kompanie interessiert«, meint Reinald leise. »Was kümmern die die armen Schlucker.«

»Außer man kann von Fahrlässigkeit sprechen«, sagt Hendrick Geelvinck. Er hat den Skorbut überlebt, aber auf Kosten seiner gesunden Gesichtsfarbe und seiner früheren Kraft. »Wir haben viel zu wenig Seeleute. Die Kompanie spart wirklich überall Leute ein.«

»Ich werde über all das ganz bestimmt Bericht erstatten«, sagt Jurriaens. »Weiterzusegeln mit nur der halben Besatzung ist noch hinnehmbar, aber der Grund dafür, dass wir so viele Männer verloren haben, kostet ihn den Kopf.«

Der Zweite Steuermann Crispin Bols redet nicht viel, doch er hat einen fanatischen Blick. Es war wenig Überredungskunst nötig, ihn auf ihre Seite zu ziehen.

Langes Leiden, nach einigem Zögern zur Mitarbeit bereit, macht ein ernstes Gesicht. Reinald weiß, dass er tief im Herzen Angst hat, und darum erkennt er es desto mehr an, dass der Koch dabei ist.

Arent Bakhuys hat keine Angst. »Und wenn ich ihm persönlich die Kehle durchschneiden muss«, brummt er. »Gewissenlose Schufte wie er dürfen nicht das Kommando über ein Schiff haben.«

»So ist es! Mich mit einer Pistole zu bedrohen!«, murmelt Jurriaens. »Ich fahre schon etliche Jahre zur See und ich habe viel mitgemacht, aber das hier …«

Es wird zustimmend gemurmelt und Reinald schaut sich in der Runde um. Die anderen Meuterer kennt er nur vom Sehen. Es sind fast alles Männer, die auf der Straße und in Arbeitshäusern zusammengetrommelt worden sind. Sie haben nie etwas mit der Seefahrt zu tun gehabt und sie hätten sich freiwillig auch nicht dafür entschieden.

»Wir sind zwanzig Mann. Ich glaube, wir sollten es dabei belassen«, sagt er.

Jurriaens nickt. Reinald hat zwar den Anstoß zur Meuterei gegeben, doch Jurriaens ist der Ranghöhere und übernimmt auch selbstverständlich die Führung.

»Am besten schlagen wir nachts zu, wenn die Wachen wechseln«, sagt er. »Dann fällt das Kommen und Gehen von Männer nicht so auf. Hendrick, du stellst dich mit ein paar Männern bei der Gewehrkiste auf, sodass kein Widerstand geleistet werden kann. Van Veghel, du überwältigst mit ein paar kräftigen Männern Ruygveen. IJsbrants, sorg dafür, dass Wasser, Proviant und Ruderriemen in den Beibooten liegen, sodass sie Land erreichen können. Der Rest von euch versucht unter Deck noch so viele Männer wie möglich zum Mitmachen zu bewegen. Wer sich weigert, den schlagt ihr bewusstlos.«

»Was machen wir mit den anderen Schiffen?«, fragt Samuel.

»Wir segeln ihnen nachts einfach davon. Wir verlieren uns unterwegs so oft, da ist das nicht ungewöhnlich«, sagt Jurriaens. »Van Veghel, hast du unsere Position berechnet?«

»Ja, wir müssen ungefähr bei Madagaskar sein«, sagt Reinald.

»Das kann stimmen«, nickt der Erste Steuermann. »Mauritius liegt nur ein paar Meilen weiter weg. Van Veghel, gib ein Zeichen, wenn wir auf drei Meilen liegen, dann schlagen wir zu.«

Je näher sie an Mauritius herankommen, desto nervöser wird Langes Leiden. »Ich weiß nicht«, flüstert er ängstlich, als er mit Reinald in der Kombüse steht. »Haben wir eine Chance? Wenn wir nur nicht an Händen und Füßen gebunden ins Meer geworfen werden! Weißt du, was du auf dem Meeresboden antreffen wirst?«

»Nein, da bin ich noch nie gewesen«, sagt Reinald.

»Abscheuliche Monster, die dich verschlingen! Übrigens, wer sagt, dass da ein Boden ist? Genauso gut können wir in eine endlose Tiefe fallen, in der es immer dunkler und dunkler wird.« Langes Leiden fröstelt.

»Bis es so weit ist, bist du schon ertrunken«, tröstet ihn Reinald.

»Mach du nur Witze!«, fährt Langes Leiden ihn an. »Hast du denn keine Angst? Das kann ich mir nicht vorstellen!«

»Natürlich habe ich Angst, aber ich lass mich davon nicht hinreißen, so wie du«, sagt Reinald ungeduldig. »Was soll das: Wenn, wenn. So kommst du nie zu einem Ende. Was ist, wenn Ruygveen behauptet, du hast das Essen vergiftet, und dich prügelt? Mann, hör doch auf!«

»Aber was machen wir, wenn es außer Kontrolle gerät?« Langes Leiden hängt mit zitternden Händen einen Topf an einen Haken über dem Feuer. »Es sind keine Betbrüder, mit denen wir uns eingelassen haben. Du gibst einem eine Waffe in die Hand und dann kannst du nur noch abwarten, was er damit macht.«

Reinald schaut auf den gebeugten Rücken seines Freundes, der eifrig mit dem Blasebalg das Feuer schürt. »Was ist denn, Langes Leiden?«, fragt er. »Willst du mir etwas sagen?«

»Ja … nein … eh … vielleicht. Ich weiß nicht, ob ich alles richtig verstanden habe«, sagt Langes Leiden halb über dem Topf hängend. »Darum wusste ich auch nicht, ob ich es dir erzählen soll. Einerseits schien es mir besser, dir nichts zu sagen, aber dann gibt es vielleicht ein Blutbad, andererseits säe ich nur Unruhe, wenn ich mich irre, verstehst du …«

»Langes Leiden, um Himmels willen!«, unterbricht Reinald ihn. »Hör auf mit dem Gequatsche und sag mir, was los ist! Und dreh dich um, denn ich versteh kein Wort, wenn du mit dem Kopf im Bronzetopf hängst.«

Langes Leiden dreht sich um und holt tief Luft. »Ich bin an der Kajüte von Jurriaens vorbei gegangen und hörte ihn sagen, dass er nichts von halben Sachen hält, die Leute an Land zu setzen, dass er Ruygveen ein für alle Mal los sein will. Sie sprachen sehr leise, also konnte ich nicht alles verstehen, aber …«

»Wer sind *sie*?«, fällt Reinald ihm wieder ins Wort.

»Das weiß ich nicht. Ich hab mich nicht getraut, in die Kajüte zu spähen«, sagt Langes Leiden. Abwartend sieht er Reinald an.

»Jurriaens hält also nichts von halben Sachen«, sagt Reinald nachdenklich. »Das wundert mich nicht. Wenn Ruygveen am Leben bleibt, ist er eine Gefahr für ihn.«

»Für uns aber auch«, ruft Langes Leiden ihm ins Gedächtnis.

»Aber wir haben nichts zu verlieren. Jurriaens hat eine gute Position als Erster Steuermann. Verflucht, dass ich daran nicht gedacht habe!« Als das Schiff eine unerwartete Bewegung macht, hält Reinald sich an der Tür fest.

»Es kommt Sturm auf«, sagt Langes Leiden mit einem Blick auf die scheppernden Pfannen und Töpfe.

»Auch das noch«, stöhnt Reinald. »Ich habe gleich Wache. Wenn du Winand, Samuel und Jacob siehst, schick sie zu mir.«

Gegen Abend nimmt der Wind noch mehr zu. Die Segel stehen stramm und die Wellen klatschen an den Bug. Reinald hat die Hundewache und sieht, dass sich das Schiff dauernd etwas nach Steuerbord neigt.

Reinald hört hinter sich ein leises Geräusch; wie ein dunkler Schatten taucht Winand neben ihm auf. Gleich darauf kommen auch Jacob und Samuel hinzu.

»Langes Leiden hat gesagt, du willst uns sprechen. Was ist denn los?«, flüstert Jacob.

»Jurriaens hat seine eigenen Pläne gemacht«, sagt Reinald. »Ich weiß nicht, wie er es anstellen will, aber ich habe eine Vermutung.« Er führt die Hand an der Kehle entlang.

»So also«, sagt Winand.

»Die Ratte«, murmelt Samuel. »Und was wollen wir dagegen tun? Wir können die Sache nicht mehr abblasen.«

»Nein, dann sind wir auch geliefert, wenn er das nicht sowieso schon vorhat«, gibt Reinald ihm Recht. »Ich glaube, wir müssen ihm zuvorkommen. Mit anderen Worten: Wir machen Jurriaens unschädlich, bevor er aktiv wird. Das Problem ist, dass wir nicht wissen, wen er sonst noch in seinen Plan einbezogen hat.«

»Das läuft aus dem Ruder«, prophezeit Winand.

»Nicht unbedingt. Wenn Jurriaens nicht auf den Plan tritt, sind seine Handlanger verwirrt. Dann werden sie ihr Vorhaben wahrscheinlich nicht ausführen«, sagt Jacob.

Das Schiff schlingert und alle vier werden gegen das Schanzkleid geworfen. In dem Moment prasselt der Regen aufs Deck.

»Das wird eine richtige Hundewache!«, schreit Samuel über den Wind und den Regen hinweg. »Können wir dieses Gespräch nicht vertagen?«

»Morgen früh bei Langes Leiden«, sagt Reinald.

Seine Macker hasten nach unten und Reinald bleibt auf dem dunklen Deck zurück. Als seine Wache vorbei ist, weht ein so starker Wind, dass der Schaum über das Schanzkleid spritzt.

Reinald geht ins Zwischendeck und legt sich in seine Hängematte. Der starke Wellengang macht ihm nichts aus. Nach einem Tag harter Arbeit schläft er sofort ein.

Es ist stockdunkel, als Alarm geschlagen wird.

»Alle Mann an Deck!«, schreit Cornelis Sijmons, der Quartiermeister.

Das Schiff wird von den Wellen hochgehoben und heruntergerissen. Die Maaten fallen aus ihren Hängematten und kriechen über Taue und Kisten zur Treppe. Als sie aus der Luke kriechen, streicht gerade das erste Licht über das Deck. Alle werden in die Wanten gejagt, um die großen Segel einzuholen.

»Sturmsegel beisetzen!«, brüllt Ruygveen. Sein Befehl wird überall wiederholt.

Mit steifen Gliedern, den Schlaf noch in den Augen, klettert Reinald in die Want. Mit klammen Fingern kämpft er mit den Segeln. Von unten werden ihm und den anderen Maaten Befehle zugebrüllt. Der Wind nimmt noch zu. Die Schiffe entfernen sich immer mehr voneinander und die *Hollandia* beginnt gefährlich zu schlingern. Reinald hält sich gut fest. Die nassen Taue schneiden ihm in die Hände. Ein Windstoß, die *Hollandia* wird von den Wellen mit hinauf genommen, fällt wieder hinunter und vor seinen Augen sieht Reinald Jan Wasmoet aus der Wand fallen. Er landet hart auf dem Deck und bleibt dort reglos liegen.

Am ganzen Leib zitternd, konzentriert sich Reinald auf seine Arbeit. Der Wind pfeift durch die nackten Rahen. Es dauert ein paar Stunden, bis alle Sturmsegel beigesetzt sind.

Kalt bis auf die Knochen klettert Reinald nach unten. Er vermeidet es, zu der Stelle zu gucken, auf der Jan zerschmetterte.

Auf dem Deck rennen die Maaten mit Taurollen hin und her. Es hagelt Befehle.

Die *Hollandia* neigt sich gefährlich zur Seite und Reinald rollt über das Deck. Seine Hände greifen verzweifelt ins Leere. Er ist gerade an der Reling, da legt sich das Schiff wieder in seine normale Position.

Keuchend rappelt sich Reinald auf. Im Halbdunkel sieht er, dass Ruygveen und Jurriaens sich ein Tau um die Hüfte binden und das andere Ende irgendwo festmachen.

Reinald läuft gebückt gegen den Wind über das Deck, um sich ein Tau zu beschaffen. In dem Moment bricht die Hölle über sie herein.

Eine gewaltige Flutwelle hebt das Schiff hoch und wirft es ein Stück weiter wieder hinunter. Überall um ihn herum ist Wasser. Schwarze Wellen mit großen Schaumkronen schlagen auf das Schiff ein, spülen die Maaten vom einen Ende des Decks zum anderen.

Reinald schreit aus Leibeskräften. Seine Hand umklammert ein Tauende. Gepackt! Aber er hat keine Chance, sich irgendwo festzubinden. Wieder wird das Schiff wie eine Feder hochgehoben. Mit dem Bug voran bohrt es sich in die tobende See. Reinald wird ans Schanzkleid geworfen. Er sieht, wie einige Maaten von den Wellen über Bord gerissen werden. Er ertrinkt beinahe in den Wassermassen, die über ihm zusammenschlagen, doch das Schanzkleid hält ihn an Bord.

Das Schiff taumelt zurück. Nach Luft ringend, bindet sich Reinald das Tau um die Hüfte und wickelt es ein paar Mal um die Relingplanke auf dem Schanzkleid. Dann ein doppelter Seemannsknoten rein…

Das brodelnde Wasser stürzt wieder an Deck, wirft einen Mann um und schmettert ihn ans Schanzkleid. Reinald schaut in das weiße Gesicht von Jaeger, dann reißt die nächste Flutwelle den Mann über Bord.

Als er gefährliches Krachen über sich hört, duckt Reinald sich. Zersplittertes Holz fällt aufs Deck und wird sofort über Bord gespült. Die schwer beschädigte Takelage flattert im Wind.

Wieder hört er bedrohliches Krachen. Ist dies das Ende des ganzen Schiffes? Reinald hat den Mund weit geöffnet, aber in der Gewalt des Sturms hört er sich selbst nicht schreien.

Während das Schiff wieder eine Welle hinaufgehoben wird, sieht Reinald, wie ein Querbaum zum Teufel geht und donnernd herunterstürzt. Er hört schreien und krachen. Ein paar Maaten werden mitgerissen und fallen über Bord.

Als das Schiff auf dem Wellenkamm ist, kann er unter dem Mast ein paar bewegungslose Gestalten erkennen. Dort irgendwo haben sich Ruygveen und Jurriaens festgebunden.

Nach unten, nach unten. Eine saugende Wassermasse zieht das

Schiff hinunter. Mauern aus schwarzgrünem Wasser steigen auf, donnern über das Schiff.

Salzwasser dringt Reinald in den Mund, beißt ihm in die Augen, saust ihm in den Ohren. Seine Lungen wollen platzen, als das Schiff wieder emporgehoben wird. Das Wasser strömt über das Deck und Reinald speit Schleim und Salz aus.

Stunde um Stunde versucht der Orkan, die *Hollandia* klein zu kriegen, doch immer wieder kommt das Schiff über Wasser. Reinald wird ein paar Mal über Bord gerissen, kann aber mit Hilfe seines Taus wieder über das Schanzkleid an Deck klettern. Vom dauernden Fallen und den vielen Stößen schmerzen ihm alle Glieder. Die Wellen werfen ihn wie ein Spielzeug über das Deck. Bei jeder Welle holt er so tief wie möglich Luft und jedes Mal ist er überrascht, dass er wieder nicht ertrunken ist.

Es ist schon längst Tag geworden, aber bei dem Unwetter bleibt es dunkel. Gegen Mittag lässt der Sturm etwas nach. Die Wellen sind nicht mehr so hoch. Das Schiff stampft immer noch heftig auf und ab, wird aber nicht mehr emporgehoben und heruntergeworfen. Und plötzlich legt sich der Wind, als wolle er aufgeben.

Reinald liegt erschöpft auf dem Deck. Er kann nicht einmal mehr den Arm heben. Um ihn herum ist es totenstill. Holzsplitter von den Deckplanken dringen ihm in die Wangen. Er versucht den Kopf zu heben. Es dauert lange, bis er die Kraft hat, auf Hände und Füße zu kommen.

Der zersplitterte Mast hat etliche Opfer gekostet.

Auf allen vieren kriecht Reinald zu seinem Freund Winand, der mit einer schlimmen Kopfwunde reglos unter einem Segel und dem Querbaum liegt. Er ist mit Armen und Beinen in die kaputte Takelage geraten, so konnten ihn die Wellen nicht mitreißen.

»Winand«, flüstert Reinald. Seine Kehle ist rau vom Salzwasser.

Er schaut zur Seite. Ruygveen und Jurriaens starren mit weit geöffneten Augen zum Himmel. Sie haben den schwersten Schlag vom Querbaum bekommen. Winand ist nur vom äußersten Ende getroffen worden.

Ein schwaches Geräusch lässt Reinald aufhorchen. Es ist Langes Leiden, der an Deck getaumelt kommt.

»Langes Leiden!« Reinald steht auf. »Wie viele …?«

»Viele, mein Junge, viele«, sagt der Koch heiser.

Es kommen noch mehr Maaten an Deck. Willem, Jacob, Böhnchen, Samuel. Einige haben im Zwischendeck Schutz gesucht, andere haben sich genau wie Reinald mit Tauen irgendwo festgebunden.

»Der Kapitän ist tot«, sagt Hendrick Geelvinck.

»Jaeger auch. Und auch der Quartiermeister. Über Bord geschlagen.«

»Und Bouwman?«

»Nicht gesehen.«

Es entsteht eine Stille.

Ein schwaches Stöhnen schreckt sie auf. Winand kommt zu sich.

»Lebt er noch? Mein Gott, wie ist das möglich?«, sagt Willem überrascht.

»Wenn er noch nicht tot ist, wird er es bald sein«, meint Langes Leiden düster.

»Halt die Schnauze«, fährt Reinald ihn an. »Hilf lieber den Baum anzuheben.«

Er beginnt daran zu ziehen. Die anderen kommen ihm zu Hilfe und ziehen Winand weiter aufs Deck.

»Wo ist der Arzt?« Reinald schaut sich um.

Jacob zuckt mit den Schultern.

»Wie viele sind wir eigentlich noch? Wir müssen das Schiff durchsuchen!«, sagt Samuel.

Reinald reißt ein Stück von seinem Hemd ab und wischt Winand vorsichtig das Blut von der Stirn. Winand öffnet die Augen. Sein erstes Wort ist ein gepfefferter Fluch. Reinald hilft ihm auf. »Wir haben Glück gehabt«, sagt er.

»Was du Glück nennst«, stöhnt Winand. Dann sieht er die Zerstörungen und schweigt.

Beim Durchsuchen des Schiffes finden sie insgesamt dreißig Überlebende. Hustend und bis auf die Haut durchnässt sitzen sie auf dem Deck.

»Meinst du, du kannst ein Feuer machen, Langes Leiden?«, fragt Reinald.

»Wird schon gehen. In der Kombüse liegt noch trocknes Holz«, sagt Langes Leiden. »Ich werde was zu essen machen.«

Als sie wieder an Deck kommen, ist die Sonne durchgebrochen. Die See ist spiegelglatt und das Schiff dümpelt wie ein Vergnügungsfahrzeug, doch die zerschmetterten Körper der Toten erzählen eine andere Geschichte.

Reinald übernimmt die Führung. Er lässt die Toten in Hängematten einnähen und zum Schanzkleid tragen, wo sie auf eine Planke gelegt werden. Böhnchen murmelt ein Gebet, die anderen hören mit gesenkten Köpfen zu. Ihre Trauer gilt ihren Mackern, dem Kapitän und Jurriaens weint keiner eine Träne nach.

Samuel und Jacob heben die Planke an und lassen Jurriaens, ohne eine Miene zu verziehen, über die Verschanzung gleiten.

Der Nächste ist Ruygveen.

Einer nach dem anderen verschwinden die Toten in den Fluten. Von den zweihundert Mann, die in Amsterdam an Bord waren, sind jetzt nur noch ungefähr dreißig geblieben.

7

Im Laderaum der *Hollandia* stehen viele Kisten, die sie neugierig aufbrechen. In einer ist Tafelsilber, bestimmt für die Niederländer auf Java, in einer anderen sind feine Tuche, Brüsseler Spitzen und einige Stücke vornehmer Kleidung.

»Also wirklich, nicht schlecht!«, sagt Jacob und stößt einen langen Pfiff aus.

Böhnchen setzt sich mit schwungvoller Geste einen eleganten Hut auf und ruft: »Wir sind reich, Männer! Mensch, da stehen noch mehr. Lasst uns das ganze Warenhaus aufbrechen!«

Mit Brecheisen machen sie sich an mehr als zehn Kisten zu schaffen, die am anderen Ende des Laderaums stehen.

»Steine! Was zum Teufel sollen wir mit Steinen?«, flucht Joris.

»Auf Java Häuser bauen«, sagt Winand. »Immer mehr Holländer lassen sich da nieder.«

Als sie wieder an der frischen Luft sind, betrachtet Reinald nachdenklich die beschädigten Masten und Decks.

»Wenn wir die ganze Sache herrichten, können wir vielleicht Madagaskar erreichen«, sagt er.

»Madagaskar?« Samuel runzelt die Stirn. Madagaskar ist allgemein als Zufluchtsort für Piraten und anderes Gesindel bekannt. Wer dort nichts zu suchen hat, lässt sich in der Gegend besser nicht blicken.

»Männer, wir haben keine große Wahl. Wir brauchen Material, um das Schiff zu reparieren. Auf Madagaskar gibt es bestimmt eine Schiffswerft«, sagt Reinald.

»Sollen wir nicht lieber zum Kap zurückkehren?«, fragt Jacob.

»Zu weit.« Winand schüttelt den Kopf. »Ich bin mit Reinald einer Meinung.«

»Ich fürchte nur, dass es mit den anderen Probleme gibt«, meint Reinald nachdenklich.

Winand nickt. »Da sind unangeahnte Mengen Alkohol im Laderaum. Sie waren so überdreht von all den Schätzen, dass sie kaum darauf geachtet haben, aber sie werden bald durstig werden.«

»Du hast Recht«, sagt Jacob. »Wir müssen sehr schnell Land erreichen, bevor alle sturzbetrunken an Deck liegen.«

»Und bevor das Wetter wieder umschlägt«, ergänzt Reinald. »Aber es wird nicht einfach sein, das durchzusetzen. Ich kann sofort ein paar nennen, die versuchen werden das Ruder an sich zu reißen.«

»Dann müssen wir ihnen eben zuvorkommen«, sagt Winand ruhig.

Reinald nickt. Wie selbstverständlich übernimmt er das Kommando.

»Madagaskar! Mensch, hör auf!«, ruft Willem Linken aus.

»Es ist unsere beste Chance«, sagt Reinald.

»Unsere beste Chance, dass man uns über die Klinge springen lässt«, ruft Willem hitzig. Er schaut sich nach seinen Mackern um, die zustimmend brummen. Dadurch angespornt fährt Willem fort: »So was kann sich nur ein Idiot ausdenken. Mann, wir müssen zurück zum Kap!«

»Wie willst du denn mit einem halben Mast das Kap erreichen?«, schreit Reinald ihn an.

»Genauso, wie du Madagaskar erreichen willst«, erwidert Willem gereizt.

»Mit etwas Flickerei hier und da ist Madagaskar zu schaffen«, beharrt Reinald. »Wenn der Wind ein bisschen zu stark weht, haut er uns alles wieder um. Das Kap ist zu weit weg. Wir fahren nach Madagaskar.«

»Und wer bist du, dass du das entscheiden kannst? Bist du etwa der Kapitän?«, fragt Willem herausfordernd.

»Irgendeiner muss das Kommando übernehmen. Betrachte mich ruhig als deinen neuen Kapitän«, entgegnet Reinald kalt.

Es wird totenstill.

Joris findet als Erster seine Sprache wieder. Ungläubig guckt er Reinald an. »Kapitän? Du? Woher nimmst du die Dreistigkeit…«, beginnt er aufgeregt.

»Hör zu, Maat!« Reinald reckt sich und sieht Willem und Joris drohend an. »Wie gesagt, einer muss das Kommando haben und da du dafür nicht in Frage kommst, übernehme ich diese Aufgabe. Hat jemand was dagegen?«

Willem wirft ihm einen abschätzigen Blick zu. Er schaut auf die anderen Maaten, aber die warten neugierig ab. Langsam geht er auf Reinald zu. »Ja«, raunzt er. »Da habe ich ganz bestimmt was dagegen. Deine eingebildete Visage hat mit von Anfang an nicht gepasst.«

»Dann schlage ich vor, dass wir das sofort miteinander ausmachen«, sagt Reinald.

»Na, dann komm her!«, schreit Willem und plötzlich blitzt ein Messer in seiner Hand auf.

Auch Reinald zieht sein Messer. Mit den Blicken verfolgt er jede Bewegung, die Willem macht. Plötzlich springt Willem vor und sticht zu, aber Reinald weicht ihm aus.

Wie zwei Katzen schleichen sie umeinander herum. Winand und Jacob schauen aufmerksam zu, greifen aber nicht ein. Böhnchen springt aufgeregt um die kämpfenden Männer herum. »Vorsicht, Reinald! Auwei, das war knapp! Pass auf!«

Reinald weicht einem erneuten Angriff aus und holt im selben Moment selbst aus. Auf Willems Wange zeigt sich ein blutiger Streifen. Mit einem rauen Schrei springt Willem seinen Gegner an.

Reinald ergreift ein Tauende, wirft es so, dass es sich um Willems Beine wickelt, und reißt ihn mit einem kräftigen Ruck um, sodass er auf den Rücken fällt. Sofort ist Reinald über ihm und setzt ihm das Messer an die Kehle.

»Nein!«, schreit Willem heiser.

»Von jetzt an hast du mir zu gehorchen«, zischt Reinald. »Das nächste Mal schneide ich dir die Kehle durch.«

»Stich ihn ab!«, schreit einer.

»Hier wird niemand abgestochen.« Reinald richtet sich auf und dreht sich um.

Willem rappelt sich auf und hebt den Arm, um sein Messer zu werfen, doch Winands eiserner Griff hindert ihn daran. Ohne lange zu fackeln, hebt er Willem hoch und wirft ihn über Bord.

Die Maaten rennen zum Schanzkleid und schauen hinunter.

Willem liegt schreiend in den Wellen. »Hier sind Haie!«, schreit er in Todesangst.

»Hol ihn rauf«, sagt Reinald.

»Ich denke nicht daran«, erwidert Winand. »Er wollte dir ein Messer in den Rücken werfen, der feige Hund. Lass ihn nur ersaufen.«

»Ein Hai!«, ruft ein Maat.

Erchrocken starren alle auf die Flosse, die durchs Wasser schneidet. Auch Willem hat die Gefahr erkannt.

»Holt mich rauf! Holt mich rauf!«, schreit er.

Winand wirft ein Tau über die Bordwand. Willems Hände greifen ins Leere. Ängstlich schaut er sich um.

»Dann nimm doch das Tau, Mann!«, brüllt Winand.

Willem ergreift das Tau.

»Ziehen!«, ruft Winand den Maaten zu.

Ein schrecklicher Schrei lässt sie erstarren. Um Willem herum färbt sich das Wasser rot. Zu sehen ist ein abscheulicher Rachen voller Zähne; dann wird Willem Linken unter Wasser gezogen.

Es bleibt lange still an Bord.

»Das hat er sich selbst zuzuschreiben«, sagt Winand ruhiger, als ihm zu Mute ist.

»Mörder!« Blass vor Wut tritt Joris vor, sieht sich aber sofort Winand und Jacob gegenüber, die beide ein Messer ziehen.

»Von wegen Mörder!«, sagt Jacob eiskalt. »Jeder hat gesehen, dass Willem Reinald von hinten angegriffen hat. Ich hätte keine Hand ausgestreckt, den feigen Hund zu retten.«

»Ich auch nicht!«, ruft Böhnchen.

Einige Männer brummeln zustimmend und betrachten verstohlen die grimmigen Gesichter von Reinalds Freunden. Sie sehen noch einmal über das Schanzkleid und beobachten Reinald aus den Augenwinkeln.

Reinald stellt sich neben Winand.

»So, Kapitän«, sagt Winand.

Es ist seltsam, so ohne weiteres Ruygveens Kajüte betreten zu können. Jeden Moment erwartet Reinald, seine Stimme zu hören: »Was zum Teufel machen Sie hier?«

Langsam geht Reinald durch den hellen Raum. Auf dem Orlopdeck stößt man sich dauernd den Kopf an den Deckenbalken, aber hier in der Kajüte kann man aufrecht stehen. Durch eine Fensterreihe strömt das Sonnenlicht herein. Es fällt auf kostbares chinesisches Porzellan, das während des Sturms zum größten Teil zerbrochen ist. Überall liegen Karten und Instrumente herum. Nichts ist mehr an seinem Platz und dennoch strahlt die Kajüte unglaublichen Luxus aus.

Reinald stellt den Schreibtisch wieder auf und legt die zu Boden gefallenen Utensilien darauf. Dabei entdeckt er eine kleine Schublade unter der Schreibtischplatte. Er zieht sie auf und sieht eine schwarz glänzende Pistole.

Reinald steckt sie ein, zieht einen Stuhl heran und räuspert sich, wie Ruygveen es immer gemacht hat. Er zieht den Atlas heran, blättert ein wenig darin und dann fällt sein Blick auf ein Tintenglas.

Reinald wühlt in den Sachen auf dem Tisch und findet auch die Gänsefeder. Sein Vater hat ihn lesen und schreiben gelehrt, aber nur auf einer Tafel. Reinald nimmt ein Pergamentblatt und schreibt darauf in schwungvollen Buchstaben seinen Namen. Wie das Blatt Pergament mit seinem Namen nun auf dem Tisch liegt, scheint es schon ein bisschen weniger die Kajüte von Ruygveen zu sein.

Er steht auf und geht zum Schrank in der Ecke. Der ist verschlossen, doch es kostet wenig Mühe ihn aufzubrechen, ohne großen Schaden anzurichten. Der Schrank ist voller Mappen,

Bücher und Karten. Auf dem obersten Brett liegt ein eleganter Anzug mit einem schwarzen Hut. Damit wollte der Kapitän wahrscheinlich auf Java einen guten Eindruck machen. An der Rückwand des Schrankes stößt Reinalds Hand an ein Kästchen. Er zieht es vor und untersucht das Schloss. Das wird nicht so einfach aufzubrechen sein. Er verlässt die Kajüte und kommt mit einem Brecheisen wieder, das er unter den Deckel klemmt. Das Kästchen springt auf. Begierig wühlt er in den silbernen und goldenen Schmuckstücken. Hier liegt ein kleines Vermögen!

Er nimmt ein goldenes Medaillon und öffnet es. Von einem Porträt sieht ihn eine Frau mit freundlichem Gesicht an. In der anderen Hälfte des Medaillons ist das Bild eines kleinen Mädchens, das große Ähnlichkeit mit Ruygveen hat.

Reinald lässt das Medaillon zuschnappen und legt es zurück in das Kästchen, das er in den Schrank auf den Anzug legt.

Eines Morgens, als die ersten Sonnenstrahlen über das Wasser gleiten, stößt Böhnchen einen Schrei aus. Vor dem Bug liegt eine grüne Küste. Madagaskar!

Sofort klettern alle Maaten in Windeseile in die Wanten. Land! Sie haben es geschafft!

Reinald jubelt nicht. Er schaut auf die Felsen vor der Insel. Es weht ein steifer Wind und die Strömung ist tückisch. Ein beschädigtes Schiff wie die *Hollandia* um die Felsen herum zu manövrieren ist eine gefährliche Sache. Der Zweite Steuermann Crispin Bols, der beim Sturm schwer verletzt worden ist, hat immer noch Fieber und ist zu schwach zum Aufstehen. Er hat Reinald Ratschläge gegeben und der ist nun auf sein eigenes Können angewiesen.

»Das schaffen wir nie«, sagt Winand besorgt.

Reinald antwortet nicht. Ihm schwitzen die Hände, aber er ist fest entschlossen, das Kap zu umfahren. Die Segel fangen immer noch Wind, aber jeden Augenblick können sie schlaff werden und dann ist das Schiff ein Spielzeug der Wellen und der Strömung. Vor der Küste sind scharfe Klippen.

»Wir werden zerschmettern!«, schreit Böhnchen.

Mit dem Wind voll in den Segeln macht das Schiff flotte Fahrt. Vor dem Bug tauchen die Felsen auf, Schaum spritzt hoch.

»Männer, refft die Segel!«, schreit Winand. »Wir haben den Wind genau gegen uns, da kriegen wir das Schiff nie hindurch!«

»Doch«, sagt Reinald schwer atmend. »Wenn wir schnell über Stag gehen, muss es möglich sein!«

»Idiot! Dann kentern wir!«, brüllt Winand.

Ängstlich schauen die Männer am Kolderstock auf die Klippen, auf die sie geradewegs zustürmen. Jetzt kommt es darauf an! Bleiben sie stecken, sind sie verloren. Ohne großes Vertrauen sehen sie Reinald an und verfluchen sich selbst, dass sie sich ihm ausgeliefert haben.

Die *Hollandia* neigt sich stark nach Backbord, der notdürftig reparierte Mast knirscht, ein paar Segel lösen sich. Aber dann segeln sie haarscharf an den spitzen Felsen vorbei und gleiten in die viel ruhigere Bucht.

Jubel steigt auf, Mützen werden in die Luft geworfen.

»Entweder bist du wahnsinnig oder du hast einfach unglaubliches Glück!«, sagt Winand verblüfft.

»Du kannst es dir aussuchen«, antwortet Reinald grinsend.

Ein blaues Meer voller Fische, eine hügelige Küste in flimmernder Hitze, in felsigen Buchten versteckte Liegeplätze – St. Augustine auf Madagaskar ist ohne Zweifel der ideale Unterschlupf für jeden, der etwas zu verbergen hat. Hinter den Korallenriffen liegen Piratenschiffe und warten, bis ein reich beladenes Kauffahrteischiff das Pech hat, ihre Aufmerksamkeit zu erregen.

Die erbärmlich aussehende *Hollandia* weckt kaum Interesse. Von Bord kommt eine wüst aussehende, sonnenverbrannte Besatzung. Die Kleidung der Männer ist zerschlissen und zerfetzt, sie haben überall Narben und keiner von ihnen hat noch alle Zähne im Mund. Sie unterscheiden sich nicht sehr von den Piraten, die normalerweise diesen Hafen anlaufen.

Die Männer suchen eine Schänke, gehen hinein und besetzen die noch freien Tische.

»Jedenfalls gibt es hier genug Schiffszimmerleute«, sagt Samuel, während er sich den Bierschaum vom Mund wischt. »Die Leute hier kommen von ihren Kaperfahrten bestimmt auch oft genug mit beschädigten Schiffen zurück.«

»Wir reparieren unser Schiff und dann haben wir die Wahl zwischen zwei Möglichkeiten«, sagt Reinald. »Wir können weiterfahren nach Java, die Ladung gegen Gewürze tauschen und zurück zum Heimathafen fahren.«

»Mit dreißig Mann?«, sagt Jacob skeptisch.

»Wir müssen natürlich erst die Besatzung aufstocken«, antwortet Reinald.

»Ziemlich wilde Gesellen hier.« Jacob schaut sich misstrauisch um.

»Du siehst selbst auch nicht viel ordentlicher aus.« Schmunzelnd betrachtet Reinald Jacobs zerrissenes Hemd, das eine ziemlich große Narbe auf der Brust sehen lässt.

»Umso besser. Dann gehen sie davon aus, dass wir genauso ein Gesindel sind wie sie«, meint Jacob.

»Eigentlich haben die Piraten doch ein feines Leben«, wirft Joris ein. »Wie die Made im Speck. Du bist dein eigener Herr, hast genug Geld, Schnaps ...« Ganz offensichtlich hat er seinen Macker Willem schon vergessen.

»Wenn wir nach Java fahren, werden wir für ein anderes Schiff geheuert. Dann können wir uns wieder für die Kompanie halb tot schuften.« Samuel blickt trübe in seinen Krug.

»Wir können natürlich auch auf eigene Faust etwas anfangen«, sagt Reinald.

»Was meinst du?«, fragt Langes Leiden vorsichtig. »Willst du auf Freie Fahrt gehen?«

»Daran denke ich, ja«, bekräftigt Reinald. »Samuel hat Recht, von unserer Heuer können wir ein paar Monate leben und dann müssen wir wieder anheuern. Ich habe keine Lust, mich den Rest meines Lebens auf einem Schiff abzuschuften. Wir sind die Überlebenden, wir haben das Schiff einigermaßen repariert und wieder seetüchtig gemacht. Also ist es nun unser Schiff.«

»Das finde ich auch!«, stimmt Böhnchen ihm begeistert zu.

Die anderen sehen sich schweigend an.

Reinald beugt sich etwas weiter über den Tisch und schaut sich in der Runde um. »Na los! Wer macht mit?«

Nur Böhnchen hebt den Arm. Verärgert sieht er die anderen an. »Ja, sagt mal, was ist denn mit euch los?«, ruft er aus.

Reinald und Winand sehen sich über den Tisch an.

»Willst du wirklich Seeräuber werden?«, fragt Winand. »Hast du eine Ahnung, was das bedeutet?«

»Reichtum«, antwortet Reinald. »Es wird mir ein wahres Vergnügen sein, die reich beladenen Schiffe der Kompanie unterwegs abzufangen.«

»Mir auch!«, ruft Böhnchen. Er stößt Reinald vertraulich an. »Ich möchte auch Fasanen von einem Zinnteller essen.«

»Das ist Diebstahl«, wendet Hendrick Geelvinck vorsichtig ein.

»Nein, Vorsehung«, antwortet Böhnchen schnell. »Das ist alles vorbestimmt. Wir folgen nur Gottes Willen.«

»Auf Piraterie steht die Todesstrafe. Ans Rad gebunden werden, eine halbe Stunde Folterschmerzen und dann der Strick. Denkst du dann noch an Fasanen?«, will Winand wissen.

»Winand, keiner zwingt dich mitzumachen«, sagt Reinald. »Wenn einer keine Lust dazu hat, bringen wir ihn ordentlich zum Kap und erst dann gehen wir aufs Meer hinaus.«

»So habe ich das nicht gemeint«, erwidert Winand. »Aber ich weiß, wie es den Seeräubern meistens ergeht. Sie entern ein Schiff, streichen fette Beute ein und lassen sich an Land mit Alkohol voll laufen. Das geht ein paar Mal gut, sie leben anständig davon, aber sie enden alle am Galgen.«

Es entsteht eine Stille.

Reinald schaut seinen Freund an. »Ja, so läuft das ab«, bekräftigt er. »Aber ich habe nicht vor, mir eine Bande von Idioten zum Vorbild zu nehmen. Oder glaubst du etwa, dass ich mich für den

Rest meines Lebens auf See herumtreiben will, mit mehr Rum als Blut in den Adern? Du enttäuschst mich, Freund! Nein, ein guter Fang und wir sind gemachte Leute. Dann setze ich mich schön zur Ruhe.« Schmunzelnd, die Hände im Nacken verschränkt, lehnt er sich zurück.

»Und wo?«, will Langes Leiden wissen. »In Amsterdam kannst du dich dann nicht mehr blicken lassen.«

»Es gibt noch mehr auf der Welt als Amsterdam«, entgegnet Reinald.

»Java muss wunderschön sein! Davon habe ich die wildesten Geschichten gehört«, sagt Jacob. »Phantastische weiße Landhäuser, schöne Frauen, gutes Essen und immer Sonne!«

Jetzt fangen auch die anderen an zu schwärmen. Einer malt die Zukunft schöner aus als der andere.

»Muss ich kämpfen? Mit einem Messer in der Hand auf Schiffe springen?« Langes Leiden schüttelt mutlos den Kopf. »Bisher bin ich höchstens einem Huhn mit dem Messer zu Leibe gerückt.«

»Natürlich brauchst du nicht zu kämpfen«, entscheidet Reinald. »Ein toter Koch kann nicht kochen.«

Langes Leiden verzieht das Gesicht, aber dann nickt er zum Zeichen dafür, dass er sich geschlagen gibt. Die anderen machen schon große Pläne. Nur Winand sagt nichts.

Reinald stößt ihn an. »Denk daran, dass du dich selbstständig machen wolltest«, sagt er.

Winand streckt ratlos die Hände in die Luft. »Gut, gut! Ich gebe zu, das ist verführerisch. Ein guter Fang und du bist mein Mann.«

Reinald streckt die Hand aus und Winand schlägt kräftig ein. Die anderen folgen dem Beispiel.

»Ein guter Fang«, sagt Reinald.

»Verwundet wurde ich als Steuermann, gesund werde ich als Pirat«, sagt Crispin Bols trocken. »Wer hätte das gedacht.«

Sie stehen auf einem Landungssteg und schauen an der hölzernen Bordwand der Fregatte hoch, die sie für die Silberstücke im Laderaum gekauft haben.

»Du kannst noch aussteigen«, sagt Reinald. »Niemand wird dich schief angucken. Nur ich, denn ich brauche dich.«

»Davon habe ich nichts gemerkt. Das war großartige Arbeit, die du beim Umrunden des Kaps geleistet hast«, sagt Crispin anerkennend.

»Eine Mischung aus Wahnsinn und Glück, fürchte ich«, antwortet Reinald.

»Du hast auf alle Fälle große Möglichkeiten, van Veghel. Große Möglichkeiten«, sagt Crispin.

Sie hören Schritte hinter sich und drehen sich um. Es ist Mattys, ein erfahrener Seemann, der in der Schänke saß und sich ihnen angeschlossen hat.

»Ein schönes Schiff.« Anerkennend schaut er hinauf zu den weichen Linien der Fregatte.

»Ja«, sagt Reinald. »Und schneller als jedes andere.«

Das neue Schiff wird kalfatert und das Deck wird gestrichen. Die Bordwand ziert der von Drachenköpfen eingerahmte grellrote Schriftzug *De Draeck*.

Dreißig kräftige junge Männer heuert Reinald an. Es sind erfahrene Seeleute, die es mit dem Gesetz nicht so genau nehmen, Männer, die ihre bloßen Fäuste gebrauchen, aber auch genauso gut mit dem Enterhaken und der Donnerbüchse umgehen können.

Sicherheitshalber, um jede Form von Meuterei im Keim ersticken zu können, umgibt sich Reinald mit einer sorgfältig ausgesuchten Leibwache.

»Ich weiß, dass ihr erfahrene Seeleute seid«, sagt er zu den an Deck versammelten Männern. »Ich weiß nicht, was ihr an Land gewesen seid, und das interessiert mich auch nicht. Was ich brauche, sind Seeleute, die ihren Mann stehen und blind gehorchen.«

»Und wer bist du, dass du das so einfach verlangst?«, murmelt ein roh aussehender Kerl namens Vincent.

Reinald stellt sich dicht vor ihn und schaut ihm scharf in die Augen. »Dass nur ja niemand an meiner Kommandogewalt zweifelt«, sagt er eisig. »Ich verlange absoluten Gehorsam und als Gegenleistung verschaffe ich euch die Beute. Haben wir uns richtig verstanden?«

Über Reinalds Schulter sieht Vincent Reinalds Freunde, die scheinbar zufällig etwas näher herankommen. Samuel säubert sich mit dem Messer die Fingernägel, Mattys hebt den gerade erst geschliffenen Säbel, um zu sehen, wie die rasiermesserscharfe Klinge in der Sonne blitzt.

»Haben wir uns richtig verstanden?«, wiederholt Reinald mit erhobener Stimme.

Sie sehen einander scharf an, dann gibt Vincent klein bei. »Verstanden, Kapitän.«

»Gut!« Grimmig lässt Reinald den Blick über die bis an die Zähne bewaffneten Männer gleiten. Er sieht keine aufsässigen Mienen mehr. Die meisten sind einzig und allein an Geld interessiert und das kann ihnen nur ihr Kapitän verschaffen, ganz gleich, wer das ist. Aber Reinald ist sich auch darüber im Klaren, dass er seine entschlossene Haltung beibehalten muss. Die jungen Männer müssen dauernd daran erinnert werden, wer ihr Anführer ist.

Schon am ersten Tag sitzt die halbe Besatzung total betrunken an Deck. Sie prahlen mit ihren blutigen Abenteuern auf See und den Frauen, die sie vergewaltigt haben.

»Ein feines Weib, das die da an Bord hatten! Sie schrie Zeter und Mordio und dann hab ich ihren Kopf so lange in einen Eimer Wasser gehalten, bis sie getan hat, was ich sagte!«

»Der Laderaum war voll Gold- und Silberreales! Ein großer Fang war das! Wir haben die ganze Besatzung ersäuft!«

»Hör dir das an! Das ist schlimmes Gesindel!«, sagt Winand. »Lass das lieber sein, Mann. Wie willst du die Bande im Zaum halten?«

»Indem ich ihnen Beute beschaffe. Darum geht es ihnen. Aber ohne unnötiges Blutvergießen! Übrigens können sie selbst im Kampf auch verwundet werden. Warum sollten sie ein Risiko eingehen, wenn es nicht nötig ist?«, sagt Reinald.

»Das hört sich zwar gut an, aber es sind genug dabei, für die Kämpfen das reine Vergnügen ist«, entgegnet Winand.

»Dann werde ich jetzt gleich ein für alle Mal klarstellen, wie hier die Regeln sind«, beschließt Reinald.

Er lässt die Männer antreten und spricht mit lauter Stimme zu ihnen: »Hört zu, Männer! Es geht uns nur um die Beute, damit das klar ist. Es wird nicht auf eigene Faust geplündert, alles wird am Großmast abgeliefert und gerecht aufgeteilt. Falls Frauen an Bord sind, werden sie nicht vergewaltigt und sinnloses Blutvergießen toleriere ich ebenso wenig!«

Fast gleichzeitig beginnen alle zu fluchen.

»Was ist das für Blödsinn? Kommt noch so weit, dass wir ihnen einen Verband anlegen müssen, wenn sie einen Splitter im Finger haben!«

»Wenn ich ein tolles Weib seh, nehm ich es mir!«

»Wer mir vor die Füße läuft, dem hau ich den Kopf ab!«

Dann tritt Mattys vor und sagt: »Van Veghel hat Recht. Es geht uns um die Beute. Mit den Taschen voll Geld brauchst du keine Frau zu vergewaltigen. Und in einem Kampf können wir selbst auch verwundet werden. Warum ein unnötiges Risiko eingehen?« Er wendet sich an Reinald und fährt fort: »Wenn du dein Versprechen hältst, machen wir's auf deine Art. Sorg für Beute!«

Einige seiner Freunde stimmen ihm zu, aber die anderen Männer schweigen und zwar weniger wegen seiner Worte als vielmehr wegen Reinalds bewaffneter Leibwache.

Als sie sich zerstreuen, schaut Mattys Reinald mit einem Blick des Einvernehmens an. Er klopft ihm auf die Schulter und geht weiter.

Reinald und Winand sehen sich an. »Ich glaube, da hast du einen wichtigen Freund gewonnen«, sagt Winand.

Die letzten Vorbereitungen werden getroffen. Die Besatzung rollt Fässer mit Wasser und Branntwein aus den Tavernen zum Kai, schleppt Säcke mit Reis und Bohnen und treibt eine Schar Tiere an Bord, die auf See geschlachtet werden sollen. Als der Laderaum voll ist und die letzte Inspektion zur Zufriedenheit verläuft, sind sie zur Abfahrt bereit. Die Segel blähen sich, das Schiff setzt sich in Bewegung und dann pflügt sich *De Draeck* seinen Weg durch die Wellen.

Reinald steht auf der Kampagne und atmet tief durch. Er schaut auf Crispin, der dem Rudergänger Befehle erteilt und dann ihm zugewandt den Daumen hochstreckt.

Die neu angeheuerten Männer sind unruhig. Die meisten sind lange nicht auf See gewesen und haben Lust auf Abwechslung. Zwei Tage treiben sie sich an der Südküste von Madagaskar herum, dann kreischt Böhnchen im Krähennest: »Schiff in Sicht! Engländer, glaube ich!«

»Engländer!« Samuel grinst. »Mit denen sind wir im Krieg. Ich glaube nicht, dass sie hier einen Angriff erwarten.«

»Die nehmen wir uns, die Windbeutel!«, wird gerufen.

Reinald schaut durch das Fernrohr. Ein Kauffahrteischiff, also wenig Kanonen an Bord, allerdings mit einer Übermacht an Männern. Mit einem Bluff und Schnelligkeit muss es zu schaffen sein. Er muss auf der Stelle entscheiden.

»Wir können sie kriegen.« Balduin de Wael taucht neben Reinald auf. Ihm fehlen einige Zähne und sein Gesicht ist von den vielen blutigen Kämpfen gezeichnet. »Was ist, Kapitän? Wir nehmen sie uns doch vor, oder?«

Reinald schaut auf das englische Schiff, das mit dem Laderaum voller Gold- und Silbermünzen unterwegs zum Orient sein muss. Seine Gier besiegt den Zweifel. Er lässt das Fernrohr sinken und schreit: »Wir gehen drauf los! Klar zum Wenden? Über Stag!«

Gebrüll erhebt sich, die Männer ergreifen ihre Waffen und gehen in Position. Das Bugwasser spritzt hoch auf. Mit der Piratenflagge im Top nimmt *De Draeck* direkten Kurs auf sein Opfer.

Reinalds Hände umklammern den Rand des Schanzkleides. Er macht ein verbissenes Gesicht, jeder Muskel seines Körpers ist angespannt. Pläne sind schnell gemacht, aber jetzt kommt es darauf an, sie auszuführen.

Er schaut sich um. Um den Großmast herum stehen Pfützen

mit Wasser, für den Fall, dass die Segel in Brand geraten. Die Männer laufen aufgeregt mit Hirschfängern und Enterbeilen über das Deck. Ihre entschlossenen Gesichter geben ihm wieder Vertrauen. Das sind keine Schlappschwänze, sondern Männer, die wissen, was sie wert sind, genau wie er.

Die Engländer haben das Piratenschiff bemerkt und setzen alle Segel. »Sie hauen ab!« Reinald ist höchst erregt. »Drauf los! Kanonen bereit? Hendrick, gib ihm einen Schuss vor den Bug!«

Ein Kanonenschuss donnert über das Wasser. In einer Wolke aus Pulverdampf holen sie die Engländer ein, die den Warnschuss mit einer ganzen Salve beantworten. Ein Volltreffer lässt das Deck der *De Draeck* erzittern. Die Piraten halten sich am Schanzkleid fest.

Wütend über den Schaden, den der Treffer angerichtet hat, springt Reinald in die Kuhl. »Acht Mann an die Pumpen!«, brüllt er. »Hendrick! Feuer!«

Halb im Pulverdampf erstickend, geben sie den Engländern eine ganze Salve. Die Segel geraten in Brand, und während die Engländer zu löschen versuchen, gelingt es den Piraten, längsseits zu kommen.

Sie werden mit Pistolenschüssen und Kanonenkugeln empfangen. Eine Kugel aus einer Drehbasse reißt Harm Simonsz ein Bein ab. Das Blut strömt über das Deck.

»Herrgott!« Winand fasst Reinald am Arm. »Die Sache gerät völlig außer Kontrolle!«

»Entern!«, schreit Reinald. »Sieg oder Tod!«

Die erfahrenen Piraten stehen schon mit Enterhaken bereit, die sie über das Schanzkleid des englischen Schiffes werfen. Mit wüstem Gebrüll klettern sie an Tauen auf die Decks und stürzen sich auf den beinahe wehrlosen Feind.

»Kein Blutvergießen!«, brüllt Reinald.

Der Befehl wird befolgt. Es ist auch gar keine Gewalt nötig, denn die Engländer leisten kaum Gegenwehr. Geduldig wie Schafe sehen sie zu, wie die Piraten ihr Schiff durchsuchen und alles an Deck bringen, was zu Geld zu machen ist.

»Bringt alles an Bord unseres Schiffes!«, befiehlt Reinald.

Das englische Kauffahrteischiff war unterwegs nach Asien. Mit vereinten Kräften werden Kisten voll Silbermünzen, Feuerwaffen und Munition durchgereicht. Als alles herübergeschafft ist, befiehlt Reinald seine Männer zurück an Bord der *De Draeck*. Die Engländer können ihre Fahrt ungehindert fortsetzen.

Nach all dem Lärm und der Gewalt ist es jetzt ganz still.

Arent Bakhuys ist vollauf mit den Verwundeten beschäftigt. Alle anderen drängen sich mit verschwitzten und pulverdampfgeschwärzten Gesichtern um den Großmast. Gierig greifen sie nach den Silbermünzen, bis Reinald dem Treiben mit einem Pistolenschuss ein Ende macht. Die Männer erstarren in ihrer Bewegung, einige ziehen ihre Waffe, lassen sie dann aber wieder sinken, als sich Reinalds Leibwache auf Deck verteilt.

»Zurück!«, befiehlt Reinald. »Keiner rührt die Kisten an. Alles wird ehrlich geteilt, niemand kommt zu kurz.«

Murrend treten die Männer zurück, aber als Reinald Wort hält und jeder seinen Teil bekommen hat, loben sie ihn und klopfen ihm auf die Schulter.

»Ist das nicht verrückt?«, fragt Winand grinsend. »Wenn sie darum kämpfen müssen, streichen die Stärksten immer den größten Teil der Beute ein. Die anderen müssen sehen, was übrig bleibt.«

Gemeinsam sitzen sie in der großen Kajüte am Tisch. Winand schenkt ein Glas randvoll mit Pflaumengenever und nimmt einen tüchtigen Schluck. »So«, sagt er. »Das war also das.«

Reinald schaut ihn an.

»*Einen* guten Fang, so war es abgemacht«, erinnert ihn Winand.

»War dies etwa ein guter Fang?«, fragt Reinald geringschätzig. »So viel ist nicht übrig, nachdem alles verteilt ist. Und wir haben so viel in dieses Schiff investiert, es wäre eine Schande, jetzt schon aufzuhören.«

Winand grinst. »Ich hab's geahnt!«

»Na ja, alles in allem haben wir jetzt reichlich Munition.« Reinald schmunzelt. »Und um dich zur Ruhe zu setzen, brauchst du Kapital.«

»Für ein eigenes Geschäft auch«, bekräftigt Winand. »Also, noch ein guter Fang?«

»Noch ein guter Fang«, antwortet Reinald und nickt.

Teil zwei

Madagaskar, 1655

Von Türk und Pirat voll wüster Wut
werden sie gejagt
und von viel Feinden mehr
mit Trug und bösen Ränken
die Männer die fahren zur See
sie müssen das bedenken

Gedicht eines anonymen Seemanns
aus dem Jahre 1639

8

Die ersten Tage auf See waren für Thies ziemlich beklemmend. Es war sehr aufregend, als *De Eenhoorn* am 21. Oktober 1655 von der Reede vor Texel abfuhr. Schon bald jedoch schienen ihn die Holzwände des ständig überfüllten Orlopdecks zu erdrücken und nun fragt er sich, worauf er sich eingelassen hat. Er kann keinen Schritt tun, ohne über Kisten und Taurollen zu stolpern, und auch die Reihe der Schiffskanonen steht im Weg.

Und dann der Gestank! Es ist Herbst und wegen der feuchten Witterung ist es im Orlopdeck nasskalt. Obwohl hin und wieder alles mit Essig geschrubbt wird, ist der Geruch von Fäulnis, schimmligem Holz und Schweiß nicht zu vertreiben. Außerdem laufen sie Gefahr, von den Engländern angegriffen zu werden, die seit zwei Jahren die Nordsee beherrschen.

Ohne seinen Bruder David hätte Thies es nicht ausgehalten. »Es fällt dir nicht leicht, stimmt's?«, fragt David, als sie gemeinsam in die Want klettern und sich hoch über dem Deck an der Rah hochziehen.

Thies schaut hinunter zum Schiff, das sich auf den Wellen hin und her bewegt. Er seufzt. »Nein, aber was hätten wir sonst tun sollen?«, antwortet er. »Alles ist besser als in schmutzigen Gassen zu betteln.«

»So ist es«, sagt David. »Du bist jedenfalls nicht mehr seekrank. Ich glaube, aus dir wird noch ein echter Seebär.«

Er grinst breit und auch Thies lacht.

»Bis jetzt läuft es wie geschmiert. Wenn du nur in meiner Nähe bleibst«, sagt David. »Los, Brüderchen, mach die Segel fest! Der Bootsmann hat uns schon eine ganze Weile im Auge!«

Thies macht sich sofort an die Arbeit.

Eines Tages, als sie das Kap umrundet haben, deutet David auf eine Schar vorüberfliegender Vögel.

»Albatrosse! Die kommen von Madagaskar«, sagt er.

Thies, der gerade zerfaserte Taustückchen in die Fugen zwischen den Decksplanken stopft, schaut auf. Madagaskar! Eine der Inseln, von denen in spannenden Seemannsgeschichten erzählt wird und die jedes Kauffahrteischiff in großem Bogen umsegelt. Da suchen Piraten Zuflucht und liegen auf der Lauer, um reiche Kauffahrer zu überfallen.

Sie segeln an Madagaskar vorbei, ohne einen Streifen Land oder ein Piratenschiff zu sehen. Aber als sie mitten auf dem Indischen Ozean sind und gerade beim Essen sitzen, wird die Besatzung von *De Eenhoorn* von der Alarmglocke und lautem Geschrei aufgeschreckt.

»Alle Mann an Deck!«

Ohne sich um ihr Essen in der Back zu kümmern, rennen die Männer hinauf. In großer Eile werden Musketen und Messer ausgeteilt.

»Stückpforten auf!«

Ein Großteil der Maaten verschwindet unter Deck, um die zugekalfaterten Luken vor den Kanonenrohren aufzubrechen und die Kanonen in Stellung zu bringen.

Sie nähern sich einer Insel, die auf der Karte nicht mehr als ein Pünktchen ist, einer Insel mit gefährlich aussehenden Klippen und tiefen Einbuchtungen. In der Mündung so einer Einbuchtung wartet ein Schiff mit gehisster Piratenflagge auf sie.

David schubst Thies vor sich her zum Galion und stellt sich dann vor ihn. Mit wachsamem Blick hält er seine Muskete bereit.

Thies schaut auf das Messer, das ihm jemand in die Hand gedrückt hat. Kalte Schauder kriechen ihm die Beine und den Rücken hinauf.

De Eenhoorn will dem Piratenschiff ausweichen, aber da wird schon eine warnende Salve auf sie abgefeuert. Die Kanonenkugeln schlagen kurz vor ihrem Bug ins Wasser, sodass der Schaum hoch aufspritzt.

Thies schaut hinüber zum Kapitän, der vom Kampagnedeck aus das Piratenschiff beobachtet und dem Konstabel Befehle erteilt.

Konstabel Nicolaas Boleyn lässt die Kanonen laden.

»Feuer!«, schreit er.

Eine ohrenbetäubende Salve beantwortet den feindseligen Gruß der Piraten. Im aufsteigenden Pulverdampf kann niemand sehen, ob sie getroffen haben, aber die Piratenflagge der Seeräuber kommt plötzlich sehr nahe an sie heran.

»Ruder um!«, schreit der Kapitän. »Über Stag!«

Keuchend und schwitzend versuchen die Männer das Schiff zu wenden. Hinter ihnen speit das Piratenschiff wieder Feuer und setzt zur Verfolgung an.

Gegen die schnelle, wendige Fregatte ist *De Eenhoorn* chancenlos. Der Feind holt sie schnell ein und drängt sie auf die Klippen einer anderen Insel zu.

»Verdammt«, flucht David. »Wenn wir bloß erst an der Insel vorbei wären! Dass wir nur nicht auf Grund laufen!«

Der Kapitän gibt weiterhin seine Befehle.

Im beißenden Pulverdampf zwinkert Thies mit den Augen. Durch einen Tränenschleier sieht er das Piratenschiff wie ein riesiges Ungetüm langsam näher kommen. Männer mit Pistolen und Dolchen stehen am Schanzkleid.

»Klar zum Entern!«, hört er eine Stimme brüllen.

Holländer!

»David!«, schreit Thies.

»Ich bin hier«, antwortet David. »Bleib dicht bei mir. Und wenn es nötig ist, zöger nicht und benutz dein Messer!«

Enterbrücken haken sich am Schanzkleid von *De Eenhoorn* ein. Mit Thies dicht auf den Fersen stürmt David auf das Schanzkleid zu. Keuchend vor Anstrengung zerren sie an den Enterhaken, ziehen sie hoch und hebeln sie vom Schanzkleid. Ein paar Piraten fallen ins Meer. Aber über die anderen Enterbrücken klettern wieselflink unzählige andere Piraten.

Mit markerschütterndem Geschrei springt ein Pirat an Bord,

dann noch einer und noch einer. Auf *De Eenhorn* werden die Piraten mit Musketen und Dolchen empfangen, doch mit ihren Enterbeilen treiben sie die Besatzung in die Enge.

Vom Kampagnedeck aus springen Männer von *De Eenhoorn* den Räubern auf den Rücken. Messer blitzen auf, Füße stampfen aufs Deck, der Lärm ist ohrenbetäubend. Ein paar Maaten, die in die Enge getrieben und mit Beilen bedroht werden, springen über Bord.

Der Kampf ist nach einer halben Stunde beendet und verloren. Als die Kauffahrer schließlich von einer Übermacht umzingelt sind, lassen sie sich entwaffnen. Halb versteckt hinter Davids Rücken, sieht Thies die Piraten näher kommen. Er hatte eine Bande von Rohlingen erwartet, mit Ringen in den Ohren und Narben auf der Brust, aber sie sehen nicht viel anders aus als die armen Schlucker, die man in Amsterdam sieht. Trotzdem zittern ihm die Knie.

Der Anführer der Piraten tritt einen Schritt vor. Es ist ein hoch aufgeschossener, breitschultriger Mann von Anfang zwanzig. Im Gegensatz zu den anderen Piraten trägt er ein langes ledernes Wams, eine kurze Hose und Schuhe mit Kupferschnallen. Sein dunkles Haar ist kurz geschnitten und nach hinten gekämmt.

David stößt seinen Bruder an. »Das muss van Veghel sein«, zischt er. »Auf den Kopf von dem Kerl steht ein enormer Preis!«

Thies erinnert sich. In der Republik brodelt es von Gerüchten über einen Holländer, der ohne Kaperbrief auf eigene Faust Schiffe überfällt. Seine Umtriebe machen das reiche Bürgertum ganz schön nervös, denn er nimmt ihnen einiges von ihrem Kapital ab.

Thies spürt, dass David Angst hat. Seine Muskeln sind angespannt, als wäre er bereit, um sein Leben zu kämpfen. Aber wenn die Piraten blutrünstig wären, hätten sie ihnen dann nicht schon längst die Kehle durchgeschnitten?

Unsicher über ihr Schicksal warten die Besiegten ab.

»Gibt es an Bord einen Schiffsarzt?«, fragt der Piratenkapitän barsch.

Zitternd tritt der Schiffsarzt einen Schritt vor.

»Kümmer dich um deine Männer«, befiehlt der Pirat. »Aber keine Tricks, denn um *dich* wird sich dann keiner kümmern!«

Er tickt mit der Säbelspitze auf die Decksplanken. Der Arzt nickt zum Zeichen, dass er verstanden hat.

»Aber dann muss ich erst meine Instrumente holen, mein Herr«, sagt er untertänig.

Der Pirat macht eine Kopfbewegung zu seinen Männern. »Geh mit ihm, Jacob. Und hol sofort das Logbuch.«

Bald darauf kehrt Jacob mit dem Arzt zurück, der sich eilig an die Arbeit macht.

Der Piratenkapitän blättert im Logbuch. »Hm«, brummt er. »Unterwegs nach Ostindien? Das ist interessant.« Er wendet sich an den blassen Kapitän. »Ich bin gespannt, welche Überraschungen Sie für uns im Laderaum haben, mein Herr«, sagt er grinsend.

Der Kapitän kann sich nur mit Mühe beherrschen.

»Ich verstehe nicht, was ihr von uns wollt«, sagt er. »Wir haben überhaupt keine kostbare Ladung.«

Van Veghel liest sich die beschriebenen Seiten durch. »Sie irren sich, guter Mann«, sagt er. »Ihr Laderaum muss voll Proviant sein und das ist genau das, was wir brauchen. Wenn ich nicht irre, haben Sie am Kap gerade Zitronen und Sauerampfer eingeschlagen. Aha, sieh mal an, da steht es ja. Das freut mich aber. Ein paar meiner Männer leiden an Skorbut, wissen Sie, und ich möchte sie nicht gerne verlieren.«

Er blättert weiter. »Dieses Schiff heißt also *De Eenhoorn*? Sehr gut! Der Name gefällt mir. Von jetzt an betrachte ich es als mein Schiff.«

»Schuft!«, zischt der Kapitän. »Nur über meine Leiche!«

»Ja, von mir aus«, sagt van Veghel. »Wenn es nötig ist. Winand, sperre diesen Herrn sicher ein.«

Der kräftig aussehende Mann, der neben dem Piratenkapitän steht, führt den fluchenden Kapitän des geenterten Schiffes ab und dann ist es plötzlich still an Deck.

Van Veghel geht langsam auf und ab und mustert die besiegten Männer. Die lang anhaltende Stille steigert die Spannung. Einige Männer beten leise. Van Veghel bleibt dicht vor ihnen stehen. Sein Blick schweift über die Gefangenen, die alle seinen Blick erwidern. Mit kurzem Kopfnicken wählt er ungefähr fünfzig Männer aus, die sofort ins Zwischendeck gebracht werden.

Thies erstarrt vor Angst, als er den festen Griff eines Piraten um seinen Arm spürt. Er schaut sich nach David um, der auch nach unten geführt wird. Vor Angst hat er einen ganz trocknen Mund. Jetzt werden sie ermordet. Er hat nur noch wenige Augenblicke zu leben! Als sie alle unten sind, bleiben zwei mit Pistolen bewaffnete Männer als Wache bei ihnen, die anderen gehen wieder die Treppe hinauf aufs Deck.

Die Stille lastet schwer auf den Gefangenen. Thies sieht in angespannte Gesichter. Die Piraten scheinen nicht die Absicht zu haben, sie zu erschießen, aber richtig beruhigt ist er noch nicht.

Plötzlich dreht sich David ruckartig zu ihm um.

Sie fahren!

Durch die offenen Stückpforten sieht Thies, dass sie im Schlepptau zu einer Einbuchtung der Insel gezogen werden. Als das Schiff still liegt, kommen ein paar Piraten herunter und jagen sie nach oben.

Thies sucht mit Blicken die Decks des Schiffs ab. Von den anderen Männern der Besatzung ist nichts zu sehen. Sein Magen krampft sich zusammen vor Schreck, aber Blutflecken kann er nirgends entdecken. Sie haben sie doch nicht einfach über Bord geworfen?

Da hört Thies lautes Kreischen. Er dreht sich um, legt eine Hand über die Augen und schaut hinüber zur Insel. Sie sieht fruchtbar aus, er sieht sich wiegende Palmen und dichten Urwald, aus dem das Kreischen kommt.

Die Gefangenen werden in Jollen zum Strand gerudert, wo ein primitives Lager aus Zelten und Holzhütten aufgebaut ist. Warmer Seewind raschelt in den Palmblätterdächern der Hütten. Die Piraten springen in die Wellen und ziehen die Boote auf den Strand.

Die Gefangenen werden aus den Booten geholt. Thies strauchelt. Er bekommt Sand in den Mund, doch bevor er ihn ausspucken kann, wird er schon zu einer Palme geschleppt und daran festgebunden.

Die Piraten laden Kisten mit Alkohol und Proviant aus den Jollen. Einige marschieren in den Urwald. Niemand kümmert sich um die Gefangenen.

David ist an dieselbe Palme gebunden wie Thies, aber die Stricke sind so fest, dass sie sich nicht berühren können. Konstabel Nicolaas Boleyn und der Erste Steuermann Giesbert Lummers stehen an der Palme neben ihnen und versuchen sich zu befreien. Sie erreichen jedoch nur, dass ihre Handgelenke anschwellen.

»Alles in Ordnung, Thies?«, fragt David.

»Ja«, flüstert Thies. »Was werden sie mit uns machen, David?«

Er bekommt keine Antwort.

Etwas später kommt van Veghel zu ihnen. Er bleibt dicht vor ihnen stehen und sagt in barschem Ton: »Sperrt die Ohren weit auf. Ihr habt die Wahl: Ihr könnt euch uns anschließen oder nicht. Ganz einfach. Diejenigen, die sich anschließen wollen, können sofort bei der Reparatur eures früheren Schiffes helfen. Die anderen sind frei und können gehen.«

Die Gefangenen sehen sich ungläubig an.

Van Veghel geht langsam auf und ab und wartet einen Moment, bis er weiterspricht: »Ich kann euch ein Leben voller Abwechslung und Reichtum bieten. Bis jetzt habt ihr euer Leben für andere riskiert.« Der Piratenkapitän schaut auf, sein Blick verklärt sich. »Bei uns ist das ein bisschen anders«, sagt er. »Wir riskieren unser Leben ausschließlich im eigenen Interesse. Wir machen keinen Unterschied, jeder bekommt seinen Anteil. Überlegt es euch.«

Van Veghel dreht sich um und geht. Er nickt zweien seiner Männer zu, die daraufhin aufstehen und den Gefangenen die Fesseln durchschneiden.

Sie lassen sich in den Sand fallen und bleiben dort zusammen sitzen.

»Denkt der etwa, ich mache unser Schiff für ihn wieder seeklar? Ich bin doch nicht verrückt!«, sagt Boleyn wutschnaubend.

»Was hat er eigentlich gesagt? Dass er uns gehen lässt?«, flüstert Giesbert Lummers. »Damit meint der Schuft bestimmt etwas ganz anderes. Dass wir nach Hause schwimmen können oder so.«

»Lieber ertrinke ich, als dass ich mich diesen Schweinen beuge«, poltert Boleyn wieder.

Thies rutscht etwas nach hinten und zieht David mit. »Ich nicht!«, flüstert er. »Ich will nicht für ein Holzschiff krepieren. Wir sollten lieber einwilligen.«

David nickt. »Vielleicht ist van Veghel gar nicht so schlimm, wie man sagt. Bis jetzt hat er uns nicht schlecht behandelt.«

Sie schauen hinüber zu einer anderen Gruppe Gefangener, die helfen müssen, das Piratenschiff zu kalfatern.

David und Thies stehen auf und gehen zu ihnen. Thies spürt van Boleyns wütenden Blick im Rücken brennen. »Verkommene Überläufer!«, hört er gerade noch.

Die Piraten mustern die Neulinge spöttisch grinsend.

»Warum tragt ihr bei der Hitze einen Kittel? Der Schweiß läuft euch ja den Rücken runter!«, sagt Isebrant mit lauter, rauer Stimme.

»Weil wir keine Lust haben, bei lebendigem Leib zu verbrennen«, antwortet David.

»Blutarme Waschlappen!«, höhnt Isebrant. »Was seid ihr denn für Seeleute mit so 'ner Mädchenhaut!«

Thies schaut verlegen zur Seite. Er ist erleichtert, als Isebrant weggeht.

»Ihr habt auf alle Fälle mehr im Kopf als die da.« Langes Leiden kommt mit einem Krug Wein und deutet mit einem Kopfnicken in Richtung Urwald auf die Offiziere von *De Eenhoorn*, die im Schatten sitzen und sich immer noch stur verweigern.

Thies scheuert sich mit Sand das Pech von den Händen und schaut sehnsüchtig zur tiefblauen Bucht. In dem grobleinenen Kittel ist es tatsächlich sehr heiß. Neidisch schaut er auf die Männer, von denen die meisten mit nacktem Oberkörper herumlaufen.

»Was meinst du? Ob wir mal eben baden dürfen?«, fragt er.

»Halte ich nicht für vernünftig«, sagt David kurz.

Thies seufzt. »Aber mir ist so heiß! Und sieh dir mal an, wie ich aussehe, überall Teer!«

Der Nachmittag kriecht dahin. Der Geruch von Pech, gehobeltem Holz und Schweiß vermischt sich mit der salzigen Seeluft. Als die Arbeit des Tages getan ist, lassen sie sich todmüde in den Sand fallen.

»Ich kann nicht mehr«, stöhnt Thies. »Die lassen uns arbeiten, bis wir umfallen! Und was kommt danach? Was haben sie mit uns vor?«

»Keine Ahnung«, antwortet David. »Wir müssen erst mal mitspielen. Irgendwann werden wir diese Insel verlassen und dann sehen wir weiter.«

»Wenn wir dann noch leben«, meint Thies niedergeschlagen.

Ein Viertel der Besatzung von *De Eenhoorn* hat sich Reinald van Veghel und seinen Männern angeschlossen. Abends sitzen sie in einigem Abstand zu den Piraten an ihrem eigenen Lagerfeuer. Die Sonne geht langsam unter und färbt die Korallenfelsen und die spiegelglatte Bucht rosarot. Eine Abendbrise weht den durchdringenden Geruch von Kräutern heran. Fackeln und Lagerfeuer verbreiten ein bizarres Licht.

Am Morgen haben sie den Jollen mit den Männern nachgeschaut, die sich den Piraten verweigert haben. Jetzt sitzen Thies und David dicht nebeneinander und schauen aufs offene Meer.

»Sie haben sie wirklich gehen lassen«, sagt Thies leise.

»Ja, aber wie weit werden sie kommen, was meinst du?«, fragt David.

»Ich hab gesehen, dass sie Wassersäcke und Proviant in die Boote geladen haben. Und Mauritius ist nicht weit weg, meint van Veghel«, sagt Thies.

»Mich wundert, dass auf seinen Kopf ein Preisgeld ausgesetzt ist. Der Kerl müsste heilig gesprochen werden«, spottet David. »Ich trau der Sache nicht, Thies. Es ist zu schön, um wahr zu sein. Nur Gott weiß, in welchem Zustand die Boote sind oder wie lange man mit so einem Wassersack auskommt. Ich hoffe, dass ich mich irre, denn sonst sterben sie einen langsamen Tod.«

Thies rutscht unruhig im Sand hin und her. Er schaut zu der Gruppe Piraten hinüber, die um das Feuer sitzen, trinken und Witze erzählen. Andere unterhalten sich ruhig oder schauen hinaus auf die Bucht. Ein kleiner, buckliger Mann, der Böhnchen genannt wird, betet sogar.

»Herr, segne diese Speise«, murmelt er mit geschlossenen Augen, haut aber zugleich dem Mann kräftig auf die Finger, der ihm stiekum das Fleisch vom Teller klauen will.

»Meiner Meinung nach wird der Mann hier auch festgehalten«, flüstert David. »Der betet den ganzen Tag und bekreuzigt sich.«

»Ich werde ihn morgen aushorchen«, antwortet Thies flüsternd. »Vielleicht können wir uns gegenseitig helfen.«

Am nächsten Morgen macht er sich an den Mann heran, als er in der Bucht mit einem Speer Fische angelt.

»Hallo«, sagt Thies so unverfänglich wie möglich.

Böhnchen schaut auf. »Aha, da kommt Hilfe!«, sagt er.

»Brauchst du die?«, fragt Thies vorsichtig. »Mein Bruder und ich…«

»Ja, ruf den Miesepeter auch her! Dann kann er sich mal nützlich machen. Weißt du wenigstens ungefähr, wie viele Fische man für ein vernünftiges Mittagessen braucht?«

Thies starrt ihn an. »Wirst du hier gefangen gehalten?«, fragt er rundheraus.

Böhnchen lacht schallend auf. »Gefangen? Ich? Wie kommst du denn darauf?«

Für einen Moment ist Thies sprachlos, dann sagt er: »Du läufst immer rum und betest und bekreuzigst dich. Ich dachte …«

»Das tu ich, weil ich guten Grund haben, Gott für vieles dankbar zu sein«, antwortet Böhnchen.

»Dankbar? Weil du eines Tages als Mörder hängen wirst?«
»Ich habe noch keinen ermordet«, sagt Böhnchen beleidigt.
»Aber wenn ihr ein Schiff entert …«, beginnt Thies.
»Dann sitz ich hoch im Krähennest und werfe mit Stinktöpfen«, fällt Böhnchen ihm ins Wort.
»Und du meinst, damit bist du dann nicht schuldig?«, fragt Thies ungläubig. »Mord ist eine Todsünde!«
»Wenn mein Schnapsgläschen umfällt, das ist eine Sünde«, sagt Böhnchen kichernd.

Sobald sie genug Mut gefasst haben, erkundigen sich David und Thies bei Reinald nach ihren früheren Mackern.
»Die sitzen längst auf einem Schiff Richtung Holland«, sagt van Veghel gleichgültig,
»Das glaube ich nie und nimmer«, sagt David.
Reinald sieht ihn streng an. »Was denkst du denn, Junge? Die meisten von uns sind arme Schlucker, nicht besonders gut und nicht besonders schlecht. Die Umstände haben uns zu dem gemacht, was wir jetzt sind. Es ist so einfach, rechtschaffen zu sein, wenn der Magen nicht vor Hunger rebelliert. Wenn du die Burschen hier etwas besser kennen lernst, wirst du sehen, dass sie nicht alle gleich schlecht sind.«
»Das glaub ich gern«, sagt David, »manche sind bestimmt schlimmer.«
Reinald schmunzelt.
»Aber es ist doch gefährlich, seine Feinde freizulassen«, sagt Thies misstrauisch.
»Ich bin kein Mörder«, entgegnet Reinald.
»Da ist man in Amsterdam aber anderer Meinung«, rutscht es Thies heraus. »Du stehst in jeder Zeitung! Es ist sogar eine Belohnung ausgesetzt. Sobald du einen Fuß an Land setzt, wirst du festgenommen und ans Rad gebunden.«
»Dann werde ich dafür sorgen müssen, dass sie mich nicht erwischen«, sagt Reinald ziemlich unbeeindruckt. Er dreht sich um und geht. Thies folgt ihm.

»Also wenn ich jetzt weg will…«, beginnt er vorsichtig.

»Dann kannst du gehen«, sagt Reinald. »Niemand ist gegen seinen Willen hier.«

»Warum hast du uns dann nicht alle sofort freigelassen, statt uns zu bedrohen!«, braust Thies auf.

»Ich habe euch keinen Moment bedroht. Du hattest die Wahl: mitmachen oder gehen. Habe ich gesagt, dass ich dir die Kehle durchschneiden würde?«

»Nein«, gibt Thies verwirrt zu. »Aber ich dachte…«

»Ich weiß, was du dachtest, und du bist lieber kein Risiko eingegangen. Aber nenn mir doch mal einen Grund, weshalb ich euch töten sollte! Mich interessiert nicht euer Leben, sondern das, was im Laderaum liegt.«

Thies starrt ihn sprachlos an.

»Also wenn ich…«

»Hättest du mein Angebot abgelehnt, wärest du schon lange unterwegs nach Amsterdam.« Reinald lacht über Thies' verdutztes Gesicht und klopft ihm auf die Schulter. »Tröste dich, Junge, im tiefsten Innern willst du lieber hier sein. Sieh dich doch mal um! Hast du hier nicht alles, wovon du je geträumt hast? Es gibt so viele Burschen wie dich, die von fernen Reisen, schönen Mädchen und aufregenden Abenteuern träumen. Und was kriegen sie? Sie arbeiten sich halb tot, und wenn sie mit etwas Glück nach zwei Jahren wieder in Amsterdam landen, bekommen sie eine Heuer, von der sie gerade mal ein paar Monate leben können. Also sind sie gezwungen, wieder anzuheuern, grad so lange, bis sie einmal Pech haben und in ihre Hängematte eingenäht werden. So enden die meisten: als Fischfutter.«

Er wendet sich abrupt ab und geht davon.

Thies bleibt verwirrt zurück. Wenn er jetzt ein Boot hätte, würde er dann fliehen? Ja, natürlich. Sofort. Nicht umsonst träumt er jede Nacht von Holland. Aber dann? Wieder auf einem Schiff der V.O.C. anheuern?

In Gedanken versunken pieselt er an eine Palme. Ein leises Geräusch hinter ihm lässt ihn vor Schreck einen Luftsprung machen.

»Ich bin es nur«, sagt David.

»Du sollst dich nicht so an mich heranschleichen! Ich habe mich zu Tode erschrocken!«

»Das war auch meine Absicht«, sagt David. »Du musst besser aufpassen. Ich brauch dir nicht zu sagen, was sonst passiert. Siehst du, da kommen Isebrant und Vincent. Nichts anmerken lassen, verstanden?«

Thies dreht den Männern den Rücken zu und fummelt nervös an seiner Hose, aber David fasst ihn am Arm.

»Nichts anmerken lassen, sagte ich«, wiederholt er.

»Was macht ihr denn da?« Isebrant sieht Davids Hand auf Thies' Arm. »Siehst du das, Vincent, jedes Mal, wenn sie pissen müssen, stehen sie plötzlich ganz dicht beieinander.«

»Man könnte sich beinahe seinen Teil denken«, sagt Vincent. »Nein, gib mir lieber ein feines Mädchen. Mann, was ist das für ein kümmerlicher Strahl. Ich zeig dir mal, wie ein richtiger Mann pisst!«

»Schieß doch in den Wind!«, schnauzt David ihn an.

Isebrant und Vincent lassen die Hose herunter und zielen brüllend vor Lachen auf David und Thies, die sich hastig aus dem Staub machen.

»Schweinebande«, sagt David außer sich vor Wut. »Alles Gesindel hier, aber die beiden sind am schlimmsten!«

»Sieh nur, da!«, ruft Thies und deutet zur Flutlinie. Da ziehen ein paar Piraten ein riesiges Tier mit einem seltsamen Schild auf dem Rücken auf den Strand. Sie schreien sich an und springen um das Tier herum.

»Was ist das?«, fragt Thies neugierig, als sie hingelaufen sind und bis zu den Knöcheln im Wasser stehen.

»Zurück«, warnt Jacob ihn. »Das ist eine Schildkröte. Pass auf, ihr Maul und ihre Klauen sind messerscharf.«

Während zwei Mann die Schildkröte auf den Rücken drehen, stechen die anderen mit scharfen Messern auf das Tier ein. Das Blut strömt über den weißen Sand und Thies verspürt Mitleid mit dem plumpen, hilflosen Tier.

Ein langer, sonnengebräunter Pirat, der Mattys genannt wird, sieht seinen Gesichtsausdruck und schmunzelt. »Schildkrötenfleisch ist eine Delikatesse!«, sagt er. »Die hier reicht für ein paar Tage. Kommt, Jungs, packt mal mit an.«

Sie schleppen das Tier weiter auf den Strand und schlachten es. Thies schaut zu, wie Langes Leiden dem Tier zu Leibe rückt.

»Die hier ist sehr gut! Das wird ein besseres Essen, als du jemals an Bord bei der V.O.C. zu sehen kriegst«, verrät er Thies und blinzelt ihm zu.

Thies lacht ein wenig.

»Wenn du mir hilfst, heb ich dir ein großes Stück auf«, verspricht Langes Leiden. »Siehst du, das Fleisch kommt eine Stunde in eine Schweinsblase, so verliert es nicht den Saft. Gut zubinden. Ja, gut so. He, ich hab einen Kombüsenmoses!«

Sein Lachen klingt so hoch, dass Thies ihn kurz überrascht ansieht.

»So lach ich nun mal«, sagt Langes Leiden aufgeräumt. »Meine Stimmbänder sind in den Tropen geschmolzen.«

»Ehrlich?«, fragt Thies ungläubig.

»Hast du davon noch nicht gehört? Da ist es so heiß, dass alles schmilzt, wenn du länger als ein Stundenglas nichts trinkst«, erzählt Langes Leiden. »Übrigens, guck dir mal meinen Kopf an. Kahl gebrannt! Darum nehm ich jetzt immer jedes Stundenglas ein schönes Schlückchen. Man muss schließlich an seine Gesundheit denken, nicht wahr?«

Thies schaut ihn nachdenklich an.

Abends liegt über einem großen Teil des Strandes der Geruch von brennendem Holz und gebratenem Fleisch. Mit einer Soße aus Eigelb und Fischhäppchen ist die Schildkröte ein Festessen.

Wilde Geschichten werden erzählt, der Alkohol fließt reichlich und es wird viel gelacht. Auch einige Männer von *De Eenhoorn* stimmen ein. Andere essen schweigend und starren aufs Meer.

Thies sitzt neben Samuel. Verstohlen betrachtet er das braun gebrannte Gesicht des Piraten und die Narben auf seinem muskulösen Nacken.

»Was hast du gemacht, bevor du…«, beginnt Thies zögernd.

Samuel schaut zur Seite. »Bevor ich den falschen Weg eingeschlagen habe?«, fragt er schmunzelnd. »Ich war Schuhmacher. Das heißt, mein Vater war es und ich sollte es auch werden. Aber ich hatte überhaupt keine Lust, für den Rest meines Lebens in einer viel zu dunklen Werkstatt über Lederlappen gebückt zu sitzen und mir die Augen zu verderben. Und das kalte Holland hatte ich auch satt. Ich wohnte in Hoorn und trieb mich immer im Hafen bei den Molentürmen herum. Und da hörte ich Geschichten vom Urwald, von Papageien, Affen und pechschwarzen Menschen. Das wollte ich auch einmal sehen. Also musterte ich auf der *Nieuw-Hoorn* an.

»Und?«, fragt Thies neugierig.

»Die Affen und die Urwälder kriegte ich zu sehen. Und die pechschwarzen Menschen auch, wenn auch nur auf dem Sklavenmarkt. Glaub mir, Junge, es gibt eine Menge Leute, die sich auf Kosten anderer bereichern. Auf Java sah ich, wie der Kapitän und die hohen Offiziere einen Gewinn bringenden eigenen Handel mit Tauschwaren begannen, die sie mitgenommen hatten. Auf dem Platz im Laderaum hätten Lebensmittelvorräte lagern müssen. Und wir, die normalen Seeleute, hielten ihnen einen Sonnenschirm über den Kopf, während uns selbst fast das Gehirn schmolz. Auf meiner zweiten Reise, auf der *Hollandia*, lernte ich Reinald van Veghel kennen. Und als er die Freie Fahrt wählte, brauchte ich nicht lange nachzudenken.«

»Die Freie Fahrt«, wiederholt Thies. »Nennt ihr das so?«

»Hört sich das etwa nicht gut an? Wir sind so frei wie ein Vögelchen!«, sagt Samuel. »Die gesamte Beute wird ehrlich verteilt, und wenn du nicht so dumm bist und alles für Schnaps und Huren wieder ausgibst, kannst du später gut davon leben.«

Thies schaut sich im Kreis der Piraten um. Manche sitzen beim Essen aufrecht, andere sitzen nach hinten gelehnt und auf einen Ellbogen gestützt im Sand, trinken und erzählen schmutzige Witze. Jeder von ihnen hat sich irgendwann für dieses Leben entschieden. Warum?

Aus Neugier auf ihre Geschichten bemüht sich Thies in den folgenden Tagen, sie etwas besser kennen zu lernen. Mit Böhnchen spießt er jeden Morgen Fische und der erzählt ihm von den Ereignissen auf der *Hollandia*. Mit Winand geht er auf der Insel Wache und unterhält sich mit ihm über dieses und jenes, als gingen sie in Amsterdam auf dem Dam spazieren. Er lernt Mattys kennen, der wegen Mordes an dem Bewohner eines großen Herrenhauses gesucht wird, in das er eingebrochen hatte.

»Ich hatte nichts zu fressen!«, sagt Mattys. »Und Hunger tut weh, weißt du das? Irgendwann tust du wirklich alles, um an etwas zu essen zu kommen. Das geht neunmal gut und beim zehnten Mal bist du der Dumme. Ich hatte keine Lust, meine Hand auf den Hackblock zu legen, und bevor ich wusste, was ich tat, rückte ich dem Kerl auf den Leib. Konnte doch nicht ahnen, dass ihm der Kopf so lose auf den Schultern saß. Er knallte gegen die Wand und war mausetot. Beim ersten Hahnenschrei bin ich auf See geflohen. Auf halbem Wege der Reise hatten sie mich am Wickel. Dabei hatte ich bloß geträumt und im Schlaf gequasselt. Auf dem Kap hab ich mich dann verdrückt, ins Binnenland. Mann, das hab ich vielleicht oft bereut! Mehr tot als lebendig wurde ich von ein paar Eingeborenen eingefangen. Ich dachte, meine letzte Stunde hat geschlagen, denn die Leute denken ja oft, dass jeder Weiße ein Sklavenhändler ist. Aber danach sah ich wohl doch nicht aus, denn sie habe mich aufgepäppelt. Mit irgend so einem Segelboot, das sie selbst gebaut hatten, bin ich nach Madagaskar übergesetzt. Anständige Leute kommen da nicht hin, das schien mir also ein sicheres Plätzchen. Ein Jahr lang hab ich da mein Brot als Schiffszimmermann verdient und dann sah ich, dass van Veghel eine Besatzung für die Freie Fahrt anheuerte. Das schien mir das Richtige. So bin ich also hier gelandet.«

Thies ist beeindruckt von diesen Geschichten. Plötzlich sieht er die Piraten mit ganz anderen Augen.

9

Zwei Tage später, als *De Eenhoorn* und *De Draeck* kalfatert und die Laderäume voller Proviant sind, laufen sie wieder aus.

Thies geht an Deck der *De Draeck* hin und her und ist froh, statt heißem Sand wieder Planken unter den Füßen zu haben.

»Hisst die Segel!«, schreit Reinald.

Die Brandung schlägt unentwegt gegen das Schiff. Das Wasser steigt und langsam kommt *De Draeck* vom Sandboden frei. Als die Flut am höchsten ist, sticht das Schiff in See. *De Eenhoorn* folgt unter dem Befehl von Crispin Bols.

Das Geräusch der Brandung bleibt hinter ihnen, weicht dem unruhigen Wellenschlag des offenen Meeres. Die Männer, die keine Wache haben, sitzen in einer angenehmen Brise auf der Läuseplicht und knobeln oder messen ihre Kräfte.

»Arm drücken?« Conrad hält eine kräftige, gebräunte Hand hoch.

David zeigt keine Regung.

»Und du?«, fragt Conrad Thies.

Thies schüttelt den Kopf.

»Ich werd sie dir nicht zerquetschen«, verspricht Conrad. »Mann, was hat der Bengel für zarte Händchen! Bist du überhaupt schon vierzehn? Die heuern auch immer jünger an. Kein Wunder, dass wir die Schiffe der Kompanie mühelos entern können.«

»Lass ihn in Ruhe«, sagt David scharf.

»Wenn du mir deine Heuer gibst, kauf ich dir in Algier einen schönen Brummkreisel«, schlägt Isebrant vor.

»Ich sagte: Lass ihn in Ruhe!« Drohend steht David auf.

»Mann, was willst du denn?«

Conrad steht auf. Er ist zwei Kopf größer als David.

»Schon gut«, sagt Thies schnell. Auch er ist aufgestanden und versucht seinen Bruder wegzuziehen.

»Lass dich doch nicht verrückt machen.« Dereck deutet mit dem Kopf dorthin, wo David gesessen hat. »Ich hab dich für klüger gehalten. Conrad macht gern einen Scherz. Komm, dreh auch 'ne Karte um.«

Zu Thies' Überraschung setzt sich David tatsächlich zu den anderen und nimmt die Karten an, als sie ausgeteilt werden. Selbst zu einer Pfeife sagt er nicht Nein.

»Du auch?«, fragt Dereck Thies.

Thies zögert, aber als er Conrads spöttischen Blick sieht, nickt er.

David schüttelt den Kopf.

»Wieso? Du rauchst doch auch!«, schnauzt Thies ihn an. Heftig zieht er an der Pfeife. Gleich darauf schüttelt ihn ein schrecklicher Hustenanfall. Die Männer lachen brüllend, aber Thies zieht trotzig wieder an der Pfeife, bis er den Trick raus hat. Er ignoriert Davids Blicke und versucht den Rauch in Ringen auszublasen, wie er es von den anderen sieht.

Mit Wind in den Segeln umrunden sie das Kap und sind auf dem Weg nach Nordafrika. An Bord gibt es nicht viel zu tun. Das Schiff ist gut geteert und die Takelage ist in allerbester Ordnung. Also sitzt Thies in der Kuhl und flickt seine Kleidung oder er geht mit den anderen angeln. Einfach einen Köder an den Haken tun und warten, bis ein dicker Fisch anbeißt. Manchmal haben sie einen so großen am Haken, dass alle an Bord anfassen müssen. Das gibt dann wieder eine besondere Mahlzeit.

Eine Woche später sichtet Böhnchen ein Schiff. Sofort herrscht an Bord große Aufregung.

»Was machen wir, Kapitän? Drauf los?« Conrad greift nach seinem Enterbeil.

»Wir werden sehen«, antwortet Reinald.

Thies schaut ihn prüfend an. Warum gehen sie nicht sofort drauf los? Er lehnt am Schanzkleid und betrachtet die sich blähenden Segel des Schiffes vor ihnen. David kommt zu ihm.

»Meinst du, dass sie die entern?«, fragt Thies.

»Was denkst du denn? Dass sie zum Spaß ihre Säbel schleifen? Wir sind auf einem Seeräuberschiff, Thies. Vor diesen Leuten ist kein Schiff auf See sicher«, sagt David verächtlich.

»Die Schiffe vielleicht nicht, die Menschen aber wohl.« Reinald steht hinter ihnen. Seine Stimme klingt scharf, als er fortfährt: »Hat die V.O.C. etwa so gut für euch gesorgt? Diese Heuchler! Sie rüsten Schiffe mit Kaperbriefen aus, um andere Schiffe zu plündern, aber wenn wir einen Fuß an Land setzen, werden wir sofort aufgeknüpft!«

»Warum holen wir uns denn keinen Kaperbrief?«, schlägt Thies vor.

Reinald mustert ihn aufmerksam.

»Weil Piraten alles für sich behalten wollen«, sagt David. »Kaperfahrer plündern für ihr Vaterland. Piraten pfeifen darauf.«

Reinald löst seinen Blick von Thies und wendet sich David zu. »Mein Vaterland!«, wiederholt er geringschätzig. »Was ist das? Eine Handvoll Lehm! Ich wüsste nicht, warum ich dafür mein Leben aufs Spiel setzen sollte.«

Eine ganze Zeit verfolgen sie ihre Beute, ohne etwas zu unternehmen. Und dann, völlig unerwartet, wendet *De Draeck* den Steven und segelt davon, in ihrem Kielsog *De Eenhoorn.*

»Was ist denn jetzt los?«, ruft Thies aus. »Warum suchen wir das Weite?«

Winand deutet auf das Schiff, das schnell am Horizont verschwindet. »Das war ein Kriegsschiff«, sagt er. »Man kann nie sicher sein, denn manchmal will ein Kauffahrteischiff mit falschen Stückpforten nur für ein Kriegsschiff gehalten werden, weil es wertvolle Ladung hat. Aber Böhnchen hat gerade noch gesehen, dass da Kanonenrohre aus den Pforten ragten. Ich glaube, sie haben uns bemerkt und wollten mal eben drohen.«

»Und das hat gewirkt«, sagt Thies spöttisch. »Ich dachte, Seeräuber sind so unerschrocken!«

»Wir hätten sie vielleicht besiegen können, aber nicht ohne große Beschädigungen an beiden Schiffen. Ganz zu schweigen von Toten und Verwundeten. Das ist es einfach nicht wert. Es ist nicht einen einzigen Toten wert«, sagt Winand ruhig.

Thies guckt David an. Er sieht, dass Winands Worte Eindruck gemacht haben.

Am nächsten Tag haben sie mehr Glück. »Ostindienfahrer an Backbord!«, schreit Böhnchen aus dem Krähennest.

Reinald steht mit seinem Fernrohr am Schanzkleid und beobachtet die weißen Segel in der Ferne. »Ein französisches Schiff«, sagt er nach einer Weile. »Wahrscheinlich unterwegs nach China. Die Franzosen sind verrückt nach Porzellan. Dann werden sie eine Menge Geld an Bord haben. Ihr Schiff dürfen sie behalten, aber das Geld können wir gut gebrauchen. Was haltet ihr davon, Männer?«

Er dreht sich um und schmunzelt über das Geschrei der Männer.

»Hinterher!«, ruft er dem Steuermann zu.

De Draeck und *De Eenhoorn* pflügen Seite an Seite durch das Wasser und holen den Ostindienfahrer schnell ein.

»Schuss vor den Bug!«, kommandiert Reinald.

»Schuss vor den Bug!«, schreit Geelvinck seinen Kanonieren zu. Die Kanone brüllt. Neben dem Bug des französischen Schiffes spritzt das Wasser hoch auf.

Thies klettert in die Want und schaut gespannt zu. Er weiß, was die Leute auf dem Kauffahrteischiff durchmachen. In Gedanken hört er dieselben Befehle schreien, spürt er dieselbe Panik an Bord wie damals, als *De Eenhoorn* angegriffen wurde.

Ich kämpfe nicht mit, denkt er. Oder doch? Nein!

Aber es kommt nicht einmal zum Kampf. Die schwarze Flagge mit dem Totenkopf und der Schuss vor den Bug reichen aus, um die erschrockenen Kauffahrer zur Übergabe zu bewegen.

Die Piraten brauchen nur an Bord zu springen und die Kisten mit Gold- und Silbermünzen und anderen Schätzen zu übernehmen. Thies verspürt eine seltsame Enttäuschung.

»Sieh dir das an!« David stößt ihn an und Thies folgt seinem Blick.

Die Beute wird am Großmast zusammengetragen. Reinald van Veghel steht daneben. Kisten werden entleert, Säcke ausgeschüttet. Gierig starren die Männer auf die Schätze zu ihren Füßen. Der Glanz in ihren Augen verrät, dass sie sich am liebsten daraufstürzen und so viel wie möglich einstecken möchten. Thies fragt sich, was sie daran hindert, und er sieht, dass auch David nichts begreift.

Ihr Unverständnis dauert nicht lange. Einige Männer schätzen den Wert der silbernen Becher, der Musselinballen und der Schmuckstücke. Sie zählen die Münzen und verteilen die Beute zu gleichen Teilen unter der Besatzung. Die eine Gruppe teilt, die andere Gruppe wählt. David und Thies bekommen ihren Anteil und vergleichen ihn insgeheim mit dem der anderen.

»Ich trau meinen Augen nicht«, sagt David. »Sieh dir das an! Auch van Veghel kriegt nicht mehr!«

Er hat nicht daran gedacht, seine Stimme zu dämpfen, und darum schaut Reinald sofort zu ihnen herüber.

»Warum sollte ich mehr kriegen? Wir gehen alle das gleiche Risiko ein, also haben wir auch ein Recht auf den gleichen Anteil«, sagt er, während er auf sie zukommt.

»Aber du bist der Kapitän!«

»Na und? Habe ich deshalb Anspruch auf größere Belohnung? Aus welchem Grund? Kämpfe ich härter als Isebrant? Begibt sich Böhnchen in geringere Gefahr als ich?«, will Reinald wissen.

»Nein, aber du trägst doch alle Verantwortung«, meint Thies.

»Darum haben sie mich nicht gebeten. Die habe ich selbst übernommen«, sagt Reinald, dreht sich um und geht.

»Der ist verrückt«, murmelt David.

»Ich finde, das hört sich gar nicht so verrückt an«, wendet Thies ein.

David dreht sich ruckartig zu ihm um. »Thies, du vergisst, wo du steckst! Mitten in einer Piratenbande!«

»Reinald van Veghel ist kein schlechter Kerl«, entgegnet Thies. »Seine Männer finden ihn jedenfalls so!« Er streckt den Daumen hoch. »Obwohl er doch sehr energisch auftreten kann.«

»Natürlich finden ihn seine Männer großartig. Er sorgt ja dafür, dass sie Beute machen!«

»Und er teilt alles ehrlich!«, ergänzt Thies.

David fasst ihn am Arm. »Jetzt hör mir mal gut zu, Thies. Reinald van Veghel ist ein Dieb. Dass er das gestohlene Gut ehrlich verteilt, macht ihn noch nicht zum Helden!«

»Wenn man nicht für sich selbst sorgt, wer tut es dann? Gott weiß, dass die Kompanie es nicht tut!«, ruft Thies heftig.

»Und Gott weiß auch, dass es keine Lösung ist, dass man Schiffe kapert!«, entgegnet David.

»Ach nein? Was ist dann die Lösung? So zu leben, wie ich gelebt habe, als du dich auf See rumgetrieben hast? Nein danke!«, schnauzt Thies ihn an.

»Thies, red nicht so dumm! Was glaubst du denn, wie lange das hier noch gut geht?«, fragt David aufgebracht.

»Bis jetzt läuft es wie geschmiert«, sagt Thies. »Hier gibt es Geld zu verdienen! Wenn wir eine Weile mitmachen, brauchen wir uns darüber nie mehr Sorgen zu machen!«

»Ich traue meinen Ohren nicht!« Sprachlos schaut David seinen Bruder an.

»Weil du mich eigentlich überhaupt nicht kennst. Ich war noch klein, als du zur See gingst, aber ich bin nicht klein geblieben, David. Ich habe über die Dinge nachgedacht, und was van Veghel gesagt hat, ist ziemlich genau das, was ich selbst denke«, sagt Thies dickköpfig.

»Du findest es also nicht schlimm, Schiffe zu überfallen?«

Thies zögert.

David bemerkt sein Zögern und fügt hinzu: »Hast du vergessen, wie du dich gefühlt hast, als wir geentert wurden?«

»Ja, aber da dachte ich, wir werden ermordet!«, erwidert

Thies. »Sei ehrlich, David, so schlimm findest du es hier doch auch nicht mehr. Du willst es nur nicht zugeben. Vor kurzem hast du noch gemütlich mit ihnen Karten gespielt und geraucht und jetzt redest du plötzlich von Verbrechern.«

»Ich mach das Beste draus, das ist alles«, sagt David. »Für mich bleiben es Verbrecher. Mit ihren Taten will ich nichts zu tun haben.«

Thies lacht spöttisch. »Ich habe aber nicht gesehen, dass du deinen Anteil an der Beute zurückgewiesen hättest!«, sagt er.

Um den schnell geschrumpften Proviant aufzufüllen, nehmen sie Kurs auf Algier. Umgeben von weißen Mauern liegt die Stadt in der sengenden afrikanischen Sonne. Irgendwo überragt die Kuppel einer riesigen Moschee die Wehrgänge.

Nach seiner ersten guten Prise hat Reinald sich in einem besseren Viertel von Algier ein Haus gekauft. Obwohl er kein Moslem ist, genießt er hohes Ansehen. Er hat jedoch nicht vor, sich für immer in Algier niederzulassen. Die Stadt ist für ihn nicht mehr als ein Zufluchtsort, ein Ort, an dem er seinen Besitz unterbringen kann. Andere Reichtümer hat er auf Hafenstädte wie Salé, Marseille und Genua verteilt.

De Draeck und *De Eenhoorn* gleiten ruhig in den Hafen und sofort kommen Kinder auf den Kai gerannt, um die Schiffe zu bestaunen. Die Piraten arbeiten emsig in den Wanten und sie scherzen miteinander, weil sie sich schon darauf freuen, an Land zünftig zu feiern.

Sobald sie ihre Arbeit getan haben, schwärmen sie aus in die Stadt.

Thies und David gehen in einer schattigen Gasse eine Steintreppe hinauf. Es ist erst Mai, aber in Algier ist es glutheiß.

»Was für eine Stadt!«, sagt Thies aufgeregt. »Hast du die hohen Mauern gesehen? Und die Kleider, die die Leute hier tragen? Man könnte meinen, sie ziehen wegen der Hitze so wenig wie möglich an, aber die Männer haben alle Tücher um den Kopf.«

Interessiert schaut er sich die kleinen Läden in den kühlen Kellern an. Er klimpert mit dem Lederbeutel, in dem er seinen Anteil an der Beute hat, und lacht aufgekratzt. »Was können wir damit hier nicht alles anstellen!«

»Die gehen sofort zu den Huren!« David deutet mit einem Kopfnicken auf ein Grüppchen von Piraten, das lärmend durch die Straßen zieht.

»Gehst du auch…?«, beginnt Thies vorsichtig.

Lachend legt David seinem Bruder den Arm um die Schulter. »Komm, gucken wir uns erst einmal ein bisschen um. Ich habe gehört, dass es hier einen Markt gibt, der dauert von Sonnenaufgang bis Sonnenuntergang. Wir werden mit dem Geld nur so um uns werfen, Brüderchen!«

»Blutgeld«, sagt Thies.

David verzieht das Gesicht.

Lachend gehen sie auf den Markt.

Auf dem Markt kann man alle möglichen Beutestücke loswerden, ohne lästige Fragen beantworten zu müssen. Seeleute aus allen Teilen der Welt stromern herum, feilschen um Preise und klappern die Kaschemmen rund um den Markt ab.

Thies bleibt bei einem Stand mit wunderschön gestickten Umschlagtüchern stehen. Die glatte Seide gleitet ihm weich durch die Finger, aber David zieht ihn vom Stand weg.

»Stell dich nicht so dumm an«, sagt er scharf. »Guck lieber dahin!«

Er deutet auf ein paar schöne algerische Mädchen, die voller Anmut schwere Obstkörbe auf dem Kopf tragen. David schaut ihnen nach.

»Geh doch hin!«, spornt Thies ihn an. »Ich amüsier mich hier ganz gut!«

»Denkst du wirklich, ich lass dich allein?« David schüttelt den Kopf. »Du wirst schon in Schwierigkeiten stecken, ehe ich mich umgedreht habe. Komm, los, in den Schatten. Hier holen wir uns noch einen Sonnenstich.«

»Was ist denn da los?« Mit einer Kopfbewegung deutet Thies in Richtung eines runden Platzes, wo großes Gedränge herrscht.

»Keine Ahnung«, sagt David. »Komm, sehn wir uns das mal an.«

Sie drängen sich vor und können ihren Augen nicht trauen. Auf einem Holzlaufsteg werden eingeborene Männer und Frauen zur Schau gestellt. Damit sie einen gesunden Eindruck machen, sind ihre Körper mit Öl eingerieben. Kleine Kinder werden den Müttern, die sich weinend aber vergeblich wehren, vom Arm gerissen.

Voller Abscheu sieht Thies, wie ein junges Mädchen auf den Laufsteg geschubst wird. Es versucht, die Brüste zu bedecken, aber die Arme werden ihm nach hinten gerissen. Der Sklavenhändler öffnet ihm den Mund und zeigt Interessierten das Gebiss. Es werden Gebote gerufen und schon bald ist der Kauf abgeschlossen. Der Nächste ist an der Reihe.

»Die werden ja wie Vieh behandelt!«, sagt Thies entsetzt. Abrupt wendet er sich vom Sklavenmarkt ab.

»Komm, wir gehen woanders hin«, sagt er. »In eine Schänke vielleicht, ich habe Durst.«

»In eine Schänke? Ich weiß nicht…«, sagt David mit gerunzelter Stirn, aber sein Bruder fällt ihm ins Wort:

»Nach den Mädchen soll ich gucken, aber in eine Schänke darf ich nicht. Ich bin kein kleines Kind mehr, David«, sagt er mit Nachdruck.

»Darum geht es nicht und das weißt du genau«, erwidert David ungeduldig. »In eine Schänke zu gehen heißt, Schwierigkeiten herausfordern.«

»Dann hättest du nicht damit anfangen dürfen.« Thies lässt sich nicht beirren. »Entweder machen wir richtig mit oder gar nicht.«

»Na, dann los«, seufzt David. »Aber Ruhe bewahren.«

Die Schänken im Hafen sind voll von Seeleuten und Leuten aus der Stadt. Thies kann sich gar nicht satt sehen. In der rappelvollen Schänke hängt ein süßlicher Geruch, den er nicht einordnen kann. An wackligen Tischen voller Fliegen wird geknobelt und getrunken und es werden Geschäfte gemacht. Da sitzen Männer in weißen, wallenden Gewändern, die sich abheben von ihrer braunen Haut. Sklavenhändler mit breitkrempigen Hüten kauen auf irgendetwas und speien braunen Speichel auf den Boden.

David und Thies werden sofort von dunkelhäutigen Männern angesprochen, die weiße Tücher um die Köpfe tragen. Durch Schlitze in den Tüchern sind gerade noch ihre Augen zu sehen.

»Sklaven kaufen, edler Herr? Sklaven kaufen?«

In mehreren Sprachen weisen sie auf eine Gruppe von Sklaven hin, die draußen an Bänken angekettet ist.

»Nein danke«, sagt David. Er wendet sich an Thies. »Möchtest du etwas trinken?«

Thies nickt. »Ein Bier.«

David geht zur Theke und bestellt.

Eine zwielichtige Gestalt geht an ihm vorüber und Thies sieht ein Messer aufblitzen. In dem Moment, da der Kerl David den Geldbeutel abschneiden will, springt Thies vor und schubst den Dieb zur Seite.

Schreiend, als sollte er ermordet werden, taumelt der Taschendieb gegen einige Trinker, die ihn verärgert von sich schieben. Er stößt eine wahre Sturzflut von Wörtern aus, von denen Thies nicht eines versteht. Alle sehen ihn an und ihm bricht der Schweiß aus.

David packt ihn am Ärmel und versucht ihn mit sich zu ziehen. »Los, nichts wie weg!«

Aber so einfach ist das nicht. Sofort werden sie von einer Mauer drohend blickender Männer eingeschlossen.

David schubst einen mit der Schulter zur Seite, aber ein Schlag ins Gesicht lässt ihn zu Boden stürzen. Mit einem Wutschrei stürzt sich Thies auf den Schuldigen.

Ein Messer blitzt auf.

»Luts…!«, schreit David.

Thies wird zu Boden geworfen und ein lauter Schrei sagt ihm, dass der Hieb, der ihm galt, von seinem Bruder aufgefangen wurde. Stöhnend wälzt sich David auf dem Boden, Blut verteilt sich auf den schmutzigen Dielenbrettern.

Der Messerstich ist das Zeichen für eine allgemeine Rauferei. Es interessiert keinen, wer der Schuldige ist, für eine richtige Prügelei sind die meisten immer zu haben.

Über den Boden kriechend und den Raufenden, so gut es geht, ausweichend, kann Thies seinen Bruder erreichen und nach draußen schleppen. Stöhnend, staubbedeckt und blutbeschmiert sinkt David in den Sand. Erst jetzt wird Thies klar, dass all das Blut auf den Dielenbrettern der Schänke das Blut seines Bruders war. Erschrocken beugt er sich über ihn. Die offene Wunde lässt Brechreiz in ihm aufsteigen. Um die Blutung zu stillen, reißt er sich mit zitternden Händen ein Stück vom Hemd ab und bindet es um Davids Bein.

David stöhnt und Thies schaut sich ratlos um. Viele schauen interessiert hin, aber niemand streckt eine Hand aus, um zu helfen.

»Holt einen Arzt!«, schreit Thies erhitzt. Auch wenn die Leute kein Holländisch verstehen, müsste doch deutlich sein, was er meint.

»Was ist hier los?«

Zu Thies' großer Erleichterung steht Mattys plötzlich neben ihm.

»David«, stammelt Thies. »Sein Bein!«

Mattys schaut sich um und pfeift laut und schrill. »He, Jacob! Conrad! Hierher!«

Jacob und Conrad fluchen laut, als sie herangekommen sind.

»Das sieht schlecht aus«, sagt Jacob. »Los, wir heben ihn hoch. Vorsicht!«

Durch die plötzliche Bewegung erwacht David aus seiner Bewusstlosigkeit und schreit auf vor Schmerzen. Sein Blick irrt umher. »Luts …!«, ruft er gehetzt.

»Ruhig, David, ich bin es, Thies!« Thies nimmt den Arm seines Bruders. »Mit mir ist alles in Ordnung.«

David schließt die Augen und wird wieder bewusstlos. Er verliert immer noch Blut. Eine rote Spur führt von der Schänke bis zu *De Draeck*, wo sie ihn an Bord bringen.

»Arent!«, brüllt Jacob.

Die Männer der Wache kommen aus allen Richtungen herbei.

»Arent ist an Land«, sagt Dereck.

»Dann hol ihn, aber schnell wie der Teufel!«, schreit Jacob ihn an. »Wir bringen David schon mal ins Hospital.«

Während er auf den Arzt wartet, schaut sich Thies im vorderen Unterdeck um. Alles ist jederzeit auf eventuell nötige Behandlungen nach einem Kampf vorbereitet. Die Knochensägen, Messer und Schädelbohrer liegen für den Notfall griffbereit ordentlich in einer Reihe.

Arent Bakhuys ist schnell zur Stelle, springt die Treppe hinunter und beugt sich über David. Er reißt Davids Hosenbein auf und untersucht sorgfältig die Wunde.

»Das sieht nicht gut aus«, sagt er besorgt. Er macht die Wunde sauber, schmiert verschiedene Salben darauf und legt einen festen Verband an.

»Das ist vorläufig alles, was ich tun kann«, sagt er. »Wir müssen abwarten. Du bleibst sicher bei deinem Bruder, oder?«

Thies nickt und setzt sich neben David auf den Fußboden.

»Ich geh kurz an Land und seh zu, was ich da an Kräuterbalsam kriegen kann«, sagt der Arzt. »Ich bin gleich wieder da.«

Thies wacht bei seinem Bruder David, aber der bleibt bewusstlos. Er benetzt ihm die Stirn mit kaltem Wasser, tröpfelt ihm ab und zu, wenn er stöhnt, etwas Rum zwischen die Lippen und stellt erschrocken fest, dass sein Fieber zu steigen scheint. Ab und zu kommt ein Mann der Besatzung, um zu sehen, wie es David geht. Die Männer murmeln mitfühlende Worte, können aber sonst auch nichts tun.

Als Arent Bakhuys wieder da ist, sieht er besorgt Davids hochrotes Gesicht. Auf seiner Stirn stehen Schweißtropfen und er bewegt sich unruhig.

Der Arzt nimmt den Verband ab und sofort beginnt die Wunde heftig zu bluten. »Das gefällt mir ganz und gar nicht«, sagt er. »Rund um die Wunde ist alles purpurrot. Wenn das nur kein Wundbrand wird.«

Dann kommt Reinald ins Hospital. »Wie geht's ihm denn?«, will er wissen.

»Die Wunde schwärt«, sagt Arent besorgt. »Das wird Wundbrand, fürchte ich.«

Reinald runzelt die Stirn. »Amputieren?«, fragt er.

»Ich fürchte, ich muss«, antwortet der Arzt.

»Nein!«, schreit Thies.

»Es geht nicht anders, Junge.« Reinald legt Thies die Hand auf die Schulter. »Sein Bein stirbt ab. Wenn wir nichts dran tun, zieht das vergiftete Blut ins Herz. Bis wo musst du sägen?«

»Bis hier.« Arent deutet auf eine Stelle ein bisschen über dem Knie und macht eine Kopfbewegung zum Operationstisch. »Leg ihn da mal drauf.«

»Aber die Wunde von einer Amputation ist doch viel größer! Schwärt die dann nicht auch wieder?«, ruft Thies verzweifelt.

»Nicht, wenn wir es gut bluten lassen, dann bleibt die Wunde sauber«, beruhigt ihn Arent. »Überlass das nur mir, Thies, ich werde mein Bestes tun. Sag bitte Langes Leiden, dass ich einen großen Kessel mit kochendem Teer brauche.«

»Kochender Teer?«, fragt Thies ungläubig.

Arent nickt.

Langsam geht Thies die Treppe hinauf und in die Kombüse.

»Der Arzt braucht einen Kessel mit kochendem Teer«, sagt er.

»Wird da einer zugebrannt?«, fragt Langes Leiden, aber dann sieht er Thies' blasses Gesicht und seufzt. »Spürt er gar nicht«, sagt er hastig. »Und wenn es wehtut, wird er von alleine wieder bewusstlos.«

Als Thies zurückkommt, wird David von Arent und Reinald auf den Operationstisch gelegt. Der Arzt bindet ihn fest. Er legt seine Messer und Tücher bereit und nimmt die Knochensäge. Reinald holt eine Flasche Rum aus dem Schrank und setzt sie David an den Mund.

»Das kann nicht schaden, aber ich habe was Besseres.« Arent hat einen Aufguss aus Mandragora, Opium und Bilsenkraut gemacht. Er taucht einen Schwamm hinein und hält ihn David unter die Nase. Schon sehr bald fällt Davids Kopf zur Seite.

»Er merkt garantiert nichts«, sagt Arent zu Thies. »Und gleich bringen wir ihn wieder mit einem Schwamm mit Essig zum Bewusstsein. Ich glaube, du solltest jetzt besser nach oben gehen.«

Verzweifelt schaut Thies auf seinen Bruder, der da hilflos auf dem Tisch liegt. Er läuft nach oben und kriecht in die Läuseplicht. Zusammengekauert sitzt er bewegungslos da, dem Schiff den Rücken zugedreht, und starrt auf die Mauern und Wehrgänge von Algier. Niemand stört ihn. Ungewöhnlich still verrichten die Männer ihre Arbeit, faulenzen oder nehmen ein erfrischendes Bad. David bedeutet den meisten nicht so viel, doch sein Zustand macht ihnen wieder einmal bewusst, dass auch ihr Leben jeden Tag an einem seidenen Faden hängt.

Endlich kommt Arent nach oben gewankt. Seine Schürze ist rot von Blut und er sieht sehr müde aus.

Thies springt auf.

»Und?«, fragt er, heiser vor Spannung.

Arent fährt sich mit der blutigen Hand über die Stirn und seufzt. »Es tut mir Leid, mein Junge«, sagt er. »Dein Bruder war schon tot, bevor ich sein Bein ganz ab hatte.«

10

»Warum bleibst du nicht bei uns?«, schlägt Reinald vor. Thies antwortet nicht. Er hängt mit dem Oberkörper über dem Schanzkleid der *De Draeck* und schaut auf das Gewimmel von Booten und Menschen im Hafen. Keine Brise bringt auch nur die geringste Kühlung und der Schweiß läuft ihm den Rücken hinunter.

Es ist ruhig an Bord. Die meisten Männer sind an Land, wo sie ihr Geld in Schänken und Bordellen verprassen. Thies wundert sich immer noch über die Leichtigkeit, mit der sie alles, was sie haben, zum Fenster hinauswerfen.

»Ich dachte, du fühlst dich bei uns ganz zu Hause«, fährt Reinald fort.

»Da hatte ich David noch«, antwortet Thies kurz.

Reinald nickt. »Thies«, sagt er nach einer Pause, »ich weiß, wie du dich …«

»Fühlst?« Thies hebt ruckartig den Kopf und seine Stimme klingt so aggressiv, dass Reinald sich für einen Moment überrumpelt fühlt. »Wie kannst du das wissen? Was weißt du von David und mir? Was wir mitgemacht haben? Wie kannst du wissen, wie man sich fühlt, wenn man den verliert, der einem alles, wirklich alles bedeutet hat?«

»Glaub mir, ich weiß es«, sagt Reinald ruhig.

Schnaubend dreht Thies den Kopf zur Seite. »David hatte Recht«, sagt er bitter. »Ihr seid alle …« Ihm bricht die Stimme.

»Wir haben deinen Bruder nicht erstochen«, sagt Reinald.

»Darauf kommt es nicht an!«, fährt Thies ihn an. »Ihr habt unser Schiff geentert und damit hat alles angefangen.«

Reinald zieht eine Augenbraue hoch, nickt dann aber zustimmend.

»Vielleicht. Auch wenn ich dir nicht erzählen muss, dass da noch hundert andere Gefahren auf euch gelauert hätten, wenn ihr weitergefahren wärt. Aber wenn du mir denn doch die Schuld geben willst, dann tu es, weil ich euch nicht gewarnt habe. Es gibt bestimmte Schänken in Algier, in die man besser nicht geht. Vielleicht hätte ich euch das sagen müssen.«

Thies starrt auf seine Füße. Er fühlt sich unbehaglich. War er es nicht, der unbedingt in die Schänke wollte? Schnell verdrängt er den Gedanken.

Als Thies weiterhin schweigt, sagt Reinald schließlich: »Also, was willst du tun? Bleibst du bei uns oder gehst du zurück?«

»Ich weiß es nicht«, antwortet Thies. »Vielleicht hatte David Recht und es war falsch, dass wir uns euch angeschlossen haben. Er war nie wirklich damit einverstanden.«

«Gut, dann geh zurück. Ich kann nur Männer mit der richtigen Einstellung gebrauchen«, sagt Reinald.

»Und was genau ist die richtige Einstellung? Schnell Geld verdienen und sich danach wieder arm saufen?«, will Thies wissen.

»Das liegt allein an dir«, antwortet Reinald.

»Ja.« Thies sieht hinüber zum englischen Kauffahrteischiff, das bereitliegt zur Heimfahrt.

»Zu Hause erwartet dich nichts als Armut«, sagt Reinald.

»Woher weißt du das?«, fragt Thies mit hochgezogenen Augenbrauen.

»Weil du sonst schon lange gegangen wärst«, antwortet Reinald.

Thies starrt nachdenklich vor sich hin. »Gut, ich bleibe«, sagt er. »Aber wenn ich genug Geld habe, gehe ich zurück nach Amsterdam.«

»Das hört sich vernünftig an«, sagt Reinald.

Thies sieht ihn fragend an. »Hast du nie Angst, dass du in die Hölle kommst?«, fragt er.

»Nein«, sagt Reinald. »Du musst einfach zusehen, dass du im Himmel bist, bevor der Teufel entdeckt, dass du tot bist.«

Thies lacht kurz auf. »Wenn es doch so einfach wäre.«

»Einfacher kann ich es nicht machen. Dann hast du also Angst vor der Hölle?«

Thies zuckt die Schultern. »Man kann nie wissen.«

»Nein, man kann nie wissen. Aber ich schätze, in der Hölle ist es um einiges enger als im Himmel«, meint Reinald schmunzelnd.

»Wo David jetzt wohl ist?«, fragt Thies.

»Ganz bestimmt im Himmel«, sagt Reinald.

Er schaut über die Schulter, als er Gepolter und Geschrei hört. In der Kuhl stehen dicht gedrängt ein paar Männer über zwei kämpfende Männer gebeugt. Mit zwei Schritten ist Reinald an der Treppe, aber noch bevor er die Kuhl erreicht hat, haben Winand, Mattys und Samuel mit harter Hand wieder für Ordnung gesorgt.

»Was ist hier los?«, fragt Reinald in barschem Ton.

»Der Dreckskerl hat versucht mir Geld zu stehlen!« Keuchend wischt sich Joris das Blut von der Stirn und sieht Vincent Soers an, der ihn wütend anstarrt.

»Er hat sich Geld von mir geliehen und das will ich wiederhaben. Und zwar sofort!«, schreit Vincent.

Als Antwort spuckt Joris nach ihm.

»Niemand ist so verrückt, dir das zu glauben, Soers«, sagt Reinald. »Woher willst denn du Geld zum Verleihen haben? Ich habe dich schon eine ganze Weile im Auge. Du versäufst dein Geld, sobald du an Land bist, und dann belästigst du andere Maaten.« Er wendet sich an Winand: »Schließ ihn mal eine Weile in Eisen, bis er sich abgekühlt hat. Und erinnere mich daran, dass ich von der nächsten Prise seinen Anteil einbehalte. Vielleicht hilft ihm das, sich seine schlechten Angewohnheiten abzugewöhnen.«

Vincents Protestgeschrei lässt ihn kalt.

Sie verlassen Algier und bleiben so dicht wie möglich unter der afrikanischen Küste. Eines Tages wirft *De Draeck* den Anker aus, während *De Eenhoorn* ein Stück weiterfährt. Tagelang warten sie auf das Kommen eines Kauffahrers, und sobald ein Segel am Horizont auftaucht, versammeln sich alle am Niedergang zum Orlopdeck. Sie rollen alle Kanonen auf eine Seite und setzen sich auch dort hin. *De Draeck* neigt sich so stark nach Steuerbord, dass sie beinahe kentern. Der unglückliche Kauffahrer, der neugierig herankommt, bemerkt zu spät, dass er kein havariertes Schiff vor sich hat. Piraten strömen auf das Deck, ergreifen ihre Waffen, die unter dem Schanzkleid bereitliegen, und eine halbe Stunde später streicht das geenterte Schiff die Flagge. Die Männer räumen den Laderaum aus und lassen das ausgeraubte Schiff unbehelligt weiterfahren.

Thies sitzt auf einer leeren Kiste und sieht sich seinen Anteil an der Beute an. Er liebt bunte, weiche Stoffe und der Versuchung, sich einen Ballen Seide zu nehmen, konnte er nur mit Mühe widerstehen. Stattdessen hat er nun einen besonders reich verzierten Dolch in den Händen und außerdem Gold- und Silbermünzen, die er sich in die Kleidung einnäht.

Wenn er keinen Stüver ausgibt, bis er zurück in Amsterdam ist, kann er sich in Zukunft im besseren Teil der Stadt sehen lassen. Blutgeld!, schießt es ihm durch den Kopf, aber er verdrängt den Gedanken. Er erschrickt, als sich ein Schatten über ihn legt. Es ist Reinald.

»Was machst du da?«, fragt er.

Das siehst du doch, denkt Thies. Aber er antwortet: »Ein kleiner Heckstüver, Kapitän.«

Reinald schmunzelt.

Seine Hose und Weste sind schwer von den Münzen, als Thies zur Kuhl geht, wo die Männer herumlümmeln.

»Ich glaube, ich habe einen Tripper.« Joris flucht erbärmlich. »Immer derselbe Ärger mit diesen Weibern. Wo ist Bakhuys?« Mit stampfenden Schritten und sich im Schritt kratzend geht er zum Arzt.

Seine Maaten grinsen.

»Und du, Bürschchen? Hast du auch ein bisschen Spaß gehabt mit den Mädels?«, will Conrad mit einem Blick auf Thies wissen.

»Er fummelt sich ziemlich oft im Schritt herum«, sagt Vincent.

»Wie spürt man das denn, einen Tripper?«, fragt Thies verunsichert.

Die Männer brüllen vor Lachen.

»Glaub mir, wenn du ihn hast, dann weißt du es schon!«, sagt Conrad lachend. »Ich würde schnell zu Bakhuys gehen, für eine Schnellreparatur, bevor dir das Ding abfällt!«

Die Männer wissen sich vor Lachen nicht mehr zu halten, als Thies ganz schnell zu Arent Bakhuys verschwindet. Aber der Arzt hat viel zu tun.

»Du auch?«, brummt er, als er Thies sieht. »Weißt du, dass hier auf Madagaskar Quecksilber mehr wert ist als Gold? Hier, schmier das drauf und sei in Zukunft etwas vorsichtiger mit den Huren hier.«

Thies murmelt etwas Unverständliches und beeilt sich, wieder ins Orlopdeck zu kommen. Er schaut sich verstohlen um und versteckt das Quecksilberpräparat unten in seiner Schiffskiste. Als er nach oben an Deck kommt, erwartet ihn höhnisches Gelächter, aber die Männer klopfen ihm auf die Schulter und fragen ihm ein Loch in den Bauch über seine Erfahrungen mit Mädchen.

Nicht immer bringt eine Prise viel ein. In mageren Zeiten sind Prügeleien an der Tagesordnung und immer wieder spalten sich Gruppen von Piraten ab, um auf eigene Faust etwas anzufangen. Aber es kommen auch immer wieder neue Männer hinzu. Reinalds Reichtum wächst unaufhörlich, doch weder er noch Winand denken jemals ans Aufhören. Zwischen den Kaperfahrten und den Ausschweifungen in den Häfen müssen die Schiffe zum Kielholen an Land gezogen und auf die Seite gelegt werden. Weil Bohrmuscheln und Seetang in die kleinen Löcher und Ritzen dringen und ein ganzes Schiff zerfressen können, müssen die Schiffe alle drei Monate abgeschabt und mit Pech eingeschmiert werden.

Die Kanonen werden von Bord geholt und auf die Bucht gerichtet, um eventuelle Angreifer abzuschrecken.

Dieses Kielholen ist eine Prozedur, die Wochen dauert und genauso unangenehm wie notwendig ist. Darum sind auch alle froh, dass *De Draeck* als Erste fertig ist und wieder ins azurblaue Wasser der Bucht gelassen werden kann. Die Männer sind ungeduldig und wollen Abwechslung. Als in der Ferne weiße Segel auftauchen, entschließt sich Reinald sofort zum Angriff. Thies, der eine helle Haut hat und dem die heiße Sonne schwer zusetzt, ist froh, dass er bei der Aktion dabei sein darf.

De Eenhoorn liegt noch auf der Seite, aber *De Draeck* verlässt vorsichtig ihr Versteck und nimmt Kurs auf das Schiff.

»Eine Deckskanone, niedriges Kastell. Eine kleine Fregatte«, sagt Winand. »Die können wir an!«

Reinald schaut sich um. Auf dem Kuhldeck stehen seine Männer bereit, Äxte und Handschare fest in der Hand. Unter Deck ist Gepolter zu hören, die Stückpforten werden geöffnet und die Kanoniere gehen in Position.

»Segel brassen! Über Stag!«, schreit Reinald. »Alle Mann auf Gefechtsstation!«

Nur langsam nähern sie sich dem fliehenden Schiff und in dem Moment, da es ihnen endlich gelingt, längsseits zu kommen, schnellt eine schwarze Flagge mit Totenkopf am Mast empor. Plötzlich stehen alle Decks voller Kanonen und in den Wanten hängen unzählige bis an die Zähne bewaffnete Männer.

»Verdammt!«, flucht Reinald. »Ein Piratenschiff! Sie haben uns in die Falle laufen lassen!«

»Sie können haben, was sie wollen.« Grimmig umklammert Winand sein Enterbeil. »Lass sie nur kommen!«

Mit wüstem Geschrei schwingen sich die Piraten des anderen Schiffes an Bord der *De Draeck*. Sie werden mit Hirschfängern und Beilen empfangen. Die Hälfte der Angreifer fällt schwer verwundet ins Wasser, aber vielen anderen gelingt es, an Deck zu kommen.

Thies sieht sich von drei feindlichen Piraten umzingelt und rettet sich, indem er von der Brücke springt. Er landet auf dem Kuhldeck inmitten kämpfender Männer, und um sich eventuelle Angreifer vom Leibe zu halten, schlägt er wild mit dem Beil um sich. Er spürt im hinteren Oberschenkel einen gemeinen Schmerz und dreht sich blitzschnell um. Gerade noch rechtzeitig kann er einen zweiten Hieb abwehren. Unten ist es den Kanonieren nun gelungen, die Batterie zu laden. Ein ohrenbetäubender Knall donnert über das Wasser. Als der Pulverdampf sich verzieht, sehen die Angreifer, dass in ihren Bug ein großes Loch geschlagen worden ist. Das Wasser flutet ins Schiff. Sollen sie den Angriff fortsetzen oder retten, was zu retten ist?

Die große Anzahl von Toten und Verwundeten am Schanzkleid gibt wahrscheinlich den Ausschlag. Noch bevor die zweite Salve donnert, klettert die Hälfte der Angreifer über die Enterleitern zurück. Wer nicht schnell genug klettern kann, springt über Bord.

De Draeck wendet und zieht sich zurück in den sicheren Schutz der Bucht.

Starr vor Entsetzen schaut Thies auf all das Blut um ihn herum, die aus offenen Wunden blank herausragenden Knochen, die starren Augen der Toten. Der stechende Schmerz in seinem Bein ist plötzlich bedeutungslos.

»Hilf dem Arzt! Glotz nicht einfach so in der Gegend herum!«, brüllt Reinald ihn an. Er macht ein grimmiges Gesicht, sein Mund ist nur noch ein verbissener Strich. Blut tropft ihm aus einer großen Kopfwunde. Er geht mit schweren Schritten.

Wie betäubt hievt Thies Pützen mit Wasser hoch, zerreißt Hemden zu Streifen, verbindet blutende Wunden, und erst als er unten etwas aus der Arztkiste holen muss, nimmt er sich die Zeit, sich seine Wunde anzusehen. Seine Hose ist klebrig. Er fühlt geronnenes Blut. Mit zusammengebissenen Zähnen geht er wieder nach oben.

»Was gehst du so komisch«, sagt Arent Bakhuys. »Lass doch mal sehen. Ja, verflucht, deine Hose ist kaputt und blutig!«

»Nicht so schlimm«, sagt Thies schnell.

»Das überlass nur mir. Zeig doch mal her«, sagt der Arzt.

»Ist nicht so schlimm«, schnauzt Thies ihn an.

Arent zieht die Schultern hoch. Er hat genug zu tun.

Die Toten werden begraben, die Verwundeten genesen langsam, aber sicher und das Kielholen von *De Eenhoorn* wird beendet.

Eine Woche später laufen sie aus und alles geht wieder seinen gewohnten Gang.

Aber Thies kriegt nachts kein Auge zu. Immer wieder sieht er die blutigen Köpfe vor sich, das frei liegende Fleisch und die Knochen, die aus offenen Wunden herausragen. Schmerzt darum die Wunde an seinem Bein immer noch so sehr?

Stöhnend dreht er sich auf die andere Seite. Bei jeder Bewegung hat er das Gefühl, als würde das Fleisch aufgerissen. Als der Morgen anbricht, kommt er kaum aus der Hängematte. Unter Schmerzen humpelt er mühsam nach oben.

»Du humpelst ja immer noch.« Arent Bakhuys runzelt die Stirn.

»Ist nur ein kleiner Schnitt«, sagt Thies. »Lass mich nur, es wird schon werden.«

»Mein lieber Junge, du kannst den starken Mann machen, aber wenn sich die Wunde entzündet, kommst du vom Regen in die Traufe«, sagt Arent. »Los, komm mit ins Hospital.«

Thies muss sich bäuchlings auf den Operationstisch legen. Arent nimmt ein Messer und schlitzt ihm die Hose auf. Verwundert starrt er auf den angespannten Rücken des Jungen.

»Es tut nicht weh«, sagt er beruhigend. Mit flinken Fingern reinigt er die Wunde, schmiert eine Salbe drauf und legt einen Leinenverband an.

»Na bitte, war doch gar nicht so schlimm«, brummt er. »Ich weiß nicht, wieso wir Ärzte immer für Folterknechte gehalten werden.«

Thies humpelt zurück zum Oberdeck. Er vergewissert sich, dass er alleine ist und zieht sich die Hose aus. Als er Schritte näherkommen hört, schlüpft er in eine andere Hose. Dabei vergisst er kurz seine Wunde. Aufstöhnend stützt er sich an eine Kanone.

»Ach, sieh dir das an! Steht da und heult wegen dem kleinen Kratzer an seinem Bein!«, sagt Conrad höhnisch.

Thies sieht sich erschrocken um.

»Lass den Jungen doch in Ruhe«, sagt Giesbert.

»In Ruhe? Warum sollte ich den Milchbubi in Ruhe lassen? Es wird Zeit, dass er sich wie ein Kerl benimmt!«

Er stößt Thies grob in den Rücken, dass er das Gleichgewicht verliert und gegen die Kanone fällt.

»Was ist das denn?« Verblüfft starrt Conrad auf den elfenbeinfarbenen Gegenstand, der neben Thies über die Planken rollt.

Giesbert springt hinzu und hebt ihn auf.

»Mich laust der Affe! Ein ausgehöhltes Stierhorn!«, ruft er. »Was willst du mit …«

Plötzlich ist in seinem Blick so etwas wie Verstehen. Sprachlos starrt er Thies an und wiederholt langsam: »Mich laust der Affe!«

Thies versucht zwischen den Kanonen zu entwischen, aber Giesbert versperrt ihm den Weg und dreht ihm den Arm auf den Rücken.

»Hände weg!«, schreit Thies. Er reißt sich los, humpelt zur Treppe, doch Conrad packt ihn bei den Beinen, sodass sie beide über den Boden rollen. Giesbert kommt ihm zu Hilfe und gemeinsam streifen sie Thies die Hose runter und reißen ihm das Hemd auf. Thies schreit, so laut er kann.

Sie machen einen solchen Krach, dass Neugierige herbeikommen.

»Isebrant! Vincent! Das müsst ihr sehn!«, schreit Conrad. »Wir haben noch einen Schnitt entdeckt!«

Die Männer springen runter ins Deck und kommen angelaufen.

Verblüfft starren sie auf ihren jüngsten Maat, der plötzlich Brüste hat. Sie hat einen Lederriemen umgebunden, an dem zwei gefüllte Lederbeutel hängen und an dem auch das ausgehöhlte Stierhorn hing.

»Was ist das denn?«, sagt Samuel verblüfft.

»Es ist ein Mädchen!«, ruft Joris ungläubig aus. Er dreht sich zu den anderen um und lacht laut los. »Seht ihr das? Ein Mädchen!«

Conrad mustert sie von Kopf bis Fuß. Sie duckt sich unter seinen Blicken und wehrt sich heftig, als Conrad sie an sich zieht.

»He, du!«, protestiert Dereck, aber Conrad ignoriert ihn.

»Was ist los mit dir, Mann! Lass sie in Ruhe!« Samuel drängt sich vor und gibt Conrad einen Schubs.

»Halt dich da raus«, schreit Conrad ihn an.

Samuel ergreift Conrad bei den Armen und dann rollen sie ringend über den Fußboden.

»Was ist hier eigentlich los?«, donnert plötzlich eine Stimme vom oberen Treppenabsatz.

Sofort hören Conrad und Samuel auf zu rangeln. Keuchend werfen sie einander wütende Blicke zu.

»Wir haben eine Frau an Bord, Kapitän!«, ruft Isebrant. »Und was für eine!«

Verwundert schaut Reinald das Mädchen an, das ängstlich in einer Ecke stehen bleibt und versucht die zerrissene Kleidung beieinander zu halten. Ein paar Männer starren sie mit unverhohlener Neugier an, andere ziehen sich etwas zurück und schauen aus einiger Entfernung zu. Die Verwunderung ist immer noch nicht aus ihren Gesichtern gewichen.

»Alle an Deck!«, befiehlt Reinald. »Sofort!«

Einer nach dem anderen trampeln die Männer die Treppe hinauf, wobei sie aber dauernd nach unten gucken.

»Zieh dich an«, sagt Reinald, als er mit dem Mädchen alleine ist.

Das Mädchen dreht sich um, schlüpft in eine Hose und holt ein andres Hemd aus ihrer Kiste. Scheu sieht sie zu Reinald hinüber.

»Wie ist dein Name?«, fragt Reinald.

»Lutske Martensdochter.«

»Erzähl mir, Lutske Martensdochter, was hat das zu bedeuten?«

»Ich wollte bei meinem Bruder David bleiben. Er war der Einzige, den ich noch hatte. David wollte nicht, dass ich auf der Straße lebe, also schlug er vor, dass ich mit ihm zur See gehen sollte. Er hat mich beschützt und niemand ist je dahinter gekommen. Ich… ich…« Sie stolpert über ihre Worte und sieht Reinald bittend an. »Bitte! Sorg dafür, dass sie mir nichts tun! Dafür bin ich auch bereit… Ich meine, ich verstehe, dass du…«

»Stell dich nicht so dumm an!«, sagt Reinald verärgert. »Ich verlange keine Gefälligkeiten als Gegenleistung für Schutz.«

Lutske wird rot. »Mein Hemd ist ganz zerrissen«, sagt sie mit zittriger Stimme.

»Was hast du denn erwartet? Du bist hier nicht unter Mönchen!«, sagt Reinald scharf. »Geh jetzt erst mal in die große Kabine und bleibe dort. Wir unterhalten uns später.«

»Danke«, sagt Lutske leise.

»Ein ausgehöhltes Stierhorn!« Reinald schüttelt den Kopf.

Winand grinst. »Ganz schön erfinderisch«, sagt er.

»Außerordentlich erfinderisch! Sie haben uns die ganze Zeit zum Narren gehalten.« Reinald steht mitten in seiner Kajüte und schaut durch die hohen Fenster hinaus aufs blaue Wasser. »Mir wird jetzt vieles klar. David hat oft so übertrieben beschützend getan. Er muss Todesängste um seine Schwester ausgestanden haben.«

»Hatte Thies nicht einen Tripper?« Winand grinst wieder. »Ich hör ihn noch über seine Erlebnisse im Bordell prahlen!«

Reinald schaut ihn an und bricht in Lachen aus.

Lutske bleibt in der Passagierskabine. Im Handumdrehen ist sie von einem der Maaten zu einem weiblichen Passagier geworden, der sich nicht mehr hinter den Mast traut. Sie langweilt sich und ist wütend. Das ist alles so ungerecht! Conrad und Giesbert müssten eingesperrt werden.

Sie tastet nach dem Dolch in ihrem Gürtel und geht mit klopfendem Herz den Gang entlang. Draußen, auf dem Kampagnedeck, atmet sie genüsslich die frische Luft ein. Crispin sieht sie stehen und dreht sich überrascht um.

»Hallo, Thies… eh, Lutske!«, sagt er. Er macht eine Handbewegung, als wolle er sie zurückhalten, aber Lutske geht schnell die Treppe hinunter zur Brücke. Die Männer dort lassen ihre Arbeit ruhen und beobachten sie über die Schulter.

Lutske räuspert sich und läuft ein wenig hin und her. Die Stille um sie herum ist so drückend, dass sie, nur um etwas zu tun, durch eine der Stückpforten eine Pütz wirft und sie voll Wasser wieder hochhievt.

»Moment!« Mattys eilt herbei, um ihr die schwere Pütz abzunehmen.

Lutske sieht ihn befremdet an. Wenn sie sich umschaut, stellt sie fest, dass alle sie anstarren und dann schnell wieder an die Arbeit gehen. Sie stellt die Pütz mit Wasser aufs Deck und geht die Treppe hinunter zur Kuhl.

»Hallo, da haben wir ja unser Burschenmädchen frei herumlaufen!«, ruft Vincent, als er Lutske sieht. »Setz dich doch mal gemütlich zu mir, Schätzchen!«

Joris grinst und steht auf.

»Wo ist denn dein Stierhorn? Soll ich dir mal zeigen, wie ein echtes aussieht?«, bietet er ihr an. »Oh, sie muss zur Toilette, Jungs! Nicht gucken, hört ihr!«

Lutske sieht Dereck an, einen der wenigen, die sie verteidigt haben, als ihr Geheimnis entdeckt wurde. Er schleift ein Messer und genau wie die anderen arbeitet er einfach weiter. Die meisten schauen zu Boden oder an ihr vorbei.

Vincent kommt auf sie zu und Lutske dreht sich um.

»Wo gehst du denn hin? Welche Eile so plötzlich! Komm doch etwas näher, Schätzchen. Ein Küsschen kann doch nicht schaden!«

»Mann, lass sie in Ruhe!«, ruft Balduin. Aber Vincent packt Lutske am Handgelenk und zieht sie an sich. Ängstlich versucht sie sich loszureißen, aber der Griff ist zu fest. Ein verfaultes Gebiss und ein stinkender Atem kommen näher heran. Noch bevor sein Mund ihre Lippen erreichen kann, findet Lutskes Knie die natürlichste Stelle und Vincent krümmt sich stöhnend zusammen. Das Gelächter der anderen Männer lässt das Deck erzittern.

»Gut so, Lutske!«, ruft Böhnchen.

»Was hast du denn gedacht, Vincent, dass sie dir um den Hals fallen würde?«, spottet Balduin.

»Setz dich hin und lass ihn abkühlen. Fürs Erste ist er unbrauchbar!«, fügt Derreck lachend hinzu.

Wütend darüber, dass sie ihn lächerlich gemacht hat, springt Vincent auf und reißt Lutske fluchend an sich.

»Bin ich nicht gut genug für ein Kapitänsliebchen?«, schreit er sie an.

Ein Pistolenschuss donnert über das Deck. Vincent starrt auf das Loch, das die Kugel dicht vor seinen Füßen in die Planke gebohrt hat. Mit einem Fluch auf den Lippen greift er nach seinem Säbel, aber er erstarrt in der Bewegung, als er in die Läufe von drei weiteren Pistolen sieht. Winand, Jacob und Samuel verteilen sich langsam über das Deck. Von der Kampagne lacht ihm von Mattys' Pistole der vierte Lauf zu.

»Vincent Soers!«, erklingt Reinalds schneidende Stimme. »Viel Verstand hast du nicht, aber ich dachte, deine Ohren wären in Ordnung. Ich hatte doch deutlich gesagt, dass alle die Pfoten von Lutske Martensdochter lassen sollen.«

Vincent breitet die Arme aus und lächelt so unschuldig wie möglich. »Es war doch nur ein Scherz, Kapitän! Ich hatte nichts Böses im Sinn.«

»Ich kann darüber nicht lachen«, sagt Reinald kalt. Er wendet sich an Mattys und Samuel. »Hängt ihn mal eine Weile an die Rah. Kann er auslüften. Holt Vlierhop und Rambout nach oben und hängt sie daneben.«

Lutske ist überrascht. Reinald hat Conrad und Giesbert also eingesperrt!

Die beiden Männer werden an Deck gebracht. Genau wie Vincent werden ihnen die Arme über dem Kopf zusammengebunden, bevor sie mit einem Tau, das über einen Kreuzmast geworfen wird, hochgezogen werden.

Reinald dreht sich um und geht zurück in seine Kajüte.

Lutske verkriecht sich in einer Ecke der Kuhl und repariert ein eingerissenes Segel. Von Zeit zu Zeit wirft sie einen verstohlenen Blick auf die Männer, die an der Rah baumeln. Die Sonne brennt ihnen unbarmherzig auf den Kopf, sodass sie schließlich flüsternd darum bitten, abgebunden zu werden. Die Besatzung arbeitet schweigend weiter.

Eine Stunde später kommt Reinald wieder an Deck. Er schaut nach oben und sagt: »Schneidet sie los.«

Er nickt Dereck zu, der den Mast hinaufklettert und einen nach dem anderen losschneidet. Sie plumpsen so laut aufs Deck, dass Lutske sich zusammenkrümmt. Dereck gießt eine Pütz Wasser über den Männern aus und schleppt sie in den Schatten.

»Ich hoffe, das war deutlich genug«, sagt Reinald schroff zur Besatzung. »Und jetzt verkrümelt euch. Ihr habt bestimmt was Besseres zu tun.«

Langsam verteilen sich die Männer über das Schiff. Lutske bleibt auf der Brücke zurück. Reinald dreht sich zu ihr um.

»Hatte ich nicht gesagt, du sollst in der großen Kabine bleiben!«, fährt er sie an.

Ohne ein Wort dreht Lutske sich um und geht die Treppe zur Kampagne hinauf. Sie geht auf die Galerie oberhalb der Steuermannsplicht, wo sie sich auf eine Bank hockt. Zu ihrem Ärger steigen ihr Tränen in die Augen. Sie blinzelt, aber das macht es nur noch schlimmer. Zu allem Überfluss hört sie Schritte, die dicht neben ihr Halt machen. Sie braucht nicht aufzusehen um zu wissen, dass es Reinald ist. Schweigend setzt er sich neben sie auf die Bank. Lange Zeit sagen sie beide nichts.

»Eigentlich finde ich es bewunderswert, was du gemacht hast«, sagt Reinald schließlich.

»Ich hab es nicht länger in der Kabine ausgehalten«, sagt Lutske.

»Das meine ich nicht. Wie ist es dir und deinem Bruder gelungen, das falsche Spiel so lange durchzuhalten?«

Lutske zuckt mit den Schultern. Vorsichtig schaut sie zur Seite. Lacht er?

»Wie ist es möglich, dass ich nichts gemerkt habe?«, fährt Reinald fort. »Eine Frau, die so tut, als sei sie ein Mann. So was habe ich noch nie erlebt!«

»Ich bin nicht die Einzige«, verteidigt sich Lutske. »Im Spinnhaus saßen auch Frauen, die sich als Männer verkleidet hatten. Sie mussten ihre Strafe in Männerkleidern absitzen. Ganz Amsterdam kam herbei, um sie zu sehen.«

»Im Spinnhaus?«, fragt Reinald.

»Da war es schrecklich.« Lutske erschaudert.

»Was war denn da so schrecklich? Wurdest du geschlagen?« Reinald sieht sie an.

»Ja, das auch. Wenn man nicht schnell genug arbeitete, kriegte man manchmal Schläge. Oder kein Essen. Aber an die Schläge gewöhnt man sich mit der Zeit und den Hunger kannte ich sowieso schon. Nein, was ich so schrecklich fand, waren die vier Wände um einen herum. Den ganzen Tag drinnen sitzen, spinnen und nähen und die Sticheleien der anderen ertragen. Die fanden mich da viel zu brav«, erzählt Lutske.

»Brav?« Reinald lacht.

»Ich wollte da so schnell wie möglich weg«, sagt Lutske. »Und das hab ich auch geschafft. Die Direktorinnen hatten volles Vertrauen darin, dass ich mich bessern würde. Das haben sie gesagt, als ich entlassen wurde.«

Sie sieht Reinald viel sagend an und beide lachen.

»Ich habe es wirklich versucht«, fährt Lutske fort. »Aber auf ehrliche Art und Weise reichte es einfach nicht zum Leben.«

»Ich weiß, wovon du sprichst«, sagt Reinald.

Lutske sieht ihn abwartend an, doch er sagt weiter nichts.

»Hast du dich deshalb für die Freie Fahrt entschieden?«, fragt sie vorsichtig.

»Das hat sich so ergeben«, sagt Reinald. »Erst habe ich noch geglaubt, das Leben auf See gibt mir eine neue Chance, aber das wusste ich dann schon bald besser. Wenn du einmal ganz unten bist, kommst du mit Ehrlichkeit und harter Arbeit nicht mehr nach oben. Und das können die hohen Herren, so klug sie auch sind, nicht begreifen. Das ist an Land so und auf See ist es noch schlimmer. Eines Tages bekam ich die Chance, das zu verändern, und die habe ich ergriffen.«

»Und? Hat sich was verändert?«, fragt Lutske.

»Das kann man wohl sagen! Ich habe in meinem Leben noch nie so viel Geld auf einem Haufen gesehen«, antwortet Reinald lachend.

»Ich habe auch noch nie so viel Geld in so kurzer Zeit verschwinden sehen«, meint Lutske.

Reinald sieht sie so fest an, dass sie rot wird, aber sie schlägt die Augen nicht nieder.

»Was meinst du damit?«, fragt er schließlich.

»Was ich sage. Du hast dir wenigstens noch ein Haus gekauft. Ein Haus, das eines hohen Herren nicht unwürdig wäre, schön und gut. Was ich aber nicht verstehe, ist, dass du nicht darin wohnst. Hast du nie daran gedacht, hiermit aufzuhören?«

»Hiermit aufhören? Doch, immer wieder.« Reinald nimmt ein Stück Holz und beginnt mit schwungvollen Bewegungen die Ränder abzuspalten. »Nach jeder Prise, vor allem am Anfang. Ganz besonders, wenn es Tote und Verwundete gibt, auch wenn man sich daran gewöhnt. Jeder Tag ist eine neue Herausforderung, ein neuer Kampf. Man weiß nie, ob man abends noch lebt.«

Unermüdlich bearbeiten seine Hände das Stück Holz, aus dem langsam, aber sicher die Konturen eines Schiffes sichtbar werden.

Lutske schaut in sein angespanntes Gesicht. Sie traut sich nicht, etwas zu sagen, sie fürchtet die vertrauliche Atmosphäre zu zerstören.

»Aber du bist reich! Du brauchst nicht länger so zu leben«, sagt sie nach langer Stille.

»Und meine Männer?«

»Deine Männer kommen auch ohne dich zurecht!«

»Da bin ich nicht so sicher.«

»Mann, Reinald! Du schleifst sie über alle Meere, sie gehen gewaltige Risiken ein und die Beute, die sie dabei machen, bringen sie in ein paar Tagen durch! Ich kenne nicht einen, der seinen Verstand gebraucht!«

»Nein? Winand spart für sein eigenes Geschäft, Samuel will eines Tages ein eigenes Schiff und so gibt es noch ein paar«, sagt Reinald.

»Genau, ein paar!«, spottet Lutske.

»Ich verstehe nicht, worüber du dich aufregst«, meint Reinald. »Müssen sie das nicht selbst wissen? Soll ich ihnen verbieten zu den Huren zu gehen? Oder ihr Geld zu versaufen?«

»Es ist doch lächerlich, dass sie alles verprassen«, sagt Lutske. »Schade um all das Geld. Das ist besser aufgehoben bei Männern, die etwas Vernünftiges damit anfangen.«

»Und wer bestimmt, was vernünftig ist?«

»Du natürlich! Du bist der Kapitän!«

»Hör doch auf, Lutske. Es ist ihr eigener Anteil. Sie haben ein Recht darauf, selbst wenn es mir nicht gefällt, was sie damit machen.«

»Ich dachte, du wolltest ihnen eine Zukunft geben«, sagt Lutske.

»Alles, was ich will, ist ein besseres Leben für die Männer!«, sagt Reinald, der langsam ärgerlich wird.

»Aber so bekommen sie es nie«, antwortet Lutske trocken.

Reinald steckt sich eine Pfeife an und bläst verärgert den Rauch aus.

11

Als sie eine Woche später wieder in den Hafen von Algier einlaufen, steht Lutske an Deck. Es ist September, aber immer noch glühend heiß. Wie lange ist es her, dass sie gemeinsam mit David die hohen Mauern um die Stadt und die Halbmonde auf den Moscheen bewundert hat? Lutske wendet sich ab, aber die Erinnerungen lassen sich nicht verscheuchen. Während alle von Bord gehen, verschwindet sie in ihrer Kabine und kommt auch nicht mehr heraus.

Obwohl Reinald ein Haus in Algier hat, bleibt auch er an Bord. Sie haben während der Woche kaum miteinander gesprochen; Lutske dachte schon, er würde ihr ausweichen. Aber an diesem Abend sitzen sie an Deck und schauen auf die kleinen Wellen, die in den Hafen tanzen.

»Wenn du nicht zur See gegangen wärst, was hättest du dann gemacht?«, fragt Lutske plötzlich.

Reinald denkt nach. »Keine Ahnung«, sagt er schließlich.

»Hättest du nicht aus eigenem Entschluss angeheuert?«, bohrt Lutske weiter.

»Das glaube ich nicht. Obwohl… Mein Vater fuhr auch nach Ostindien und ich konnte nicht verstehen, warum er immer über das Leben auf See geschimpft hat. Mir schien es das Schönste überhaupt zu sein, zum anderen Ende der Welt zu fahren und fremde Länder zu sehen. Abenteuerlich! Jetzt verstehe ich sehr gut, warum er das Seemannsleben so hasste. Aber das kann man auch erst begreifen, wenn man es selbst erlebt hat«, sagt Reinald.

»Was hätte dein Vater denn gerne gemacht?«, fragt Lutske.

»Er wär einfach gern zu Hause geblieben. Bei seiner Frau und seinen Kindern. Ich glaube manchmal, dass er ein berühmter

Dichter hätte werden können. Wenn es ihm schlecht ging, hat er immer Gedichte geschrieben. Ich glaube, das hat ihm darüber hinweggeholfen. Wenn er wieder zu Hause war, hat er sie uns vorgelesen. Ich kenne noch ein paar auswendig. Soll ich mal eins aufsagen?«, fragt Reinald.

Lutske nickt und lauscht Reinalds ruhiger Stimme: »Das Meer durch Gottes Vermächtenis/verschlingt so manchen Mann/und alle werden sie dem Fisch/zum Fraße dann/Was doch dem Seemann Leid geschieht/bei Nacht und auch am Tag/wenn er den Tod vor Augen sieht/und nicht entfliehen mag.«

Nachdenklich schaut Lutske über den Hafen. »Er hatte Heimweh«, stellt sie fest.

Reinald nickt. »Das schrieb er 1639, als er auf der *Prins Hendrik* fuhr«, sagt er. »Da war ich vier Jahre alt. Ich habe das Gedicht natürlich erst viel später gehört und es machte großen Eindruck auf mich. Es klang so spannend! Viel später erst entdeckte ich, was alles verborgen war in den einfachen Zeilen.«

In seinem Gesicht ist etwas, was Lutskes Mitleid erregt. Um ihn abzulenken, beginnt sie von ihrem Leben zu erzählen, obwohl das kaum heiterer ist. Aber sie macht es heiter. Sie erzählt von Tante Ida und Roter Barbara, von Malle Kees und was sie alles erlebt hat, als sie für ihn arbeitete.

Reinald hört zu und schmunzelt hin und wieder. Er schaut Lutske an, während sie erzählt und es um sie herum immer dunkler wird, bis er nur noch die Umrisse ihres Gesichtes sehen kann. Dann ist da nur noch ihre Stimme, bis sie schließlich ihre Geschichte beendet.

Danach bleibt es zwischen ihnen sehr lange still. Reinald nimmt ab und zu einen Schluck aus seinem Krug und schaut absolut zufrieden hinauf zu den Sternen über ihnen.

»Reinald?«, erklingt dann Lutskes zögerliche Stimme.

»Hmm?«

»Ich gehe fort.«

Ruckartig richtet er sich auf. »Fort?«, wiederholt er.

»Ja. Ich gehe zurück nach Amsterdam.«

Es ist noch nicht ganz hell, als Lutske am nächsten Morgen von Getrampel auf dem Deck aus dem Schlaf schreckt. Es sind die Männer, die vom Landgang kommen.

Lutske setzt sich auf und lauscht ihren Stimmen. Sie reden von Frauen und sie sind betrunken. Flüche hallen über das Deck und sie hört das Würgen der Männer, die sich übergeben.

Lutske tastet nach dem Handschar neben ihrem Bett. Der kalte Stahl des kurzen Schwertes gibt ihr ein Gefühl der Sicherheit.

Aber der Lärm ebbt ab, die meisten verschwinden wohl im Zwischendeck.

Lutske bleibt noch eine ganze Weile wachsam, und obwohl sie darauf vorbereitet ist, erschrickt sie doch heftig, als die Klinke ihrer Tür nach unten gedrückt wird. Zum Glück ist der Riegel vorgeschoben.

Mit schweißnasser Stirn lauscht sie dem Flüstern auf dem Gang und atmet tief durch, als die schlurfenden Schritte sich entfernen. Mit Herzklopfen kriecht sie unter die Decke, starrt aber weiterhin zur Tür, bis sie einschläft.

Es ist schon fast Mittag, als die Männer einer nach dem anderen gähnend und mit verquollenen Augen aufs Backdeck kommen.

Es weht eine leichte Brise, die den sauren Geruch jedoch nicht von Bord vertreiben kann. Überall liegen leere Krüge und Erbrochenes.

»Ich hab noch nie so 'n prima Weib gehabt.« Joris streckt sich.

»Als hättest du davon noch was gemerkt mit all dem Rum im Bauch!«, spottet Isebrant.

»Du warst aber auch ganz schön durstig! Das Einzige, was du noch zu Stande gebracht hast, war das hier!« Joris macht eine Bewegung, als würde er einen Krug zum Mund führen.

»Ich hab die Frauen nicht klagen hören.« Isebrant lehnt sich behaglich ans Schanzkleid, wobei er die Arme auf dem Rücken verschränkt hat. »Hoffentlich laufen wir noch nicht aus. Hier gefällt es mir.«

»Wenig Chance, dass wir auslaufen. Ich hab den Kapitän noch nicht an Deck gesehn«, sagt Vincent.

»Das Mädchen auch nicht«, ergänzt Joris. »Wetten, dass sie sich in seiner Koje wälzen? Er ist nicht von Bord gegangen.«

»Wofür wir bezahlen müssen, das hat er umsonst«, brummt Isebrant. »Und dann auch noch in seiner eigenen Kajüte. Ich dachte, wir wollten alles teilen!«

Diese Bemerkung findet allgemeinen Beifall.

»Ich finde, wir sollten unseren rechtmäßigen Anteil mal einfordern.« Vincent steht langsam auf. »Und wenn es nicht im Guten geht, dann muss es eben im Bösen gehen!« Er klopft auf den Dolch an seinem Gürtel.

Isebrant springt grinsend auf. »Komm, los, wir schnappen uns das Mädchen!«

Lutske sitzt am langen Tisch in der großen Kabine und isst, als die Männer hereinströmen. Als sie ihre Blicke sieht, springt sie erschrocken auf. Ohne einen Moment zu zögern, läuft sie in Reinalds Kajüte und zu seinem Schreibtisch, an dem er arbeitet. Die Männer kommen hinter ihr hergepoltert.

Reinald schaut irritiert auf. »Was hat das zu bedeuten? Was wollt ihr alle hier?«, will er wissen.

»Wir kommen unseren Anteil fordern«, verkündet Vincent frech.

»Euren Anteil? Wovon?« Reinalds Gesicht bekommt einen wachsamen Ausdruck.

Vincent lässt den Blick über Lutskes Körper wandern. »Wenn ein Mann einer Frau Genuss verschaffen kann, sollten dann nicht noch mehr Männer ihr doppelt so viel Genuss verschaffen können?«, sagt er.

»So ist es!«, stimmt Isebrant ihm zu. »Es gefällt mir überhaupt nicht, dass du ein so schönes Mädchen für dich alleine behältst, Kapitän.« Er schaut sich um. Die anderen murmeln zustimmend.

Lutske schiebt sich noch dichter an Reinald heran.

»Ich schlage vor, wir nehmen sie abwechselnd«, fährt Isebrant fort. »Ich hab ewig kein holländisches Weib mehr gehabt.«

Reinalds Augen verengen sich zu Schlitzen. Er sieht seine Männer einen nach dem anderen an und verflucht, dass Winand und die anderen im Laderaum beschäftigt sind.

»Ich schlage vor, ihr verschwindet augenblicklich«, sagt er ungerührt.

Hätten die Männer besser hingeschaut, hätten sie das Flackern in seinen Augen sehen können, aber ihre wollüstigen Blicke sind auf Lutske gerichtet.

Isebrant legt die Hände auf den Schreibtisch und beugt sich zu Reinald vor. »Hör zu, Kapitän«, sagt er grimmig, »wir haben es endgültig satt! Ehrlich teilen war die Devise und daran hältst du dich nicht. Und dann wagst du es noch uns zu sagen, dass wir verschwinden sollen!«

»Solange Lutske Martensdochter hier an Bord ist, ist sie ein Mitglied der Besatzung. Ich verstehe nicht, wie ihr auf den Gedanken kommt, sie könnte Teil der Beute sein.« Reinald weicht Isebrants Blick nicht aus.

Inzwischen rückt Vincent immer dichter an Lutske heran, die Schutz hinter Reinalds Schreibtisch sucht. Vincent geht um den Schreibtisch herum und Lutske hält ängstlich den Atem an. Aber da sieht der Pirat den Weg durch Reinalds messerscharfes Handschar versperrt. Mit der anderen Hand hat Reinald die Pistole auf die Männer gerichtet. Sie starren in den schwarzen Lauf und wagen sich nicht zu rühren. Auch Vincent bleibt starr stehen.

»Zurück!«, brüllt Reinald.

Vincent weicht einen Schritt zurück und fällt auf das samtbespannte Rundsofa. Sein Gesicht ist von Hass verzerrt.

»Ich hab dich schon immer gehaßt wie die Pest«, sagt er heiser. »Aber jetzt denke ich überhaupt nicht mehr daran, mir von dir etwas sagen zu lassen! Es wird Zeit, dass einmal ausgemacht wird, wer hier das Sagen hat!«

Reinald steht auf. »Du forderst mich heraus? Gut, dann werde ich dir sofort aus deinem Traum helfen. Welche Waffe?«

Vincent schaut ihn abschätzend an. Sein Blick gleitet über die Säbel im Waffenschrank hinter Reinald.

»Das sieht ja beeindruckend aus, aber ich hab dich noch nie damit umgehen sehen«, sagt er hinterhältig.

»Also Säbel«, sagt Reinald kurz.

Die Männer strömen nach oben aufs Deck, wo der Kampf stattfinden wird. Reinald nimmt eine Pistole aus seiner Tischschublade und kontrolliert die Ladung. Er schlägt die Kugel zurück, tickt ans Pulver und gibt Lutske die Waffe.

»Schieß, sobald sie es wagen, dir zu nahe zu kommen«, sagt er.

Lutske spannt den Hahn, und als sie an Deck gehen, bleibt sie in Reinalds Nähe. Winand und Jacob klettern gerade aus dem Niedergang der Kuhl und schauen hinauf.

»Da läuft etwas aus dem Ruder«, murmelt Winand und stürmt die Treppe hinauf.

Reinald und Vincent nehmen ihre Position ein und kontrollieren die Schärfe ihrer Waffe, während die Männer sie in einem großen Kreis umringen. Lutske sucht oben auf dem Kampagnedeck Schutz und hält den Aufgang unter Schuss. Das Herz klopft ihr bis zum Hals.

Reinald lässt seinen Gegner nicht einen Wimpernschlag aus dem Auge. Vincent hebt seinen Säbel, sodass das Metall blendend in der Sonne glänzt.

»Bis zum bitteren Ende, dem Tod, du Schuft!«, schreit Vincent und geht, ohne einen Moment zu zögern, zum Angriff über. Hart ertönt das Geräusch von Metall auf Metall. Reinald übernimmt keinen Augenblick die Initiative. Konzentriert wehrt er jeden Angriff ab, ohne selbst zuzustechen. Vincent ist ein geübter Kämpfer und stark wie ein Bär. Unermüdlich greift er Reinald an, aber der entweicht immer wieder geschmeidig der Waffe seines Gegners. Als Reinald dann eine gute Chance sieht, sticht er unerwartet zu. Vincent ist überrascht, als seine Weste aufgerissen wird. Er sieht die Blutspur auf seiner Brust und springt mit einem Wutschrei vor. Wie ein Wilder drischt er auf Reinald ein. Lutske hält den Atem an. Sie schaut zu Winand, dann zu Jacob und Samuel, aber niemand scheint Reinald helfen zu wollen. Dies ist sein

Kampf; ein mit fremder Hilfe errungener Sieg würde kaum Eindruck machen. Auch Vincents Kumpane halten sich heraus.

Ein Schnitt in die Schulter lässt Reinald für einen Moment schwanken, aber er gibt Vincent keine Gelegenheit, ihn ans Schanzkleid zu drängen. Trotz des stechenden Schmerzes im Arm wehrt er einen erneuten Angriff ab. Der Kampf dauert an, die Entscheidung lässt auf sich warten. Reinald spürt, dass Vincent allmählich ermüdet. Er geht nicht länger wie wild drauf los und seine Hiebe sind weniger kraftvoll. Wieder und wieder kreuzen die Männer ihre Klingen. Schwitzend, die Gesichter nah beieinander, messen sie ihre Kräfte. Reinald springt zur Seite und bückt sich blitzschnell, um einem Hieb auszuweichen. Er hört Lutskes warnenden Zuruf und rollt sich über den Boden, während Vincents scharfer Säbel pfeifend durch die Luft schnellt. Wieder halb auf den Beinen, fängt er die Stöße ab und dann, völlig unerwartet, sticht Reinald seine Waffe tief in den Bauch seines Feindes.

Vincents Gesicht verzerrt sich. Blut färbt seine Kleidung rot und tropft aufs Deck. Mit abscheulichem Röcheln sinkt er zusammen und bleibt bewegungslos liegen.

Reinald wischt sich den Schweiß von der Stirn.

»Ist hier noch jemand, der meint, ein Recht auf Lutske Martensdochter zu haben?« Sein Blick ist immer noch wachsam, als er in die Runde schaut. Aber niemand scheint Lust zu haben, Vincent zu folgen.

»Das dachte ich mir schon.« Reinald steigt über Vincents Leiche hinweg. »Schafft ihn fort.«

Er geht in seine Kajüte und schließt die Tür hinter sich. Einen Moment lehnt er sich an die Tür und streckt den verspannten Rücken. Dann taumelt er zum Sofa und sieht sich die Schulterwunde an. Es ist nicht so schlimm, nur ein eher oberflächlicher Schnitt. Er nimmt ein Stück Leinen, wickelt es sich um die Schulter und schaut auf, als die Tür geöffnet wird.

»Alles in Ordnung?«, will Winand wissen.

»Könnte schlimmer sein«, sagt Reinald.

Winand setzt sich neben seinen Freund.

»Ich hätte nie gedacht, dass ich jemals einen meiner eigenen Männer erstechen würde«, sagt Reinald kopfschüttelnd. »Und dann auch noch für das Mädchen!«

»Du würdest es morgen wieder tun«, sagt Winand.

»Ja«, bekräftigt Reinald mit einer Stimme, als sei er selbst überrascht.

Winand betrachtet seine Hände. Er verschränkt die Finger, löst sie wieder.

»Ist was?«, fragt Reinald.

»Ja ... Reinald, dies ist nicht der beste Moment, aber ich muss es dir sagen: Ich höre auf.«

Reinald dreht sich ruckartig zu Winand um.

»Ich habe schon viel länger mitgemacht, als ich eigentlich wollte«, erklärt Winand hastig. »Vielleicht weil ich hoffte, dass du auch aufhören würdest, aber danach sieht es nicht aus. Ich frage mich, ob du das überhaupt noch kannst. Auf alle Fälle werde ich erst einmal alte Pläne verwirklichen.«

»Ein Geschäft auf dem Dam«, sagt Reinald.

»Ja. Es ist schade, dass du nicht mit mir kommen kannst«, sagt Winand.

»Ach, ich wüsste nicht, was ich in Amsterdam zu suchen habe«, meint Reinald. »Was mich auf See hält, ist nicht nur die Beute oder der Preis auf meinen Kopf. Es ist das ganze Leben, die Freiheit, das Abenteuer. Ich weiß nicht, ob ich mich noch an den Dreck auf der Straße und an die Stadtmauern um mich herum gewöhnen könnte. Darum will ich mich auch nicht für immer in Algier niederlassen. Nach einiger Zeit kribbelt es mir wieder in den Fingern und dann muss ich raus.«

»Du forderst dein Schicksal heraus«, sagt Winand.

»Das tu ich schon seit Jahren«, antwortet Reinald.

»Eines Tages wird dich das Glück verlassen«, entgegnet Winand.

»Lieber sterbe ich im Kampf als vor Langeweile«, sagt Reinald. »Das ist mein Ernst, Winand. Ich verstehe übrigens nicht, dass du unbedingt zurück nach Amsterdam willst. Du könntest doch in Algier bleiben.«

»Ist mir zu heiß«, erwidert Winand. »Ich hab lieber Regen im Sommer und Schnee im Winter. Es ist ein Wunder, dass ich mir nicht schon längst einen Sonnenstich geholt habe.«

Er schaut auf, als an die Tür geklopft wird.

»Ja«, brummt Reinald.

Lutske steht in der Tür.

»Oh«, sagt sie, als sie Winand sieht.

»Komm rein, ich geh sowieso gleich.« Winand steht auf und lächelt ihr zu.

Zögernd kommt Lutske herein. Mit schnellem Blick mustert sie Reinald. »Wie geht es dir?«, fragt sie.

»Es geht«, murmelt Reinald.

Lutske läuft ein wenig in der Kajüte auf und ab und schaut durch die hohen Fenster nach draußen. Obwohl sie Reinald den Rücken zugewandt hat, ist ihr unangenehm bewusst, dass sein Blick fest auf sie gerichtet ist.

»Wann werde ich denn ein Schiff nach Amsterdam kriegen können?«, fragt sie, nur um etwas zu sagen.

»Willst du so gerne weg?«

»Was dachtest du denn? Nach dem, was hier los ist!«, antwortet Lutske.

Reinald fährt sich mit der Hand durch die Haare und seufzt.

»Es ist nicht nur wegen solcher Männer wie Vincent«, erklärt Lutske. »Es ist einfach… na ja… wegen allem. Es ist ein so sinnloses Leben.«

»Was denn, sinnlos?«, sagt Reinald beleidigt. »Ich biete den Männern etwas, was sie an Land nie kriegen können. Chancen auf ein besseres Leben! Gerechtigkeit! Gleichheit!«

»Die Chancen, die sie kriegen, vertun sie. Von Gerechtigkeit wollen sie nichts wissen, wenn sie nur ihren Anteil bekommen. Und die Gleichheit gilt nur so lange, wie sie dein Kommando akzeptieren. Also wirst du ständig auf der Hut sein müssen.«

»Es gibt immer ein paar, die Schwierigkeiten machen«, gibt Reinald zu.

»Und die hängst du dann an die Rah«, fügt Lutske hinzu.

»Wenn sie sich nicht an die Regeln halten, ja«, bekräftigt Reinald. »Sonst würde daraus ein Lotterhaufen.«
»Das ist es doch schon«, sagt Lutske.

»Hast du dich beim Kapitän lieb bedankt?« Als Lutske die Treppe herunterkommt, drehen sich ihr grinsende Gesichter zu. »Du bist ja ziemlich lange dringeblieben! Du musstest bestimmt seine schreckliche Stichwunde verbinden!«
Isebrant summt: »War einst ein Bursche ein Mädchen ...«, und einer der anderen Maaten schreit dazwischen: »Willst du mich nicht auch eben mal verbinden? Ich habe hier solche Schmerzen! Ich weiß nicht, wie das kommt!« Die Männer lachen brüllend.
Zum Glück bleibt es bei dummen Scherzen, niemand wagt es, ihr näher zu treten. Das hat Reinald denn doch erreicht. Jedenfalls vorläufig. Lutske zweifelt nicht daran, dass die Übermütigsten schon bald wieder einen Versuch wagen werden.
Sie verlassen Algier und nach ein paar Tagen Umherkreuzen auf hoher See beginnt Isebrant ihre Gesellschaft zu suchen, und zwar aufdringlicher, als ihr lieb ist.
Lutske sitzt auf dem Backdeck in der Sonne und flickt ihre Hose, als Isebrant ein leeres Fass heranschiebt. Er setzt sich neben sie und sieht sie lächelnd an.
»Lass uns alles vergessen, was vorgefallen ist«, sagt er anbiedernd freundlich. »Du bist ein nettes Mädchen, wir können doch gute Freunde werden. Schließlich bist du auch gut befreundet mit dem Kapitän und mit Winand und ein paar anderen.«
»Weil die mich nicht ständig belästigen.« Lutske sieht Isebrant kühl an und rutscht ein Stückchen zur Seite.
»Komm, die paar Scherze, die wir uns mit dir erlaubt haben, das nennst du doch nicht belästigen, oder? Wir finden dich einfach nett! Das ist ein Kompliment!«, sagt Isebrant entrüstet.
»Heb dir deine Komplimente lieber für deine leichten Mädchen auf«, sagt Lutske abweisend.
Isebrant lacht prustend. »Du gefällst mir, du hast Pfeffer! Komm, Mädchen, lass uns auf unsere Freundschaft trinken!«

Er legt den Arm um sie und berührt dabei ihre Brüste. Wie von der Natter gebissen springt Lutske auf und richtet eine Pistole auf ihn. Verblüfft starrt Isebrant in den Lauf.

»Was ist denn jetzt los?« Er macht einen Schritt auf sie zu und versucht ihr die Waffe abzunehmen.

Lutske zielt auf seine Beine und drückt ab. Mit einem Schmerzensschrei fällt Isebrant zu Boden. Das Blut färbt seinen Unterschenkel langsam rot.

»Verfluchte Hündin!«, schimpft er außer sich vor Wut. »Dich werde ich... Ich...«

»Auf unsere Freundschaft«, spottet Lutske und richtet die Pistole auf seinen Schritt.

Wutschäumend hinkt Isebrant davon und sucht den Arzt. Lutske schaut ihm mit einem wachsenden Gefühl des Triumphes nach. Die Männer, die Zeugen des Vorfalls waren, starren sie mit neuem Respekt an und auf der Kampagne dreht Reinald sich lachend um.

Kurz darauf gehen Winand und Lutske an Bord eines portugiesischen Schiffes, das sie nach Amsterdam bringen wird. Winand und Reinald umarmen sich schweigend.

»Ich weiß, dass ich dich nicht dazu bringen kann, damit aufzuhören«, sagt Winand dann. »Aber sei vorsichtig. Das Glück kann dir plötzlich den Rücken zuwenden.«

»Noch *eine* fette Beute«, verspricht Reinald. Und dann lachen beide.

Lutske steht etwas abseits und beobachtet die beiden Freunde. Reinald wendet sich an sie. »Nicht so ein trauriges Gesicht machen«, sagt er leise.

»Ich habe so ein ungutes Gefühl«, flüstert Lutske. »Winand hat Recht, das Glück kann dir plötzlich den Rücken zuwenden. Pass bitte gut auf dich auf, Reinald.«

Sie umarmt ihn und Reinald drückt sie fest an sich.

»Wir müssen gehen«, drängelt Winand.

Reinald lässt Lutske los und prägt sich ihr Gesicht noch einmal gut ein. Lutske lacht ein bisschen beklommen, dreht sich um und geht zum portugiesischen Schiff, wobei sie sich ab und zu umschaut. Winand folgt ihr, nachdem er sich von den anderen Männern der Besatzung verabschiedet hat. Reinald wartet, bis beide an Bord sind. Dann dreht er sich um.

»Vorwärts, Männer«, sagt er. »Wir haben zu tun.«

Mit Samuel als kommandoführendem Offizier auf *De Eenhoorn* laufen sie ein paar Tage später aus. Es ist anders ohne Winand und Lutske, das merkt Reinald sofort. Er ertappt sich dabei, dass er herumläuft und die beiden sucht. Andererseits hat er keine Probleme mehr mit der Besatzung, nachdem die Männer eine Weile an Land waren und keine Frau mehr an Bord ist.

»Noch *eine* fette Beute«, murmelt Reinald.

Die Dämmerung bricht herein und es wird dunkel in der Kajüte. Er zündet eine Öllampe an und schaut durch die halbrunden Fenster hinaus. Er macht keine Anstalten in die Koje zu gehen.

12

Löschen, laden, handeln und streiten, alles geht seinen normalen Gang in Amsterdam. Es ist Februar, und obwohl klirrende Kälte herrscht, geht der Handel weiter. Das Damrak wird von Eisbrechern schiffbar gehalten, Plattbodenboote pendeln zwischen dem Hafen und den Lagerhäusern hin und her, große Ballen werden hochgehievt und hineingezogen.

Lutske wohnt in einem einfachen, aber geräumigen Haus an der Lauriergracht. Sie hat sich an Winands Geschäft beteiligt und gemeinsam arbeiten sie mit aller Kraft. Es kann einfach nicht misslingen, davon sind sie überzeugt.

Als die Tage milder und länger werden, wird auf der Werft letzte Hand angelegt an ein neues Schiff der V.O.C. Weil das Schiff für sie so günstig an der Ecke vom Dam liegt und die Kompanie so viele Vorbereitungen für die Reise nach Ostindien zu treffen hat, haben Lutske und Winand viel zu tun.

Sie verkaufen Erd- und Himmelsgloben und mathematische Instrumente, Kupferstiche aus dem Atlas des Kartographen Mercator, populäre Reisejournale, aber auch »Kolonialwaren«, wie Kaffee, Tee, Tabak und Baumwolle.

An einem warmen Vormittag im August schaut Lutske auf, als das leise Anschlagen der Klingel über der Tür das Kommen zweier Herren ankündigt. Sie sind nach der letzten Mode gekleidet, mit Lockenperücke, rotem Wams und elegantem Mantel. Karten möchten sie, die genauesten aktuellen Karten.

»Dann empfehle ich Ihnen den Weltatlas von Joan Blaeu«, sagt Lutske. »Der ist erst vier Jahre alt und es ist der genaueste.«

Die Herren blättern etwas im Atlas. Es ist ein in Leder gebundenes Kunstwerk voller Karten mit Verzierungen wie Schiffen, Menschen und Tieren. Lutske lässt die Fremden ruhig blättern, während sie neu hereingekommene Kunden bedient.

»Es war viel Betrieb«, sagt Lutske, als Winand zur Mittagsstunde zum Essen nach Hause kommt.

»Gut so«, sagt Winand. Er war den ganzen Vormittag auf der Börse am Rokin. An Geld mangelt es nicht, er kann einkaufen, was er braucht. Er könnte auch eines der prächtigen Häuser an der Herengracht kaufen, aber er bevorzugt das Herz der Stadt. Hier, zwischen Masten und Wimpeln, fühlt er sich zu Hause. Die kleineren Schiffe kommen bis an den Dam, um ihre Ladung zu löschen; sie bringen etwas vom Geruch des Meeres mit.

Er dreht sich zu Lutske um und betrachtet sie anerkennend. Ihr rotblondes Haar ist gewachsen und sie trägt es aufgesteckt unter einem feinen Spitzenmützchen. Der weinrote, schimmernde Rock und das gestickte Jäckchen stehen ihr ausgezeichnet. Man kann sich kaum vorstellen, dass dieses Mädchen jemals als Pirat am Entern von Schiffen beteiligt war.

»Du errätst nie, was ich in der Druckerei von Bartels gesehen habe«, sagt Winand, als Lutske aufschaut.

Lutske sieht ihn fragend an.

»Das Logbuch des Schiffseigners Daniel Bastiaens.« Winand wirft ein Buch auf den Tisch.

»Bastiaens? Das ist doch der Kaufmann, nicht?«

»Der steinreiche Kaufmann, ja. Er hat ein Haus am Grachtengürtel und glaub mir, das kann sich messen mit dem Haus von Trip!«, bekräftigt Winand.

Lutske nimmt das Buch in die Hand. Ihr Blick gleitet über die dramatisierte Zeichnung eines Schiffes in tobendem Sturm und bleibt haften am Text unter der Überschrift: »Wie er entkam dem Zorn des Seeräubers van Veghel.«

»Was?«, ruft Lutske aus und blättert schnell das Buch durch. »Hat Reinald Bastiaens überfallen? Wie kann er nur?«

Winand nickt. »Und wenn man dem Buch glauben kann, hat

Reinald mit seiner ganzen Bande auf dem Schiff angeheuert und auf hoher See das Ruder übernommen.«

Lutske bricht in Lachen aus, aber ihr Gesicht verdüstert sich, als sie einige Zeilen gelesen hat.

»Hör dir das an! Nach heftigem Widerstand von Bastiaens und seiner tapferen Besatzung... Die Decks waren von Blut überspült... Erzwungene Übergabe... Und hier, Bastiaens zufolge wurde ihm gestattet, in aller Freiheit von Bord zu gehen – auf hoher See! Und als er sich erschrocken weigerte, haben sie ihn an die Rah gehängt und ihn dort stundenlang leiden lassen. Davon glaub ich kein Wort! So etwas würde Reinald nie tun!«

»Natürlich nicht«, sagt Winand. »Wenn diese Geschichte auch nur zur Hälfte wahr ist, frage ich mich, wie Bastiaens mit heiler Haut nach Amsterdam zurückgekommen ist.«

»Geflohen nach schrecklichen Entbehrungen«, liest Lutske. Empört wirft sie das Buch auf den Tisch. »Was für ein gesammelter Unsinn!«

»Die Leute glauben es«, sagt Winand. »Sie genießen es. Bastiaens verdient damit ein Vermögen.«

Lutske lehnt sich im Stuhl zurück und seufzt. Bastiaens ist nicht der Einzige, der Kapital aus Reinalds Seeräuberei schlägt. Immer mehr Kaufleute, die irgendwann einmal Reinald begegnet sind, schreiben ihre Abenteuer nieder. Niemand kommt auf den Gedanken, dass diese Kaufleute ihre schrecklichen Erlebnisse gar nicht erzählen könnten, dass sie tot sein müssten, wenn van Veghel wirklich so mörderisch grausam wäre, wie sie behaupten.

»Wäre das nicht herrlich, wenn er plötzlich vor uns stehen würde«, sagte Lutske verträumt.

»Aber nicht sehr vernünftig«, meint Winand nüchtern. »Bevor du ihm Guten Tag sagen könntest, wäre er schon arretiert und aufgehängt.«

Lutske lässt ihre Finger über Reinalds Namen im Buch gleiten.

»Gott weiß, wo er sich jetzt rumtreibt und ob wir ihn jemals wieder sehen«, sagt sie leise.

Beide schauen auf, als die Türklingel anschlägt. Lutske steht auf und späht um die Ecke in den Laden. Sie lächelt verschmitzt. »Es ist Mayken Springer. Winand, ich glaube, du solltest sie bedienen.«

Winand sieht sie vorwurfsvoll an. »Setz dir nichts in den Kopf, Lutske Martensdochter. Mayken ist einfach ein nettes Mädchen, das…«

»Das sich unbedingt jeden Tag deine Raritätensammlung ansehen muss«, ergänzt Lutske.

Zu ihrem Vergnügen wird Winand ein bisschen rot. Sie späht um die Ecke und sieht Mayken Springer, die mit rosigen Wangen neben Winand steht. Er erzählt ausführlich von allen bemerkenswerten Dingen in seiner Raritätensammlung, wobei das Mädchen hingerissener ihm ins Gesicht schaut als auf die Sammlung von Muscheln und getrockneten Schildkröten.

13

Wochenlang lässt sich kein Kauffahrer blicken. Sie dümpeln in der Windstille und Langeweile macht sich breit. Tagein, tagaus lungern die Männer an Deck herum und schauen zum vor Hitze flirrenden Horizont.

Nachts liegt Reinald mit griffbereiten Waffen in der Koje. Trotzdem wacht er eines Morgens mit dem Druck eines frisch geschliffenen Messer an seiner Kehle auf. Über ihm ist das Gesicht von Conrad, der von einem Ohr zum anderen grinst.

»Guten Morgen, Kapitän!«, sagt er in gedämpftem Ton.

Reinald starrt in Conrads verschwitztes Gesicht und tastet nach seiner Pistole, die bei seiner rechten Hand unter der Decke liegt. Wenn nötig schießt er durch die Decke. Aber wo ist die verdammte Pistole?

»Es ist Zeit für einen neuen Anführer«, zischt Conrad. »Nicht so einen Weichling, der immer nur über gleiche Anteile herummeckert. Es kann nur einer der Herr sein und das werde ich. Und verlass dich drauf, dass ich gut für mich sorgen kann. Ruhe sanft, Kapitän!«

In dem Moment verzerrt sich Conrads Gesicht; seiner Kehle entringt sich ein Laut, als wolle er sich übergeben, ein Laut, der übergeht in lautes Röcheln. Er fällt aufs Bett und auf Reinald, und jetzt ist Jacobs lange Gestalt hinter ihm zu sehen.

»Ruhe sanft, Vlierhop«, sagt Jacob grimmig und wischt seinen Säbel an Conrads Hose ab.

Voller Abscheu schiebt Reinald Conrads schlaffen Körper von sich. Er schwingt die Beine über den Bettrand und fragt: »Um Gottes willen, was ist denn los?«

»Meuterei«, antwortet Jacob. »Vlierhop ist nicht der Einzige, da hängen noch mehr im Komplott. Mattys hat noch einen erwischt. Ich glaube, es waren viel mehr, die mitgemacht haben oder die ganz sicher von dem Anschlag auf dich wissen. Aber das wird schwer zu beweisen sein.«

»Wer ist der andere?«, fragt Reinald sachlich, während er sich anzieht.

Jacob atmet tief durch. »Isebrant de Ryk. Er war auf Wache.«

»Isebrant!«, sagt Reinald fluchend.

»Wir haben ihn in Eisen gelegt«, sagt Jacob. »Was wirst du mit ihm machen?«

Reinald zieht die Stiefel an und schnallt den Säbel um. Ja, was wird er mit ihm machen? Es ist verführerisch, den Verräter sofort über Bord zu werfen, aber etwas hält ihn zurück. Die Kajüte wird ihm plötzlich zu klein. Er geht zur Tür hinaus, dann zur Kampagne und atmet tief die frische Meeresluft ein.

Isebrant wird zweimal unter dem Kiel des Schiffes hindurchgezogen. Kielholen heißt eigentlich dreimal, aber als Isebrant mit blutendem Rücken wieder über Wasser geholt wird, reicht es Reinald. Er erlaubt Arent Bakhuys, Isebrant zu behandeln. Im nächsten Hafen wird er verletzt und mittellos an Land gesetzt.

Damit kehrt wieder Ruhe an Bord ein, doch es ist eine trügerische Ruhe. Reinald hat das noch nie so deutlich gespürt. Widerstand, Anschläge, Hass und Neid brodeln die ganze Zeit. Er umgibt sich mit noch mehr Leibwächtern und muss an die Direktoren des Zuchthauses denken, die niemals ohne Bewachung ein Wort mit Verurteilten sprachen.

Eines Morgens sichtet Böhnchen eine Flotte von Kriegsschiffen mit der roten Flagge in der Vorstenge. Und das heißt: »Keine Gnade.« Sofort setzen die Piraten alle Segel bei und machen sich auf die Flucht. Ein Kriegsschiff anzugreifen ist Verschwendung von Munition und Menschenleben, zumal es meistens doch keine interessante Ladung hat.

Aber die Kriegsflotte bleibt hartnäckig hinter ihnen.

Reinald runzelt die Stirn und nimmt sein Fernrohr. Er irrt sich nicht, sie werden verfolgt.

»Wenn das nicht die *'t Huis Tijdverdrijf* ist«, murmelt er.

Im gleichen Moment schreit Böhnchen aus dem Krähennest: »Es ist die *'t Huis Tijdverdrijf*! De Ruyter selbst will uns an den Haken nehmen! O Herr, steh uns bei!«

»Sie haben also den Admiral auf uns gehetzt«, sagt Reinald.

»Ich habe an Land schon so was gehört«, sagt Jacob. »Es scheint so, dass sie das Meer von Piratenschiffen säubern wollen.«

»Wenn jemand dazu in der Lage ist, dann ist es de Ruyter«, sagt Reinald. »Das kann interessant werden.«

»Willst du es auf einen Kampf ankommen lassen?« Beunruhigt späht Jacob zum Flaggschiff in der Ferne.

»Nein«, antwortet Reinald. »Ich weiß, was der Mann wert ist. Der würde selbst als Pirat eine hervorragende Figur machen.« Er dreht sich um und schreit: »Kanonen doppelt laden! Räumt die Decks!«

Die Besatzung führt seine Befehle eiligst aus. Um eine eventuelle Übernahme seines Schiffes zu verhindern, lässt Reinald die Decks mit Butter einschmieren. Entlang dem Schanzkleid werden breite Planken geworfen, aus denen rostige Nägel herausragen.

»Wir werden dich mit deinen eigenen Listen begrüßen!«, brummt Reinald schmunzelnd, denn de Ruyter ist bekannt für die Art, wie er mit enternden Piraten umspringt.

Auf Reinalds Befehl wird eine grell orangefarbene Flagge am Mast hochgezogen, die warnend im Wind flattert. Sofort teilt sich die Piratenflotte in alle Himmelsrichtungen. Zu Reinalds Genugtuung sind ihre Verfolger einen Moment verwirrt, bis sie offenbar beschließen, zusammenzubleiben und sich auf *De Draeck* zu konzentrieren.

»Es sieht so aus, als ob sie uns haben wollten!« Reinald verengt die Augen zu Schlitzen. »Na los, dann kommt nur her, Jungs!«

Er schiebt den Rudergänger zu Seite und ändert den Kurs um ein paar Striche. Mit dem Wind voll in den Segeln nehmen sie Kurs auf die unzugängliche Ostküste von Madagaskar.

Die Besatzung weiß, dass ihr Kapitän dort jede Landzunge und jede verborgene Bucht kennt, aber so dicht, wie er *De Draeck* jetzt an den Klippen vorbeisteuert… Der Kielbalken ihres Schiffes scheuert über Sandbänke und Felsspitzen. Immer wieder laufen sie ganz knapp nicht auf Grund.

Die Kriegsflotte hinter ihnen ist in Schwierigkeiten. Die schweren Schiffe haben viel mehr Tiefgang und sind nicht in der Lage, die Steuermannskunst nachzumachen, die Reinald vorgeführt hat. *'t Huis Tijdverdrijf* folgt dem Piratenschiff so lange wie möglich, zwei andere Kriegsschiffe zögern und bleiben in der Bucht liegen. Auf *De Draeck* steigt lauter Jubel auf.

»Sie geben auf!«

»Hoch lebe unser Kapitän!«

Sie klopfen dem schmunzelnden Reinald auf die Schulter. Fürs Erste hat er wieder einmal bewiesen, der einzig richtige Anführer zu sein. Dicht unter der Küste manövriert er *De Draeck* in sicheres Wasser.

Es ist still in der Kabine von Michiel Adriaenszoon de Ruyter. Der Admiral sitzt an seinem Schreibtisch und taucht die Gänsefeder in Tinte. Er schreibt seinen Bericht an die Generalstaaten der Republik, die ihm den Auftrag erteilt haben, das Meer von Piraten zu säubern. Und vor allem von diesem ärgerlichen holländischen Piraten, der überall gleichzeitig aufzutauchen scheint.

Ihre erste Begegnung ist kein Triumph für ihn geworden, aber de Ruyter vertraut darauf, die ihm übertragene Aufgabe erfüllen zu können.

»Herr Admiral!« Unerwartet steht Daniel Bastiaens in der Türöffnung.

De Ruyter schaut widerwillig auf. Er war nicht dafür, Bastiaens auf diese Expedition mitzunehmen, aber dieser Kaufmann ist hartnäckig, rachsüchtig und außerdem reich und mächtig. Um ihn nicht vor den Kopf zu stoßen und weil er viel Geld in dieses Unternehmen gesteckt hat, ist ihm erlaubt worden, Zeuge der Jagd auf Reinald van Veghel zu sein.

»Bei allem Respekt, Herr Admiral, aber wir sind jetzt schon wochenlang unterwegs und seit der einen Niederlage haben wir noch keine Spur von van Veghel finden können«, sagt Bastiaens.

»Geduld, werter Herr, Geduld«, sagt de Ruyter. »Alle Niederlassungen der Ostindischen Kompanie sind alarmiert und haben den Auftrag, Meldung von jeder Plünderung zu machen. Früher oder später wird er irgendwo auftauchen.«

Bastiaens stiefelt durch die Kajüte. »Geduld? Ich kann es einfach nicht abwarten, bis wir den Kerl zu fassen kriegen. Er ist ein unverbesserlicher Schuft. Für Geld würde er in die Hölle fahren, bis die Segel brennen.«

»Gottes Mühlen mahlen langsam, aber beständig«, sagt de Ruyter, den Blick auf das Pergament vor sich gerichtet.

Bastiaens stampft schnaubend aus der Kajüte und stellt sich mit seinem Fernrohr auf das Kampagnedeck.

Als sie am Kap der Guten Hoffnung frischen Proviant eingenommen haben, haben sie von der Besatzung eines französischen Schiffes erfahren, dass ein holländischer Pirat dort das Meer unsicher macht. Die Spur der Überfälle hat sie nach Madagaskar geführt. Hier ist van Veghel zuletzt gesichtet worden.

Bastiaens späht zur Küste der nahe gelegenen Insel Mauritius. Kein Schiff, kein Segel zu sehen.

»Der Schurke hält sich irgendwo versteckt«, brummt er in seinen Bart. »Und Gott allein weiß, wo, bei all diesen Buchten.«

Aber dann haben sie Glück. Es ist Januar des Jahres 1658, als ein verdächtiges Schiff an der Ostküste von Madagaskar gemeldet wird. Es führt eine schwarze Flagge mit einem weißen Totenkopf und gekreuzten Säbeln. Kein Zweifel, das ist ein Seeräuberschiff.

»Van Veghel«, sagt de Ruyter ohne eine Spur von Aufregung.

Bastiaens schlägt mit der Faust aufs Schanzkleid. »Jetzt haben wir ihn! Angreifen!«

De Ruyter wirft ihm einen kühlen Blick zu. »Darf ich Sie darauf aufmerksam machen, dass dies mein Schiff ist und dass ich die Verantwortung für diese Expedition trage?«, sagt er schneidend.

»Solange Sie dafür sorgen, dass der Schurke hängen wird«, antwortet Bastiaens ebenso unfreundlich. Er dreht sich um und geht im Sturmschritt zur Kampagne, um das Seeräuberschiff nicht aus den Augen zu verlieren.

Die Piraten haben sie bemerkt und setzen alle Segel bei.

»Er geht uns durch die Lappen! Lasst ihn nicht entkommen!«, brüllt Bastiaens.

Das Piratenschiff hat geschickt gewendet und nimmt Kurs auf eine Küste voller Riffs, in seinem Kielsog *'t Huis Tijdverdrijf.* Und dann haben sie es plötzlich verloren.

Fluchend stampft Bastiaens über das Deck. »Wir hatten ihn so gut wie am Haken!«, schreit er de Ruyter an.

»Er ist noch nicht weg«, entgegnet de Ruyter verärgert. »Wir suchen die ganze Küste ab, er kann nirgends hin.«

Zähneknirschend sieht Bastiaens zu, wie vor jeder Bucht die Jollen zur Erkundung ausgesetzt werden. Wutschnaubend läuft er am Schanzkleid auf und ab, als die Männer unverrichteter Dinge wiederkommen.

»Das Schwein ist schon längst zwischen den Riffs hindurchgesegelt«, sagt er wütend. »Wetten, dass er auf einer der verfluchten Inseln sitzt und uns auslacht?«

»Das weiß ich auch, aber er wird nicht lange lachen«, erwidert de Ruyter. »Das Netz um unseren Freund wird immer enger. Geduld, Herr Bastiaens. Ich weiß, dass Sie darauf brennen, diesen Mann zu erwischen, und ich verspreche Ihnen, dass es dazu kommen wird. Doch inzwischen wären mir etwas weniger Fluchen und etwas mehr Geduld sehr willkommen.«

Bastiaens brummt in seinen Bart.

Wie ein Raubtier, das seine Beute umschleicht, behält de Ruyter jede Ausweichmöglichkeit des Piraten im Auge. Sie müssen sich hier in der Gegend versteckt haben, es kann nicht anders sein. Tag und Nacht spähen die Ausguckposten die Küste nach einem Segel, einem Teil eines Rumpfes hinter einem Felsen ab, nach dem geringsten Anzeichen von Leben. Und ihre Geduld wird belohnt.

Nach einer Woche Dümpeln und Suchen meldet eine Jolle ein Segel und ein hervorstehendes Bugspriet in einer kleinen Bucht.

»Wir wagten uns nicht näher heran«, sagt der Bootsmann.

»Sehr vernünftig«, sagt de Ruyter und nickt. »Wir dürfen sie nicht kopfscheu machen. Schließt die Einfahrt der Bucht sofort ab.«

Ein Wall von Kriegsschiffen geht in der Einfahrt der Bucht vor Anker. Delfine und kleine Wale schießen gerade noch zwischen den Schiffsrümpfen hindurch ins offene Meer. Die Kanonen sind drohend auf die Bucht gerichtet, bereit, beim geringsten Zeichen von Leben Tod und Verderben zu speien. Eines der Schiffe segelt etwas tiefer in die Bucht hinein, um zu erkunden, wer oder was sich hinter den Felsen versteckt hat. Aber das Schiff kommt nicht weit, mit Furcht erregendem Krachen läuft es auf irgendetwas fest.

Fassungslos sieht de Ruyter vom Kampagnedeck, wie eines seiner am besten ausgerüsteten Schiffe Wasser macht. Die Besatzung setzt die Jollen aus und sucht ihr Heil auf den anderen Schiffen. Hinter den Felsen bleibt alles ruhig.

»Was um Himmels willen ist denn passiert?« De Ruyter geht mit großen Schritten auf einen Offizier zu, der triefnass an Bord gezogen wird.

»Wir dachten erst, wir wären auf Felsen aufgelaufen, Herr Admiral«, keucht der Mann. »Aber es sieht danach aus, dass die verfluchten Piraten ein paar Schiffe versenkt haben. Wir können keinen Meter in die Bucht!«

De Ruyter runzelt die Stirn und seufzt unhörbar, als Bastiaens auf ihn zugestürmt kommt.

»Ich verlange, dass sofort etwas unternommen wird!«, ruft er mit funkelnden Augen. »Haben Sie vielleicht auch daran gedacht, dass die Halunken inzwischen an Land gehen könnten?«

»Das werden sie zweifellos versuchen«, stimmt de Ruyter besorgt zu. »Aber vorläufig können wir nicht viel dagegen tun.«

Bastiaens platzt fast vor Wut über die unerschütterliche Ruhe des Admirals.

»Mehr als fünfzig Kanonen auf jedem Schiff und Sie können eine Bande von Tagedieben nicht daran hindern, an Land zu klettern?«, sagt er sarkastisch.

»Leider können wir nicht um den Felsen herumschießen«, sagt de Ruyter. »Selbstverständlich bin ich der Erste, der Ihnen erlaubt, in eine Jolle zu klettern und sich an das Schiff dahinter heranzumachen. Mit dem Risiko, dass Sie sofort auf den Meeresboden geschossen werden. Es besteht zwar die Möglichkeit, dass die Piraten an Land gegangen sind, aber wir können es nicht mit Sicherheit sagen.«

»Sie haben bestimmt ein paar Mann an Bord gelassen, um den Eindruck zu erwecken, das Schiff sei noch bemannt«, mischt sich der Offizier ins Gespräch.

»Genau«, stimmt de Ruyter ihm zu. »Darum warten wir die Dämmerung ab, um das herauszufinden. Ich nehme an, dass Sie keinen anderen Vorschlag haben, Herr Bastiaens?«

Ohne die Antwort abzuwarten, geht er in seine Kajüte. Bastiaens bleibt in ohnmächtiger Wut zurück.

Hinter dem Felsen liegt das Piratenschiff, ein stiller Rumpf mit gespenstisch herunterhängenden Tauen und Leinen. Nichts deutet darauf hin, dass jemand an Bord ist.

Ein Erkundungsboot fährt darauf zu.

»Kein Lebenszeichen, Herr Admiral«, melden die Männer, als sie wieder an Bord ihres Schiffes sind. »Alles sieht leer und verlassen aus.«

»Hmm.« De Ruyter fährt sich durchs Haar und schaut über die stille Bucht. »Ich trau dem Braten nicht, aber ich glaube, wir müssen es darauf ankommen lassen. Morgen früh schlagen wir los.«

Als das erste Morgenlicht über die Bucht streicht, werden die Jollen ausgesetzt. Bewaffnet mit Bogen, mit denen sie brennende Pfeile auf das Schiff schießen können, rudern die Männer leise auf den Felsen zu.

»Ihr dürft euch nicht wundern, wenn der verfluchte van Veghel wartet, bis er uns alle im Visier hat«, sagt de Ruyter. »Zehn Mann gehen an Bord. Soecker und Ruysdaal, ihr beiden schwimmt ungesehen hinter der Jolle her und behaltet alles im Auge. In einer halben Stunde seid ihr zurück, sonst setzen wir den Kasten in Brand. Vorwärts, drauf los!«

Er sucht ein paar Männer aus, die nicht sehr begeistert um den Felsen herumrudern. Die anderen warten gespannt ab. Es scheint eine Ewigkeit zu dauern, bis das leise Platschen der Ruderblätter die Rückkehr der Jolle ankündigt.

»Nichts zu sehen, Herr Admiral«, flüstert Soecker. »Wir konnten ungehindert an Bord klettern, aber eine halbe Stunde reicht nicht aus, um das ganze Schiff zu untersuchen.«

»Das leuchtet mir ein«, sagt de Ruyter. »Wir gehn drauf los, Männer. Und denkt daran, seid vorsichtig. Wir wissen nicht, worauf wir an Bord stoßen werden.«

Die Jollen setzen sich in Bewegung und wagen sich behutsam bis an den Rumpf des Schiffes. Soecker und Ruysdaal klimmen an einem herabhängenden Seil an Bord und werfen für die anderen Männer Strickleitern hinunter. So geräuschlos wie möglich klettern überall dunkle Gestalten am Rumpf des Schiffes hinauf. Gebückt schleichen sie über das Deck. Sie verschwinden im Zwischendeck, eilen die Treppen zu den oberen Decks hinauf, untersuchen die Kajüten, die Kombüse und jeden Raum, in dem sich jemand versteckt haben könnte. Es ist niemand zu finden.

»Sie sind abgehauen, Herr Admiral. Sogar die Laderäume sind leer! Wenn sie noch irgendwas Wertvolles an Bord hatten, haben sie es mitgenommen«, meldet einer der Männer.

»Das war zu erwarten.« De Ruyter schaut zum dunklen Saum des Urwalds oberhalb der Felswand. »Sie haben einen guten Vorsprung. Es hat überhaupt keinen Zweck sie zu verfolgen. Wir gehen zurück, Männer. Steckt das Schiff in Brand, dann können sie damit jedenfalls nicht das Weite suchen.«

Bastiaens, der es vorgezogen hat, sicher an Bord von *'t Huis*

Tijdverdrijf zu bleiben, sieht die Bucht in helles Licht getaucht, als *De Draeck* in Flammen aufgeht. Das kann nur eines bedeuten: Der elende Schuft ist entkommen! Sein Schiff ist er los, aber es ist ihm doch gelungen, ihnen nicht in die Hände zu fallen.

Er versucht die Selbstbeherrschung zu bewahren und umklammert mit festem Griff den Rand des Schanzkleides. Er wird ihn kriegen, diesen elenden Hund, und wenn es ihn Jahre seines Lebens kostet.

Die Flucht landeinwärts verläuft nicht so einfach, wie Reinald gedacht hat. Es gibt keinen Strand, die Bucht ist eingefasst von einer mit Bäumen und Sträuchern bewachsenen Felswand, die am Tage schon Schwierigkeiten verursacht hätte, aber erst recht mitten in der Nacht. Die Waffen, die Wertsachen und der Proviant, alles, was sie in der Eile noch mitgenommen haben, erschwert ihren Marsch.

»Ich weiß nicht, was du vorhast, aber ich glaube nicht, dass das hier viel Sinn hat«, mault Joris, als sie oben angekommen sind und verschnaufen.

»Dann geh doch zurück«, sagt Reinald nüchtern.

Zwischen den dunklen Stämmen sind die Umrisse von *De Draeck* gerade noch sichtbar. Die Flotte, die die Bucht abriegelt, ist durch einen hohen Felsen der Sicht entzogen.

»Wenn wir in Küstennähe bleiben, können wir uns nicht verirren«, sagt Reinald. »Es ist ein schwerer Weg, das gebe ich zu, aber er ist die Mühe wert!«

Crispin starrt auf die Bucht und flucht. »Soll der Teufel die elenden Hunde holen«, sagt er. »Sie werden von *De Draeck* keinen Span übrig lassen.«

»Wär's dir denn lieber, sie schießen dir deine Männlichkeit ab?«, brummt Mattys. »Schiffe sind zu ersetzen. Wir sollten lieber machen, dass wir hier wegkommen.«

Alle sind nervös; die unverhofften schrillen Geräusche der Urwaldbewohner jagen den Männern immer wieder einen fürchterlichen Schreck ein. Zweige schlagen ihnen ins Gesicht, sie stolpern über Baumwurzeln und knapp über dem Boden hängende Lianen.

Einmal bleibt Böhnchen so abrupt stehen, dass die Männer hinter ihm fluchend auf ihn auflaufen.

»Weiterlaufen, Idiot! Was ist denn los mit dir?«

»Zwei Augen!«, stammelt Böhnchen. »Da, im Gebüsch. Sie starren mich an. Jetzt sind sie weg.«

Die Männer seufzen ungeduldig, schauen sich aber doch unsicher um.

»Ich glaube, wir sollten lieber weitergehen, wenn es hell ist«, sagt Joris. »Wir sehen überhaupt nichts mehr. Womöglich laufen wir noch schnurstracks in den Fluss ...«

»Das wäre halb so wild. Ich mache mir mehr Sorgen über eine Schlucht oder den Rachen eines wilden Tieres«, flüstert einer aus dem Dunklen.

»Was weißt du denn, was hier in den Flüssen rumschwimmt?«, sagt Jacob. »Schon mal von Krokodilen gehört? Schreckliche Biester sind das. Du meinst, du stößt an einen treibenden Baumstamm, und ehe du dich's versiehst, hast du ein Bein ab.«

Joris lässt sich zu Boden fallen. »Mir reicht's«, erklärt er. »Ich gehe keinen Schritt weiter! Lauft ihr nur in Schluchten und Flüsse, ich warte, bis es hell wird.«

Die anderen schließen sich ihm an. Die Wachen werden eingeteilt, die übrigen suchen sich ein Plätzchen und hoffen, noch ein paar Stunden Schlaf zu kriegen.

Es ist ein zerzauster Haufen, der morgens früh mit verquollenen Augen auf die Beine kommt. Das erste Morgenlicht dringt gerade durch wild wuchernde Sträucher, Lianen und Gräser.

»Ich habe kein Auge zugemacht«, mäkelt Balduin Dirckz. »Mann, ist hier nachts ein Krach! Können die verdammten Biester nicht das Maul halten?«

Einer nach dem anderen rappelt sich auf. Nur Böhnchen bleibt unbeweglich am Boden liegen.

»He, Böhnchen, Mann, beweg deinen müden Arsch! Denkst du, wir tragen dich?«, sagt Joris grob.

Mit weit aufgerissenen Augen starrt Böhnchen auf sein Bein. »Eine Schlange«, stammelt er. »Herrgott, eine Schlange!«

Joris, der ihm gerade auf die Beine helfen wollte, erstarrt in der Bewegung. Eine armdicke Schlange hat Böhnchens Bein als Ruheplatz erwählt. Die Aufregung hat das Tier aufgeschreckt, es hebt den Kopf und lässt zischend seine spitze Zunge sehen. Böhnchen ist halb verrückt vor Angst.

»Bleib ganz still liegen«, sagt Reinald eindringlich. »Und ihr, keine Bewegung!« Bedächtig nähert er sich der Schlange von hinten, aber dann sagt Joris: »Lass mich nur.«

Er nimmt seine Pistole und schießt der Schlange durch den Kopf. Wie leer geblasen fällt das Tier auf Böhnchens Bein, der herzzerreißend schreit.

»Ruhig, ganz ruhig! Das Vieh ist tot!« Joris nimmt die Schlange und schleudert sie ins Gebüsch.

Zitternd erhebt sich Böhnchen. »Joris, du bist mein Freund«, sagt er.

»Das war nicht ungefährlich, was du da gemacht hast«, meint Balduin.

»So ’ne Schlange macht mir keine Angst«, prahlt Joris.

»Ich meine für Böhnchen. Hättest du daneben geschossen, hätte sie ihn bestimmt gebissen«, sagt Balduin.

»Ja, hätte ich daneben geschossen. Aber ich schieße nie daneben«, erwiderte Joris. »Na, was ist, wollen wir noch was essen?«

Sie kauen lustlos auf dem mitgebrachten Proviant, aber keiner von ihnen kann ruhig sitzen. Böhnchen bleibt stehen und schaut sich immer wieder um.

»Lasst uns gehen, Männer«, sagt Reinald. »Ich glaube nicht, dass unser Admiral lange warten wird, bis er etwas unternimmt.«

Mit steifen Gliedern bahnen sich die Männer einen Weg durch die dichte Mauer aus Lianen und Bambus. Die schwere Traglast behindert sie. Jacob strauchelt über eine Baumwurzel und kann wegen des Gewichts auf seinen Schultern kaum wieder auf die Beine kommen. Böhnchen hilft ihm beim Aufstehen, rutscht aber auf etwas Glitschigem aus. Kreischend hält er sich an Balduins Bein fest.

»Eine Schlange! Eine Schlange!«

»Steh auf, du Idiot!« Balduin reißt ihn verärgert hoch. »Als würdest du nicht merken, wenn du wirklich auf eine Schlange trittst! Hier, es ist nur eine Pflanze.«

»Ich mag diesen Wald nicht.« Böhnchen schaut sich argwöhnisch um. »Kommt, lasst uns zurückgehen.«

»Weitergehen!«, befiehlt Reinald.

Böhnchen bekommt einen Stoß in den Rücken und dann gehen sie weiter.

Der Regenwald ist pralles Leben. Seltsame affenähnliche Tiere mit schwarz-weiß geflecktem Fell und gelben Augen starren sie an. Reptilien huschen vor ihren Füßen auf und davon. Bunte Vögel kreischen hoch über ihren Köpfen.

Es ist noch sehr früh, aber schon drückend heiß und im Laufe des Tages fällt die Sonne sengend durch die lichten Öffnungen im Blätterdach.

Die Lasten der Männer werden immer schwerer. Sie keuchen und stöhnen.

Joris tritt in einen Ameisenhaufen und stößt einen Schwall so schrecklicher Flüche aus, dass Cornelis murmelt: »Davon kannte ich nur die Hälfte.«

Reinald hat in der einen Hand einen Kompass, um nicht zu weit von der Küste abzukommen, in der anderen ein Buschmesser, um sich durch unwegbares Gestrüpp einen Weg zu bahnen.

Es ist schon spät am Nachmittag, als zwischen den Bäumen ein brauner Fluss zu sehen ist. Die Männer unterdrücken die Neigung, sich schreiend ins Wasser zu stürzen. Misstrauisch spähen sie über das Wasser, aber nichts deutet auf eine Gefahr hin.

Vorsichtig wagen sie sich hinein und waschen sich den Schweiß ab.

»Hier ist es doch eigentlich sehr schön«, sagt Joris zufrieden. »Ich rieche Blumen.«

»Orchideen«, klärt Mattys ihn auf. »Ein ganzer Teppich!«

»Kann man die essen?«, will Cornelis wissen. »Ich kann vor Hunger schon nicht mehr scheißen.«

»Hier gibt es genug Früchte«, sagt Reinald. »Wir gehen gleich mal gucken. Vorläufig komm ich nicht aus dem Wasser.«

»Ich auch nicht«, stimmt Arent ihm zu. »Lasst uns doch hier bleiben. Dies ist das Paradies, Mann.«

»Das finden die Kannibalen, die hier leben, auch«, sagt Cornelis leichthin.

Arent fährt vor Schreck hoch. Die anderen brüllen vor Lachen.

»Ich frage mich, ob der verfluchte Admiral auch an Land gegangen ist«, brummt Balduin.

»Ach was«, meint Crispin, »dafür ist er viel zu dick. Ich seh ihn schon mit rotem Kopf die Lianen abhacken. Nein, der liegt irgendwo und wartet, bis wir wieder auftauchen.«

»Das glaube ich auch«, sagt Reinald nachdenklich. »Er kann nicht die ganze Küste gleichzeitig im Auge behalten, aber wir werden trotzdem sehr vorsichtig sein müssen.«

»Er denkt, wir können nirgends hin ohne Schiff. Was wird er Stielaugen kriegen!«, meint Joris kichernd. »Der liegt noch Weihnachten hier auf der Lauer.«

Reinald hält sich abseits und schaut sich um. Er klopft an einen Baum und sagt: »Gutes Holz. Daraus könnten wir ein Floß bauen, erspart uns ein Stückchen Fußweg. Mit etwas Glück biegt der Fluss nach Norden und sonst stoßen wir eben auf einen Nebenfluss. Na los, ihr Faulpelze! Raus aus dem Wasser, die Arbeit wartet.«

Den ganzen Tag über haben die Männer auf alles geschimpft, was sie schleppen mussten, aber jetzt sind sie heilfroh darüber, alle Geräte bei sich zu haben. Auch als geübte Schiffszimmerleute brauchen sie dennoch den ganzen Nachmittag und einen großen Teil des folgenden Tages, um zwei Flöße zu bauen. Doch die Mühe hat sich gelohnt. Nachts schlafen sie auf den Flößen und tagsüber gleiten sie ohne große Kraftanstrengung an den grünen Ufern entlang. Dabei machen sie sich untereinander dauernd auf all das Unbekannte aufmerksam, das sie hier sehen, die sonderbarsten Gewächse, die sich im Streben nach Platz und

Licht gegenseitig ersticken, Riesenfarnkräuter, kreischende Affen, große Scharen rosaroter Vögel auf langen, dünnen Beinen.

»So einen hätte ich gern. Herrliche Tiere!«, ruft Mattys bewundernd aus.

»Was willst du denn damit?«, fragt Crispin.

»Auf dem Dam ausstellen«, sagt Mattys. »Das wär doch mal was anderes als ein Tanzbär.«

In dem stickigen, feuchten Wald verlieren sie nach ein paar Tagen jegliches Zeitgefühl. Über dem spiegelglatten Wasser des Flusses schwirren unvorstellbare Mengen von Moskitos, die die Männer den ganzen Tag über plagen. Mehr als einmal werden sie von Krokodilen aufgeschreckt, die unbeweglich in der Sonne liegen und beim Auftauchen der Flöße geräuschlos ins Wasser gleiten. Sie kommen so nahe heran, dass die Männer sie berühren könnten.

Der Fluss führt sie abwechselnd nach Westen und nach Norden. Reinald beobachtet unablässig den Kompass, und als sich zeigt, dass sie sich zu weit von der Küste entfernen, wird beschlossen, zu Fuß weiterzugehen.

»Es kann nicht mehr weit sein«, sagt Mattys. »Wir sind schon sehr lange unterwegs.«

»Wir haben einen gehörigen Umweg gemacht, weil wir immer dem Fluss gefolgt sind«, erwidert Reinald. »Aber zu Fuß hätte es viel länger gedauert.«

Mit einigem Bedauern lassen sie die Flöße liegen. Sie entfernen sich vom Flussufer und bahnen sich wieder zu Fuß einen Weg durch das grüne Dickicht.

»Wenn Samuel sich nicht an die Verabredung hält, bringe ich ihn um«, murmelt Joris.

»Samuel hält sich garantiert an die Verabredung«, sagt Reinald ruhig.

Joris wirft ihm einen finsteren Blick zu.

Viele Tage, unbekannte Früchte und Moskitostiche später bleibt Mattys abrupt stehen. Er neigt den Kopf zur Seite und streckt einen Finger in die Luft. »Hört mal!«, sagt er angespannt.

Sie lauschen. Weit entfernt hören sie die Brandung. Nur schwach, aber unverkennbar.

»Die Küste! Wir sind da!« Jubelnd fallen sich die Männer um den Hals, und um ihrer Freude Luft zu machen, schlagen sie mit ihren Buschmessern auf Farne und Lianen ein.

»Endlich! Dieser gottverlassene Urwald geht mir schon auf die Nerven.« Balduin spuckt aus. »Los, zur Küste! Nach all den komischen Früchten und dem Flusswasser sehne ich mich schon nach einem guten Schluck und einem anständigen Essen.«

»Immer mit der Ruhe!« Reinalds Stimme klingt scharf. »Wir wissen nicht, was uns erwartet, wenn wir an die Küste kommen. De Ruyter kann uns eine Falle gestellt haben. Kein Wort mehr, bis wir wissen, woran wir sind.«

Schweigend legen sie den letzten Teil ihres Weges zurück. Mit jedem Schritt wird das Rauschen der sich brechenden Wellen lauter. Ungeduldig recken die Männer den Hals, um wenigstens einen Hauch vom Blau des Meeres zu erhaschen, aber sie sehen nur grünes Dickicht, wohin sie auch schauen. Doch dann, völlig unerwartet, öffnet sich der Wald ein wenig und sie sehen die Spitzen der Korallenriffs aus dem Wasser ragen. Sie gehen so schnell den Hang hinunter, dass sie fast über die eigenen Füße stolpern. Der Urwald gibt immer mehr Sicht auf die Bucht frei.

Zum Schutz gegen die grelle Sonne legt sich Reinald die Hand über die Augen und späht in die Runde. Ein blendend weißes Segel hebt sich deutlich vom blauen Himmel ab. Er lächelt. In der Bucht von Cap Marie wartet *De Eenhoorn* auf sie.

»Reinald!« Samuel begrüßt seinen Freund mit erleichtertem Lächeln. »Ich hab mich schon gefragt, ob du überhaupt noch kommst. Hier hat es von Kriegsschiffen nur so gewimmelt.«

»Wo sind sie jetzt?« Während sich die Männer an Deck auf ein Fass Alkohol stürzen, geht Reinald sofort weiter in die kühle große Kabine. Ungeduldig schenkt er sich einen tüchtigen Krug Wein ein und trinkt ihn durstig aus.

Samuel zuckt die Schultern und setzt sich seinem Freund

gegenüber an den Tisch. »Sie sind verschwunden. Haben es aufgegeben, denke ich. Aber erzähl mal, was ist passiert?«

»Genau das, was ich vermutet hatte.« Reinald schenkt sich noch einmal ein. »Die Hunde haben Blut gerochen und die Jagd eröffnet. Ich dachte, wir hätten ein sicheres Versteck gefunden, aber de Ruyter gibt nicht so schnell auf. *De Draeck* haben wir verloren, aber dafür sind wir entkommen.«

»Du hättest alles verlieren können«, bekräftigt Samuel. »War keine schlechte Idee, dass wir uns teilen.«

Reinald schmunzelt. »Ich würde zu gern ihre Gesichter sehen, wenn sie an Bord des leeren Schiffes kommen. Selbst im Laderaum können sie nur Ratten und Läuse vorgefunden haben! Wir haben alles über Bord geworfen. Es muß also getaucht werden.«

Auch Samuel muss schmunzeln. Dann fragt er: »Und jetzt?«

»Und jetzt ...« Reinald lehnt sich nachdenklich zurück. »Jetzt reicht es, was mich betrifft. Ich höre auf.«

»Du hörst auf«, wiederholt Samuel leise.

Reinald nickt. »Lutske hatte Recht«, sagt er.

Samuel sieht ihn abwartend an, aber es kommt keine Erklärung. »Was willst du denn machen?«, will er wissen.

»Ich lasse mich für eine Zeit in Algier nieder, um meine Sünden zu überdenken«, antwortet Reinald.

»Um dein Geld zu zählen, meinst du wohl«, sagt Samuel kichernd.

Reinald lacht und zündet sich eine Pfeife an. »Das auch. Und ich lasse Lutske kommen.«

»Lutske?«, fragt Samuel. »Die ist vielleicht schon lange und gut verheiratet!«

»Nein«, sagt Reinald, »das glaube ich nicht.«

»Und *De Eenhoorn*?«, fragt Samuel. »Was willst du damit machen?«

Reinald sieht ihn mit zusammengekniffenen Augen an. »Da hast du doch bestimmt eine Idee.«

Samuel schmunzelt. »Du kennst mich zu gut. Ja, ich habe noch lange nicht vor aufzuhören. Im Karibischen Meer muss das Gold nur so herumliegen. New Providence, Jamaika, Puerto Rico… Ich kenne genug Männer, die sofort mit mir kommen. Weißt du was, ich biete dir die Hälfte meines Besitzes für das Schiff. Die Ladung eingeschlossen.«

Reinald lacht laut auf. »Die Hälfte deines Besitzes? Das ist nicht viel, lieber Freund. Warum würdest du sonst weitermachen? Du hättest viel besitzen können, wenn du an Land nicht so viel verprasst hättest. Aber ich weiß einen guten Handel für dich: Alles, was du besitzt, und keinen Heller von der Ladung. Entweder oder. Es geht um ein prima Schiff, vergiss das bitte nicht.«

Samuel guckt verschnupft, gibt dann aber doch klein bei.

»Dafür sind wir nun alte Freunde«, mault er.

Um sich zu erholen, bleiben sie ein paar Tage in der Bucht vor Anker liegen. Die Männer angeln, schwimmen und trinken. Vergessen sind die Entbehrungen im Regenwald; Reinald ist wieder ganz ihr Mann. Die Nachricht von seiner Abreise hält er wohlweislich noch zurück.

Als sie ruhig aus der Bucht gleiten, steht Reinald auf dem Kampagnedeck. Die Korallen- und Sandbänke weichen dem tiefen Blau des offenen Meeres. Schaumkronen tanzen um das Schiff und Reinald atmet tief durch. Seine letzte Seereise. Bedauern verspürt er nicht, aber Wehmut kommt doch auf. Er denkt an Lutske und versucht sie sich in Röcken vorzustellen.

»Alle Segel beisetzen!«, brüllt er plötzlich nach unten. »Wir fahren nach Hause!«

Die Männer schauen etwas befremdet auf. Nach Hause? Seit wann haben sie ein Zuhause, abgesehen vom Schiff? Ihr Kapitän wird Algier meinen, wo sein Haus steht.

»Schiff in Sicht!«, schreit Böhnchen plötzlich aus dem Krähennest. »Nein, zwei Schiffe. Drei! Herr im Himmel, da kommen noch mehr!« Entsetzt hält er sich am Rand des Krähennestes fest. Er braucht nicht Alarm zu schlagen, unten an Deck stürmen die Männer zum Schanzkleid, um zu sehen, wie die Katastrophe auf sie zukommt. Langsam, aber sicher legen sich die Kriegsschiffe von Admiral Michiel Adriaenszoon de Ruyter wie ein Netz um sie herum.

Sofort entsteht Panik an Bord. Reinald sieht es, ist aber nicht im Stande, etwas dagegen zu unternehmen. Einer solchen Übermacht auf hoher See sind sie nicht gewachsen. Und erstmals hört niemand auf seine Befehle. Es gibt auch nicht viel zu befehlen, wenn man von acht Kriegsschiffen bedroht wird, von denen jedes bestimmt zweiundfünfzig große Kanonen hat.

Reinald zermartert sich das Gehirn. Sie sitzen wie die Maus in der Falle. Er hält nichts davon, seine Männer bei einem von vornherein aussichtslosen Fluchtversuch niederschießen zu lassen. Man wird sie bestimmt nicht alle aufknüpfen, dafür herrscht ein zu großer Mangel an erfahrenen Seeleuten. Und außerdem können sie immer noch erklären, sie seien zum Mitmachen gezwungen worden. Aber über sein eigenes Los macht er sich keine Illusionen. Er fühlt den Strick schon um den Hals.

»Streicht die Flagge«, schnauzt er.

Es entsteht eine Totenstille.

Cornelis tritt vor. »Ergeben wir uns? Kampflos?«

»Ja! Hast du einen anderen Vorschlag? Also, streicht die Flagge, und zwar schnell!«, blafft Reinald.

Langsam sinkt die Piratenflagge. Gleich darauf kommt de Ruyters Flagschiff längsseits und springen die ersten Enterer über das Schanzkleid. Es ist ein geschlagener Haufen, der sich am Großmast versammelt, um gefesselt zu werden.

Reinald hebt den Kopf, als die Besatzung von *'t Huis Tijdverdrijf* zur Seite weicht, um ihren Admiral durchzulassen. Das ist also de Ruyter, ein etwas untersetzter Mann mit rotem Gesicht und dunklen Locken. Der Mann, der ihm ebenbürtig ist.

Ihre Blicke treffen sich und eine ganze Weile sehen sich de Ruyter und Reinald wortlos an. Dann nickt der Admiral und Reinald erwidert das Nicken.

Als er an Händen und Füßen gefesselt ist, kommt ein alter Bekannter auf ihn zu.

»So, jetzt sind die Rollen vertauscht, van Veghel!«, Daniel Bastiaens stellt sich breitbeinig vor Reinald und spuckt ihm vor die Füße. »Ich habe nie begriffen, wie es dir gelungen ist, immer wieder ungeschoren zu entkommen. Du musst die Hilfe des Teufels gehabt haben. Du bist dazu bestimmt, ewig in der Hölle zu schmoren, du dreckiger Hund.«

Unbewegt starrt Reinald den wütenden Mann an. Bastiaens holt aus und schlägt ihm mit der flachen Hand ins Gesicht.

»Das reicht!«, donnert die Stimme des Admirals de Ruyter. »Dies sind meine Gefangenen und ich erlaube nicht, dass sie beschimpft und geschlagen werden. Herr Bastiaens, ich muss Sie ersuchen, Abstand zu wahren!«

Bastiaens gehorcht, ohne zu protestieren, aber er sieht Reinald weiterhin hasserfüllt an. Als Reinald abgeführt wird, schaut de Ruyter ihm nach. In seinem Blick liegt eine gewisse Anerkennung.

14

»Hier, Fräulein, diese Nachricht wird Sie aufmuntern!« Der Zeitungsverkäufer auf dem Botermarkt drückt Lutske die Amsterdamer Zeitung in die Hand. Lutske will ablehnen, aber ein Blick auf die Titelseite lässt sie vor Entsetzen beinahe ohnmächtig werden.

»Die Plage des Indischen Ozeans ist beseitigt! Van Veghel hat sein letztes Abenteuer hinter sich!«, liest sie.

Auch die anderen Zeitungen haben ihre Druckerschwärze vornehmlich für diese Nachricht verbraucht. Lutske nimmt sich eine nach der anderen.

»Holländischer Pirat verbringt seine letzten Tage im Kerker«.

»Kaufleute von Geißel befreit«.

Sie kauft alle Zeitungen und eilt benommen vor Schreck nach Hause. Sie stürmt ins Vorhaus, ignoriert Winands verblüfften Blick und lässt sich auf dem sonnigen Hof auf die Holzbank fallen.

Als Winand den letzten Kunden bedient hat, kommt er zu ihr. Er sieht, wie sie mit gebeugtem Rücken dasitzt, die Hände vors Gesicht geschlagen, und nimmt die Zeitungen, die ausgebreitet vor ihren Füßen liegen. Ein einziger Blick reicht ihm. Ohne ein Wort zu sagen, sinkt Winand neben Lutske auf die Bank und starrt vor sich hin.

»Wir müssen ihm helfen«, stößt Lutske schließlich hervor.

»Er sitzt in einem Kerker im Rathaus«, ruft Winand ihr ins Gedächtnis. »Da kriegt ihn kein Mensch mehr heraus.«

»Reinald hat einfach immer alle gehen lassen. Hätte er das doch nicht getan! Dann hätten sie jetzt nicht so viele Lügen über ihn erzählt«, sagt Lutske bitter. »Er wird doch wohl einen Prozess bekommen, oder? Wir müssen Zeugen finden, die zu seinen Gunsten aussagen.«

»Weiß der Himmel, wo die stecken«, sagt Winand betrübt. »Und ob sie bereit sind, ein gutes Wort für Reinald einzulegen. Er hat sie zwar leben lassen, aber es bleibt genug, was sie ihm übel nehmen können.«

Unruhig steht Lutske auf. »Ich kann heute nicht mehr arbeiten, Winand. Ich muss was unternehmen.«

»Was denn?«, fragt Winand.

»Ich geh ins Rathaus«, sagt Lutske fest entschlossen.

»Du glaubst doch nicht, dass du Reinald zu sehen kriegst?«, sagt Winand. »Verlass dich drauf, dass er in strenger Isolation gehalten wird.«

»Ich geh es trotzdem versuchen«, sagt Lutske.

»Dann komme ich mit«, beschließt Winand.

Lutske schüttelt den Kopf. »Zu zweit lassen sie uns erst recht nicht zu ihm. Lass es mich zuerst versuchen, Winand. Mit etwas weiblichem Charme muss es gelingen!«

Winand lächelt, aber es kommt nicht von Herzen. Er sieht schwarz für seinen Freund.

Lutske hastet über belebte Brücken und Grachten zu ihrem Haus an der Lauriergracht. Sie geht die Steintreppe zur Haustür hinauf, eilt in den Wohnraum und kramt im großen Kleiderschrank. Sie zieht sich sorgfältig an und setzt ein teures Spitzenmützchen auf, das sie sonst nicht gerne trägt, weil die Stäbchen so in die Wangen drücken.

Zufrieden betrachtet sie sich im Spiegel. Sie sieht aus wie eine reiche Kaufmannsfrau.

Das neue Rathaus auf dem Dam ist erst vor kurzem eröffnet worden, es ist ein Symbol der Macht und des Reichtums von Amsterdam. Neunundsechzig Häuser wurden dafür abgerissen und nun überragt das Rathaus die Häuser auf dem Dam.

Lutske schickt ein Stoßgebet zur Schutzpatronin der Stadt, die sie unter vielen anderen kleinen Statuen im Gemäuerwinkel über dem Eingang erkennt. Sie rafft die Röcke und geht mit klopfendem Herzen die Treppe hinauf.

Als sie hereinkommt, hebt der Pförtner in der Halle den Kopf.

»Ich wünsche einen der Schöffen zu sprechen«, sagt Lutske von oben herab.

»Darf ich Sie um Ihren Namen bitten?«, fragt der Pförtner.

»Lutske Martensdochter.«

»Sie werden nicht erwartet«, sagt der Pförtner. »Darf ich fragen, worum es sich handelt?«

»Nein, das dürfen Sie nicht«, entgegnet Lutske kühl. »Es geht um eine sehr wichtige, diffizile Sache. Würden Sie nun einen der Schöffen für mich herbeirufen?«

Der Pförtner mustert die gut gekleidete junge Frau und kommt zu dem Schluss, dass es nicht schaden kann zu sehen, ob jemand Zeit für sie hat.

»Kommen Sie bitte mit«, bittet er und geht vor.

Lutske schaut sich gut um. So schmucklos das Rathaus von außen auch aussieht, so üppig ist die Einrichtung. Marmorböden, kunstvolle Fresken und überall riesige Gemälde mit biblischen Motiven.

»Warten Sie bitte.« Der Pförtner öffnet eine schwere Holztür, lässt sie in einen Raum und schließt die Tür hinter ihr.

Lutske geht auf dem dicken Teppich ein wenig auf und ab. Noch mehr Fresken, Möbel voller Ornamente und selbstverständlich Gemälde. Sie betrachtet sie alle. Es sind Arbeiten aktueller Maler: Govert Flinck, Rembrandt van Rijn, Ferdinand Bol und anderen. Eines der Bilder drückt die Vergänglichkeit des Lebens aus, ein anderes die unberechenbare Gnade Gottes.

Als die Tür geöffnet wird, dreht Lutske sich um. Nicolaas van Loon ist hereingekommen, Schöffe und außerdem Direktor des Arbeits- und Zuchthauses.

Da er nicht weiß, ob er es vielleicht mit einer reichen Kaufmannsfrau zu tun hat, begrüßt er sie mit ausgesuchter Höflichkeit. Lutske kommt jedoch sofort zur Sache.

»Ich habe gehört, dass hier ein Gefangener namens van Veghel einsitzt«, sagt sie.

Nicolaas van Loon zieht nur die Augenbrauen hoch.

»Ich möchte ihn gern sehen«, sagt Lutske eindringlich.

Der Schöffe zieht die Augenbrauen noch etwas höher.

»Gnädige Frau, dieser Mann ist ein Mörder. Es kommt überhaupt nicht in Frage, dass Sie ihn sehen.«

Lutske seufzt. »Ich habe einmal jemanden mit dem gleichen Namen gekannt, verstehen Sie«, sagt sie. »Ich möchte mich gerne davon überzeugen, dass dieser Mann nicht dieselbe Person ist. Das lässt mir keine Ruhe! Der Gedanke, womöglich einen Mörder im Bekanntenkreis zu haben …«

»Das verstehe ich voll und ganz, aber ich kann Sie nicht zum Gefangenen lassen«, sagt Schöffe van Loon mit Bestimmtheit. »Die Instruktionen sind, was das betrifft, unzweideutig: absolute Isolation bis zum Prozessbeginn.«

»Und wann beginnt der Prozess?«, fragt Lutske.

»In Kürze. Der Gefangene ist durch die lange Reise in schlechtem Gesundheitszustand, aber in Kürze wird er sich hinreichend erholt haben, um verhört zu werden«, antwortet der Schöffe.

Lutske schließt für einen Moment die Augen.

»Ich kann Ihnen nicht helfen.« Van Loons Gesichtsausdruck zeigt seine Unerbittlichkeit. Er schickt sich an, den Raum zu verlassen, und Lutske bleibt nichts anderes übrig, als ihm zu folgen. Sie ignoriert seine Abschiedsworte und geht schnurstracks zum Ausgang. Ihre Schritte hallen laut im marmorgefliesten Gang.

Draußen ist strahlender Sonnenschein. Lutske blinzelt ins grelle Licht und bleibt einen Augenblick auf der hohen Treppe stehen. Der Gedanke an Reinalds Leiche, die an einem Galgen auf der Volewijck baumeln wird, ist zu viel für sie. Mit blinden Augen starrt sie über den Dam und zermartert sich das Hirn nach einer Lösung.

Die Nachricht von der Festnahme des größten Seeräubers der letzten Jahre versetzt ganz Amsterdam in Aufregung. Berichte über Reinalds Schandtaten finden reißenden Absatz. Winand ist bereit, seinem guten Freund Joost Hartgers, Buchverkäufer im Gasthuissteeg, unter anderem Namen von seinen Erlebnissen mit van Veghel zu berichten. Hargers versieht die Erzählung mit Illustrationen von einem gut aussehenden jungen Mann, der als eine Art Volksheld die Reichen bestohlen hat, um arme Schlucker von deren silbernen Tellern essen zu lassen. Vor allem das einfache Volk ergötzt sich an der Geschichte. Winand verkauft sie auch in seinem Geschäft und trägt noch einmal dick auf, was Reinalds Edelmut angeht.

»Er hat der Kompanie das Gold gestohlen und es den Matrosen gegeben. Solche Männer müsste es mehr geben!«, sagt er immer wieder.

»Das finde ich auch. Ich hoffe, es gibt noch ein paar von der Sorte. Die hohen Herren können ruhig ein Pfündchen leichter gemacht werden«, sagt eine Kundin grimmig. »Wenn mein Kornelius den Mut hätte, meinen Segen hätte er!«

»Dass er bis jetzt immer entwischen konnte!«, wundert sich ihre andere Nachbarin.

»Er ist ein gut aussehender Mann«, findet eine andere. »Jammerschade, dass sie den aufhängen!«

Im Gerichtssaal steht Reinald den Schöffen gegenüber und hört sich die Beschuldigungen an, die ihm in gemessenem Ton zur Last gelegt werden.

Zu den Schöffen gehören der berühmte Kartograph Joan Blaeu, Nicolaas van Loon, mehrere Kaufleute, die sich am Ostindienhandel bereichert haben, und verschiedene einflussreiche Herren der Kompanie, alles Vertreter der Amsterdamer Patrizier, Musterbeispiele von Erfolg und Rechtschaffenheit. Das sind keine Leute, von denen ein Pirat eine milde Strafe erwarten kann.

»Reinald van Veghel, arretiert am 3. Februar 1658 und vor Gericht gestellt am 24. August 1658. Schließlich seine Antwort zu hören auf die Beschuldigungen, die gegen ihn geäußert sind«, liest Schöffe van Bronckhorst laut vor. Er schaut vom Pergamentblatt auf und richtet den Blick auf Reinald. »Die Beschuldigungen lauten Diebstahl, Gewaltausübung und mehrfachen Mord. Bekennen Sie sich in diesem Sinne schuldig?«

»Des Diebstahls: ja, Gewaltausübung: möglicherweise, doch des Mordes ganz sicher nicht«, antwortet Reinald stolz.

Die Schöffen runzeln die Stirn.

»Ich bin verpflichtet Sie darauf hinzuweisen, dass mehrere Zeugen zugegen sind, die schwören, dass Sie dieser drei Verbrechen schuldig sind«, entgegnet Schöffe Spieghel.

»Wenn das der Wahrheit entspräche, wären sie nicht in der Lage, jemals noch etwas zu schwören«, widerspricht Reinald ruhig.

Der Schriftführer schreibt emsig, die Schöffen schieben erzürnt ihre Pergamentblätter hin und her.

»Es ist allgemein bekannt, dass die Freie Fahrt ausartete in unchristliches, zügelloses Verhalten«, sagt Schöffe van Loon scharf. »Das Entern von Schiffen läuft gewöhnlich nicht ohne Blutvergießen ab, also auch Mord. Nach dem Gebot ›Du sollst nicht töten‹ sind Sie also des Mordes schuldig.«

»So wie die Ostindische Kompanie schuldig ist am Tod von drei Vierteln der Besatzung bei jeder Expedition«, sagt Reinald.

Die Schöffen gucken verstimmt. Das kann noch lange dauern. Sie wollen ein schnelles Geständnis haben, denn Reinalds steigende Popularität in der Bevölkerung ist ihnen nicht entgangen.

In aller Eile wird Reinald zurück in seine Zelle geführt. Aber er bleibt bei seiner Weigerung, sich des Mordes für schuldig zu bekennen. Der Geistliche, den man zu ihm schickt, um ihn zu einem Geständnis zu bewegen, kann daran nichts ändern.

»Ich bin mir nicht bewusst, ein Kapitalverbrechen begangen zu haben«, sagt Reinald heftig. »Sie können mich nur des Diebstahls beschuldigen und dafür können sie mich nicht hängen.«

»Mein Sohn, für dein eigenes Seelenheil ist es das Beste, diese unnachgiebige Haltung fahren zu lassen«, redet der Geistliche auf ihn ein. »Du wirst letztendlich doch zum Tode verurteilt. Warum bemühst du dich nicht, dennoch ins Jenseits zu kommen? Gottes Gnade ist unendlich. Er wird dir vergeben, wenn du nur deine Sünden bereust.«

»Mann, hau doch ab«, schnauzt Reinald ihn an. »Mein Seelenheil interessiert dich nicht die Bohne. Du willst doch nur ein paar saftige Geschichten, die du an die Zeitungen verschachern kannst.«

»Dann musst du es selbst wissen, mein Sohn«, seufzt der Geistliche. »Ich werde für dich beten.«

»Bete lieber für dich selbst«, erwidert Reinald. »Du wirst es nötig haben, wenn du mit deiner scheinheiligen Visage an die Himmelspforte klopfst.«

So viel Grobheit lässt den Geistlichen erblassen. Ohne noch ein Wort zu sagen, geht er und bekennt gegenüber den Schöffen, dass er keinen Erfolg hatte. Van Veghel bleibt bei seiner Aussage.

Die Schöffen beratschlagen und kommen zu der Entscheidung, dass hier eine tief schürfende Untersuchung des Falles erforderlich ist. Eine Untersuchung, die in der Folterkammer stattfindet. Reinald bekommt einen Leinensack über den Kopf gebunden, in den so viel Wasser gegossen wird, dass es ihm bis über die Nase steht. Um nicht zu ertrinken, kann er nur unablässig schlucken, während immer wieder Wasser nachgegossen wird.

Es dauert nicht lange, da läuft ihm das Wasser aus den Ohren und Augenhöhlen, während sein aufgeblähter Magen mit Stockschlägen traktiert wird.

Innerhalb eines Tages haben die Herren Schöffen das Geständnis, das sie brauchen. »Heute am Tage, dem 25. August des Jahres 1658, hat Reinald van Veghel sich schuldig bekannt der Seeräuberei und des Mordes«, schreibt der Schriftführer ins Geständnisprotokoll. »Er ist verurteilt zu hängen am Galgen auf Volewijck bis Vögel und Wetter die leibliche Hülle genommen.«

Das Haus des Bürgermeisters Andries de Graeff steht an einer vornehmen, neuen Gracht. Er selbst ist offenbar nie da. Nachdem Lutske mehrmals versucht hat ihn zu sprechen, wartet sie am Sonntagvormittag nach dem Kirchgang auf ihn. Begleitet von seiner Frau, links und rechts Leute grüßend, kommt er aus der Kirche. Lutske legt eine Haarlocke zurück unter das Mützchen, glättet sich das Jäckchen und geht geradewegs auf den Bürgermeister zu. Um einen vornehmen Eindruck zu machen, hat sie zu dieser Gelegenheit ihren teuersten Seidenrock angezogen.

»Verzeiht mir, dass ich Euch störe, Herr Bürgermeister«, sagt sie höflich. »Ich möchte Euch in einer gewissen Angelegenheit sprechen.«

Bürgermeister de Graeff sieht die wohlhabend gekleidete junge Frau erst verwirrt, dann verblüfft an. Er nimmt den Hut ab und fragt nicht unfreundlich: »Mit wem habe ich die Ehre?«

»Ihr kennt mich nicht, Herr Bürgermeister«, sagt Lutske mit ihrem gewinnendsten Lächeln. »Mein Name ist Lutske Bicker.«

»Bicker? Aus der Familie…«

»Entfernte Verwandtschaft«, bekräftigt Lutske. »Ich komme nicht aus Amsterdam. Ich möchte Euch in der Angelegenheit des Reinald van Veghel sprechen.«

»Van Veghel?« Der Bürgermeister runzelt die Stirn. »Ich nehme an, Sie verfügen über belastendes Material gegen ihn. In dem Falle kann ich Sie beruhigen, der Mann ist verurteilt und das Urteil wird in Kürze vollstreckt.«

»O nein, das ist es nicht«, sagt Lutske leicht verunsichert.

Die Frau des Bürgermeisters bemerkt ihr Zögern.

»Lass Frau Bicker doch zu uns nach Hause kommen«, schlägt sie vor und lächelt Lutske an. »Da redet es sich ungezwungener.«

»Sehr gern«, sagt Lutske schnell, bevor der Bürgermeister etwas einwenden kann. »Das ist sehr freundlich von Ihnen.«

»Auch noch am Sonntag«, brummt de Graeff. »Gut, dann bis heute Nachmittag.«

Am Nachmittag steht Lutske vor dem imposanten Haus des Bürgermeisters. Sie geht die Stufen zur Tür hinauf und betätigt den bronzenen Klopfer. Die Magd öffnet ihr und führt sie in den Salon an der Straßenseite des Hauses.

»Warten Sie bitte hier«, sagt sie. »Der Herr Bürgermeister kommt gleich.«

Lutske nickt und schaut sich um. Sie sieht Vitrinen voller Porzellan und Silber, Gemälde in vergoldeten Rahmen und die Ledertapeten mit Goldauflage. Sie geht zum hohen Fenster, verschränkt die Finger ineinander und schaut auf die Gracht hinunter. Ihre Gedanken sind bei Reinald.

»Frau Bicker!« Der Bürgermeister kommt herein und deutet auf einen Stuhl. »Setzen Sie sich doch. Sagen Sie mir, was wollten Sie mir in der Sache van Veghel mitteilen?«

»Eigentlich wollte ich eine Bitte vorbringen. Ein Gnadengesuch«, antwortet Lutske.

Andries de Graeff sieht sie völlig verblüfft an. »Ein Gnadengesuch?«, wiederholt er.

»Das kommt doch öfter vor«, sagt Lutske eindringlich.

»Ja, sicher, das kommt öfter vor, aber in diesem Fall...«, beginnt der Bürgermeister.

»Ich kenne Reinald van Veghel«, fällt Lutske ihm ins Wort. Sie weiß, dass sie unhöflich ist, doch sie ist zu erregt, um an angemessene Umgangsformen zu denken. »Ich war auch an Bord eines Schiffes, das von ihm gekapert wurde, und...«

»Tatsächlich?«, fragt der Bürgermeister überrascht.

»Ja, und ich versichere Euch, dass er nicht der Mann ist, für den man ihn hält. All diese Geschichten sind entsetzlich übertrieben. Ihr könnt Euch selbst davon überzeugen! Ich sitze lebend vor Euch«, sagt Lutske. »Und ich bin sicherlich nicht die Einzige, die mit heiler Haut heimgekehrt ist. Das muss Euch doch aufgefallen sein.«

Der Bürgermeister nickt. »Das ist mir aufgefallen, ja. Ich muss zugeben, dass es auch den Schöffen aufgefallen ist, aber das ist nicht von Bedeutung. Auch wenn van Veghel nicht der rücksichtslose Mörder ist, für den wir ihn halten, hat er sich dennoch zu vieler Missetaten schuldig gemacht, als dass wir ihm Gnade gewähren könnten. Wir setzen das Kapern von Schiffen sehr hoch an, Frau Bicker.«

»Das weiß ich«, sagt Lutske leise. »Er ist des Diebstahls schuldig, das will ich nicht leugnen, aber was macht die Freie Fahrt so viel schlimmer als das legale Kapern? In Gottes Augen muss es das gleiche Verbrechen sein.«

»Lassen wir also den Herrn urteilen«, entgegnet der Bürgermeister. »Hält er van Veghel für unschuldig, wird er ihn in sein himmlisches Reich aufnehmen.«

»Das ist es nicht, was mir am Herzen liegt! Es geht mir um sein Leben auf Erden! Herr Bürgermeister, ich flehe Euch an: Gewährt ihm Gnade«, ruft Lutske leidenschaftlich aus.

»Selbst wenn ich das wollte, so entscheide ich das nicht alleine«, antwortet de Graeff nicht unfreundlich. »Die Schöffen haben ihr Urteil gefällt und das Urteil kann ich nicht für nichtig erklären.«

»Aber Ihr könnt es versuchen! Mir schenken sie kein Gehör, Euch hingegen wohl! Das Wort eines so hochstehenden Herrn wie Euch wird doch Gewicht haben«, sagt Lutske.

Aber auch diese Schmeichelei bleibt wirkungslos. Andries de Graeff lächelt wohlwollend, schüttelt aber sehr entschieden den Kopf.

Lutske holt tief Luft. »Herr Bürgermeister«, fährt sie tapfer fort, »Reinald van Veghel hinterlässt ein ansehnliches Vermögen. Ein Vermögen, das er in den vergangenen Jahren hier und da untergebracht hat. Ich bin sicher, dass er gerne bereit ist, seinen Besitz mit Euch zu teilen, wenn er nachträglich freigesprochen wird.«

Der Bürgermeister starrt sie an. »Ich bin ein vermögender Mann, Frau Bicker.«

»Ihr könntet so vermögend werden, dass Euch niemand mehr übergehen kann«, beharrt Lutske. Sie spielt ein gefährliches Spiel und das weiß sie. Der Bürgermeister könnte genauso gut den Folterknecht auf Reinald loslassen, um zu erfahren,wo er sein Vermögen versteckt hat.

Andries de Graeff steht entschlossen auf.

»Es tut mir Leid, gute Frau, aber ich kann nichts für Sie tun«, sagt er kühl. »Ich schlage vor, dass Sie alles auf sich beruhen lassen. Was mich betrifft, hat dieses Gespräch nie stattgefunden.«

Bald darauf steht Lutske wieder auf der Straße. Fehlgeschlagen. Sie hatte gehofft, der Mann wäre habgierig genug, um anzubeißen. Sie betrachtet noch einmal das vornehme Grachtenhaus. Wahrscheinlich hat er Geld genug.

Amsterdam hat keinen eigenen Henker. Der Magistrat lässt Joris Keyser aus Haarlem kommen, um die Hinrichtungen durchzuführen, das sind dann gleich mehrere hintereinander.

»Ich habe von dem van Veghel gehört«, sagt Keyser besorgt, als er im Rathaus empfangen wird. »Für die meisten ist er eher ein Volksheld als ein Verbrecher.«

»Ein Volksheld?«, fragt van Loon mit Abscheu in der Stimme.

»Sie dürfen nicht vergessen, dass er die Besatzungen von geenterten Schiffen in seinen Dienst genommen und mit Gold überschüttet hat. Und diejenigen, die sich weigerten, sind alle wohlbehalten heimgekehrt.«

»Das ist die Geschichte, die der Pirat erzählt«, sagt der Schöffe überheblich.

»Die Leute glauben sie«, antwortet Keyser schlicht. »Und sie finden sie großartig.«

»Warum erzählen Sie mir das?«, fragt van Loon in scharfem Ton.

»Ich fürchte, dass die Hinrichtung einige Unruhe verursachen könnte«, antwortet Keyser.

»Es werden viele Zuschauer kommen«, sagt van Loon. »Und das ist auch beabsichtigt. Jede Hinrichtung, doch diese ganz besonders, soll auch immer eine ernste Warnung sein.«

»In diesem Fall könnte es einen Aufruhr geben, fürchte ich«, sagt Keyser hartnäckig. »Je mehr Aufmerksamkeit ihm gewidmet wird, desto sympathischer ist dieser van Veghel den Leuten.«

»Da ist was dran.« Van Loon zupft sich nachdenklich den Spitzbart. »Vielleicht sollten wir die Hinrichtung lieber auf den frühen Morgen verschieben.«

»Oder nach außerhalb der Stadt. Eine schnelle, stille Hinrichtung. Gleich auf dem Galgenfeld, ohne Aufsehen«, sagt Keyser.

Im Kerker unter dem Rathaus verbringt Reinald seine letzten Stunden. In die unterirdischen Gewölbe des Rathauses dringen weder Geräusche noch Licht und so hat er jegliches Zeitgefühl verloren.

Schlüssel klirren im Schloss und die schwere Tür schwingt auf. Flankiert von zwei Bewachern, die Hände auf den Rücken gefesselt, verlässt Reinald seine Zelle und betritt den feuchten Gang. Es geht eine Treppe hinauf, an schönen Galerien vorbei, und dann stehen sie draußen.

Es ist noch früh, der Dam ist verlassen und der Morgennebel hängt zwischen den Häusern.

Unterhalb der Rathaustreppe steht ein Karren, auf den er roh geschubst wird. Seine Füße werden so stramm gefesselt, dass ihm die Stricke ins Fleisch schneiden. Quietschend und knarrend und umringt von Soldaten mit dem Gewehr im Anschlag setzt sich der Karren in Bewegung. Ein paar Männer, die zu dieser Stunde schon arbeiten, schauen ihnen überrascht nach.

Am Hafen wird er vom Karren gezerrt und in ein kleines Boot geschubst. Bürgermeister Andries de Graeff, der Schultheiß und die Schöffen nehmen in einem anderen Boot Platz. Alle tragen über die linke Schulter das Blutband.

Langsam, aber sicher fällt mehreren Leuten auf, dass da etwas im Gange ist, aber es sind nicht viele, die ebenfalls das IJ überqueren. Die meisten bleiben auf dem Kai stehen und spähen zum anderen Ufer, wo die Galgen unheilvoll im Nebel schimmern.

Joris Keyser bindet Reinald die Füße los und hilft ihm aus dem Boot und aufs Galgenfeld. Reinalds Blicke irren über den unheimlichen Platz. Rechts von ihm hängt eine halb verweste Leiche am Rad. Die Erhängten, die an den Galgen vor ihm baumeln, haben von Vögeln angefressene Gesichter.

Reinald schaut in die andere Richtung, aber das neu gezimmerte Schafott, das er dort sieht, heitert ihn auch nicht auf. Er starrt zu seinen Füßen ins Gras.

Am Feldweg, der am Volewijck vorbeiführt, stehen ein paar Frühaufsteher und schauen zu.

Der Schultheiß, die Schöffen und der Bürgermeister bleiben in angemessener Entfernung stehen, während Joris Keyser Reinald zum Schafott führt. Er hilft ihm die Treppe hinauf, worauf Reinald ihm höflich zunickt. Reinald atmet tief durch und schaut auf die Stadt am anderen Ufer des IJ und dabei denkt er an einen anderen letzten Blick auf die Stadt, vor langer, langer Zeit. Der Geistliche, der mitgekommen ist, besteigt ebenfalls das Schafott.

»Dies ist die letzte Gelegenheit, Gott um Verzeihung zu bitten und ihn um einen Platz im Himmel anzuflehn«, sagt er. »Willst du deine Sünden bekennen, mein Sohn?«

Kurz und heftig schüttelt Reinald den Kopf. Der Henker bietet ihm eine Augenbinde an, aber auch die lehnt er ab. Keyser fasst den Strick, der am Galgen baumelt, und zieht Reinald die Schlinge über den Kopf. Er bleibt dicht vor Reinald stehen und sieht ihn fest an. Die Schlinge um den Nacken fühlt sich seltsam an. Etwas stimmt nicht damit. Reinald will etwas sagen, aber der Henker brummt: »Schweig.«

Reinald schweigt.

Der Geistliche beginnt mit monotoner Stimme ein Gebet über Buße und Reue und singt einen Psalm. Reinald schaut in die andere Richtung. Auf dem IJ tauchen Boote mit Schaulustigen auf. Nebelfetzen treiben über dem Wasser. Amsterdam scheint zu schweben. Irgendwo in dem Häusermeer wohnt sein guter Freund Winand. Irgendwo liegt Lutske in ihrem Alkoven, ohne zu wissen, dass er hier seinen letzten Atemzug tut. Ach, Lutske …

Der Bürgermeister nickt dem Henker zu.

»Es ist so weit«, sagt Keyser zu Reinald. »Noch ein letzter Wunsch?«

»Mach es schnell«, sagt Reinald matt.

Kein Trommelwirbel und kein Glockengeläut durchbricht die unheilvolle Stille, als Reinald auf seinen Tod wartet. Da ist nur das Krächzen eines Vogels im Baum, das Plätschern des Wassers und das Gemurmel des Geistlichen. Reinald möch-te schreien, noch einmal seine eigene Stimme hören, aber er schweigt und hofft, dass sein Todeskampf nicht zu lange dauert.

»Zapple noch eine Weile«, brummt der Henker neben ihm.

Verständnislos versucht Reinald, zur Seite zu schauen, doch der Henker gibt ihm einen Stoß in den Rücken. Er kontrolliert den Strick, tritt einen Schritt zur Seite und öffnet dann die Luke des Schafotts.

Reinald spürt, wie ihm die Kehle langsam zugeschnürt wird, aber er bekommt noch genug Luft, um nicht zu ersticken. Vom Ufer her sehen der Bürgermeister und die Schöffen seinem Todeskampf zu, seinem krampfhaft zuckenden Körper, bis der Verurteilte schlapp und still am Galgen hängt.

Reinald van Veghel, der gefürchtete Seeräuber, ist tot.

Der Bürgermeister und die Schöffen lassen sich zur Stadt zurückrudern. Sie schauen unentwegt auf die Leiche am Galgen, bis nicht mehr als ein Strich in der Ferne zu sehen ist. Sobald sie im erwachenden Amsterdam den Fuß an Land gesetzt haben, gehen sie ihren üblichen Tagesgeschäften nach.

Auf der Treckschute nach Haarlem zählt Joris Keyser sein Geld. Nicht schlecht. Der normale Tarif für die Henkersarbeit ist sechs Gulden für jeden Verurteilten. Der Inhalt des Lederbeutels reicht aus, um diese verhasste Arbeit nie mehr machen zu müssen. Vielleicht beginnt er in einer anderen Stadt ein neues Leben als angesehener Bürger. Er könnte sich zum Beispiel als Herbergswirt selbstständig machen oder, noch besser, als Kaufmann. In Zukunft werden ihm die Bürger seiner Stadt nicht mehr den Rücken zukehren. Das Fräulein war so verzweifelt und sie sah so wohlhabend aus. Kein schlechter Schachzug von ihm, den Preis noch etwas in die Höhe zu treiben.

Auf dem Galgenfeld lösen sich zwei Gestalten aus dem Schutz einer Baumgruppe. Der Nebel kommt ihnen zugute, als sie, in dunkle Pelerinen gehüllt, geduckt über das Galgenfeld laufen. Ohne die halb verwesten Erhängten zu beachten, eilen sie zum Galgen, an dem Reinald van Veghel hängt.

Eine der beiden Gestalten, ein Mann, stellt sich unter den Galgen und bückt sich, sodass die Füße des Erhängten auf seinem Rücken stehen. Die andere Gestalt, eine junge Frau, befreit den Erhängten in aller Eile vom Strick um den Hals. Da erwacht der reglose Körper plötzlich zum Leben. Keuchend und röchelnd taumelt er ins Gras.

»Reinald!« Lutske beugt sich besorgt über ihn und betastet die Strieme in seinem Nacken.

Es dauert eine Weile, bis Reinald wieder klar denken kann. Sein Atem geht röchelnd und nur mit Mühe bringt er Töne hervor.

»Das hätte nicht viel länger dauern dürfen«, sagt er nach einer ganzen Weile mit heiserer Stimme. Behutsam reibt er sich den Hals und holt vorsichtig Luft. Er nimmt den Strick, der neben ihm im Gras liegt. Es ist ein Ring aus Eisendraht, um den herum ein Strick geflochten ist. Eng genug, um in große Atemnot zu kommen, aber zu groß, um darin zu ersticken. Er hing eigentlich an seinem Unterkiefer.

»Sehr geschickt«, murmelt er. Seine und Lutskes Blicke treffen sich.

»Ich hätte es fast nicht geschafft, aber Keyser gab der Versuchung im letzten Moment doch noch nach«, sagt sie leise.

Reinald legt ihr kurz die Hand an die Wange.

»Kommt, nichts wie weg hier!«, treibt Winand sie an. Er streckt die Hand nach seinem alten Macker aus und zieht ihn auf die Beine. Gestützt auf seine Freunde, schlurft Reinald vom Galgenfeld.

»Willkommen zu Hause«, sagt Winand lachend.

Nachwort

Für die meisten Menschen des siebzehnten Jahrhunderts hat es nie so etwas wie ein goldenes Jahrhundert gegeben. Auch die Expeditionen nach Ostindien und die Tatsache, dass das Rot-Weiß-Blau der Vereinigten Ostindischen Kompanie die Weltmeere beherrschte, erfüllte das einfache Volk nicht mit so viel Stolz wie heute. Es wird sicherlich überzeugte und vaterlandsliebende Schiffsjungen gegeben haben, aber die meisten Seeleute waren durch pure Armut gezwungen, diese schlecht bezahlte und lebensgefährliche Arbeit zu verrichten.

Auf Grund der hohen Sterblichkeit während der Seereisen hatte die V.O.C. einen ständigen Mangel an Seeleuten. Gefangene in den Arbeitshäusern wurden zum Anmustern freigekauft. Es sind auch Geschichten über das Shanghaien in Herbergen bekannt, in denen Zecher in volltrunkenem Zustand einen Arbeitsvertrag bei der V.O.C. unterschrieben und erst auf hoher See erkannten, was sie getan hatten.

Das Verbrechen war unausrottbar und auf Mord und Diebstahl standen grausame Strafen. Im Jahre 1587 kam es in dieser Hinsicht zu einer Veränderung: Der Amsterdamer Kaufmannssohn Dirk Volkertszoon Coornhert schlug vor, »richtige« Verbrecher für Zwangsarbeit auf Galeeren und in Gefängnissen einzuspannen. Für jugendliche Verbrecher, die als Folge von Armut oder schlechter Erziehung stahlen, wurden Arbeitshäuser errichtet, in denen sie an ein arbeitsames Leben gewöhnt werden sollten. So entstanden das Arbeitshaus für Männer und das Spinnhaus für Frauen. Die Situation in diesen Einrichtungen war bei weitem nicht ideal, aber Coornhert kann doch als Pionier des heutigen Rechtssystems betrachtet werden. Ihm ist es zu verdanken, dass erstmals der Zusammenhang zwischen Armut und Verbrechen erkannt wurde.

Dass sich im Mittelalter Frauen als Männer verkleideten, kam gar nicht so selten vor. Da sich zahllose Wegelagerer und Strauchdiebe herumtrieben, war das Reisen in Männerkleidern sicherer. Vielen Frauen bot die Männerkleidung außerdem eine Möglichkeit, einem Leben zu entkommen, mit dem sie nicht zufrieden waren. Als Mann verkleidet, konnten sie viel mehr Berufe ausüben und mehr verdienen.

Es wird nicht einfach gewesen sein, das Geschlecht zu verbergen, aber sicherlich auch nicht unmöglich. Unter weiten Jacken und großen Hüten ließ sich vieles verstecken. Es sind Fälle von Frauen bekannt, die einen künstlichen Penis trugen. Sie fertigten ihn aus Leder an oder sie verwendeten eine Stange oder ein Horn, wie Lutske in dieser Geschichte. Gegen ihr glattes Kinn und ihre hohe Stimme konnten die Frauen nichts machen, doch zu jener Zeit wurden schon Jungen im Alter von zwölf und dreizehn Jahren von der Armee und der V.O.C. genommen.

Manche verkleideten Frauen fielen schon nach ein paar Tagen auf, andere hielten Monate durch und es sind sogar Fälle bekannt, in denen das wahre Geschlecht erst nach dem Tod festgestellt wurde. Unter den Gefallenen auf den Schlachtfeldern sind zum Beispiel viele Frauen entdeckt worden, die sich als Soldat verkleidet hatten.

Auch an Bord der Schiffe der V.O.C. kam es häufiger vor, dass als Männer verkleidete Frauen Seemannsarbeit verrichteten.

Worterklärungen

Armillasphäre — Ringkugel. Astronomisches Gerät – gebräuchlich bis 17. Jh. – zur Darstellung der Haupthimmelskreise. Äquator und Horizont werden durch konzentrische und teilweise bewegliche Ringe veranschaulicht.

Back —
1. Vorderster Aufbau auf dem Oberdeck, auch Raum unter diesem Aufbau.
2. Schüssel, Essnapf der Mannschaften
3. Zusammenklappbarer und aufzuhängender Esstisch im Mannschaftsquartier.

Backschaft — Essgemeinschaft an einer Back.

Dam — Damm, aufgeschütteter Schutzdamm. Heute noch großer Platz im Zentrum von Amsterdam, mit Königlichem Palast und Nationalem Monument.

Damrak — Schiffbare Wasserstraße entlang eines Damms. Heute Straße in Amsterdam vom Hauptbahnhof zum Dam.

Die Herren Siebzehn — Bezeichnung für die Direktion der Vereinigten Ostindischen Kompanie (V.O.C.), die aus siebzehn niederländischen Kaufleuten bestand.

Drehbasse — Kleine Signalkanone, die auf der Reling in einem Lager ruht und nach allen Seiten drehbar ist.

Furier — Proviantmeister. Verantwortlich für die Bevorratung und Verwaltung der Lebensmittel und Getränke.

Galion — Vorbau am Bug eines Schiffes.

Handschar	Ursprünglich arabisch-türkisches Krummschwert, seit dem 17. Jh. gebräuchliche Hiebwaffe.
Hirschfänger	Eigentlich Jagdwaffe, mit der der Jäger dem Wild den Todesstroß versetzt. Jedoch allgemein auch als Stichwaffe gebräuchlich.
IJ	Nebenarm des Ijsselmeers, bildet den östlichen Teil des Amsterdamer Hafens.
Jolle	Breit gebautes Ruder- und auch Segelboot; Beiboot/Rettungsboot.
Kalfatern	Abdichten der Decks- und Bordwände mit geteertem Werg und heißem Pech.
Kampagne	Auch: Schanze. Das im hinteren Teil eines Schiffes über dem Oberdeck befindliche Wohndeck für Offiziere und Passagiere.
Kielholen	1. Schiff zum Reinigen und Kalfatern des Rumpfes an Land ziehen und auf die Seite legen. 2. Vom 16. bis ins 19. Jh. Strafmaßnahme, besonders auf niederländischen Schiffen. Dem Verurteilten wurde eine Leine um den Leib gebunden, die unter dem Kiel hindurch zur anderen Seite des Schiffes führte. Nicht selten wurde der Verurteilte mit Steinen oder anderen Gewichten belastet, damit er nicht am Kiel hängen blieb. Von der Großrah wurde der Verurteilte dann ins Wasser geworfen und bis zu dreimal unter dem Schiff hindurchgezogen.
Konstabel	Schiffsoffizier, verantwortlich für Waffen und Munition des Schiffes; Büchsenmeister/Waffenmeister.
Kuhl	Der Teil des Oberdecks zwischen dem Fock- und dem Großmast.

Läuseplicht	Plicht. Mit Planken abgedeckter kleiner Raum im Vor- und/oder Achterschiff.
Leichter	Küstenlastschiff. Häufig als Transportmittel für Ladung und Besatzungen der Schiffe eingesetzt, die auf Reede ankern.
Macker	Ausdruck für Mitfahrenden. Aus dem Niederdeutschen. Norddeutsch für Mitarbeiter, Arbeitskollege.
de Ruyter	Michiel Adriaenszoon de Ruyter (1607–1676), niederländischer Admiral – Er ist Nationalheld der Niederlande.
Oktant	Winkelmessgerät, nautisches Instrument.
Orlopdeck	Überlaufdeck, auch unterbrochenes Zwischendeck unterhalb der Wasserlinie.
Örtgen	Alte niederländische Münze, 1 Örtgen = 1/4 Stüver.
Pampus	Sandbank vor Hafen von Amsterdam.
Reede	Ankerplatz vor der Hafeneinfahrt.
Schanzkleid	Über das Oberdeck ragende Verlängerung der Bordwand mit darauf befestigter Relingleiste aus Holz oder Metall. Verhindert Überbordgehen von Personen und Gegenständen und Überkommen von Wasser.
Schanghaien	Männer gegen ihren Willen und/oder unter Vorspiegelung falscher Tatsachen auf unterbesetzte Schiffe locken bzw. bringen.
Skorbut	Erkrankung durch Mangel an Vitamin C. Schwäche, Mattigkeit, Gliederschmerzen, Zahnfleischbluten, Zahnausfall.

Spanisches Papier	Dünnes, farbiges Papier, das durch Reiben Farbe abgibt. Im 17. Jh. wurde rotes Spanisches Papier von Prostituierten zur Rötung der Wangen verwendet.
Stückpforte	Luke für Kanonenrohre. Die Kanonen waren unter Deck und erst kurz vor dem Einsatz wurden die Stückpforten geöffnet und die Kanonen herangezogen, sodass die Rohre aus der Bordwand ragten.
Stüver	Niederländische Silbermünze.
Teerjacke	Scherzhafter für: Matrose.
Treckschute	Schleppkahn.
Über Stag	Stag = Stahldraht, der den Mast nach vorn und unten stützt. Über Stag gehen = das Schiff wenden.
Vorunter	Kleiner Unterdeckraum im Vorschiff, häufig Mannschaftsquartier.
Want	(Häufig in der Mehrzahl »Wanten« gebraucht) Haltetaue der Masten und Stenge (Mastverlängerungen) nach unten und seitwärts. Wie Strickleitern geknotet, auf denen die Seeleute nach oben klettern können.

Foto: © Lemniscaat

Simone van der Vlugt, geboren 1966, arbeitete nach ihrem Studium der Niederlandistik und Romanistik zunächst als Lehrerin. *Pirat und Ehrenmann* ist ihr zweites Jugendbuch. Über ihr Debüt *Das Amulett aus den Flammen* schrieb die *Main-Post*: »Eine Geschichte, die den Leser immer mehr in ihren Bann zieht.«